翻弄されるいのちと文学
震災の後、コロナの渦中、「戦争」前に

新船 海三郎

あけび書房

〝すべてがそうなってきたのだから
仕方がない〟というひとつの言葉が
遠い嶺のあたりでころげ出すと
もう他の雪をさそって
しかたがない、しかたがない
しかたがない
と、落ちてくる。

ああ　あの雪崩、
あの言葉の
だんだん勢いづき
次第に拡がってくるのが
それが近づいてくるのが
私にはきこえる
私にはきこえる。

（石垣りん「雪崩のとき」より）

目次

I 三・一一と原発事故後の文学

II パンデミックが攪拌する差別意識

III 「新しい戦前」に「戦争」を読む

I
三・一一と原発事故後の文学

三・一一から、三・一一へ

東日本大震災とつづく福島原発事故から間もなく一年になる。あの日、都心で一夜を過ごした私は、それから三週間ほどたった四月二日、友人と二人、常磐道を行けるところまでいき、四ツ倉漁港から太平洋岸に沿って南下した。福島県いわき市平薄磯に足を踏み入れたとき、そこは無残なまでに人の暮らしが壊されていた。あとで知ったが、二百四十戸の小さな集落は二百二十戸が潰滅したという。

ガレキを片寄せて道路だけは通したその間を歩きながら、テレビや新聞などでは伝わってこない、たとえば、泥水や風が運んでくる埃っぽい臭い、生活がなくなってしまったあとに漂う気配、あるいは廃墟などという言葉が表現する惨状、見知らぬカメラマンが測っていた放射線の数値……に言葉を呑んだ。見れば何か言えるだろうくらいのことで出かけてきた軽薄と不遜を思い知らされた。

しかし、私がいまなおこだわりつづけているのはそのことだけではない。動機はどうであれ、被災地を訪ね、見てよかったと私は思っている。こだわっているのは、カメラを提げた私を報道の人間らしく思ったのかもしれないが、「ごくろうさま」とやさしく声をかけて行き交う地元の人たちに、なんら返す言葉がなく、ただ頭を下げるしかなかった私という存在なのである。

小野十三郎は若い日、「眼に異様な風景はあっても思想を驚愕させる風景はない」（『詩論』）といった。三陸沿岸から北房総をおそった地震と津波、福島原発事故は、十分に私を驚愕させたが、「思想」のまん中に突き刺さり、言葉を奪った光景はそれではなかった。悲嘆の底にあってもなお人を思いやる薄磯の人たちの心根に、私は返す言葉を持っていなかった。そのことに私は愕然とし、であるなら、私のその「思想」はどれほどのものなのかを考えざるをえなくなったのである。

六十数年かかって蓄積してきたものを、私は検証しなくてはならないと思った。

私は、文学にかかわるようになって、三十年ほどになる。自覚的に生きようと思い決めてからなら四十五年である。ふり返れば、若気の至り、力まかせの文章もないではないが、概ねは社会変革の事業に資するように書きついできている。しかし、恥ずかしいことだが、原子力発電を原爆ほどには考えて来なかったし、福島原発の電気を不可欠として自分の生活を成り立たせていることにほとんど無関心できた。若い日にそこを訪れ、イカ釣り舟の漁り火の美しさに感嘆した思い出はあるが、その陰にひろがる三陸沿岸地方の過疎、高齢化と自分の書くものとを結びつけて思いを延ばすことはなかった。

もちろん、福島原発事故と津波被害に私は直接の責任を持たなくていいだろう。しかし、そのような結果を招来した国のありように、私はまったく関わってこなかったのではない。それどころか、真反対の立場から政治社会のありようを批判し、それをも映す文学を問題にし、その意味で深く関わってきたのである。福島原発事故の直後に「反省」を表明し、力およばずで申し訳ないと頭を下げたのは、東京電力や原発推進派の人たちでなく、危険を主張したたかってきた人たちであったことは重く示唆的だった。私は、それらの人たちほどにはたたかってこなかった者ではあるが、それだけに、責任を負わなければならないと思った。

吉村昭の『三陸海岸大津波』は一八九六（明治二十九）年、一九三三（昭和八）年、一九六〇年の三度の大津波被害の記録である。震災後、版を重ねて読まれているが、そこには、この地方が前二回の津波襲来時は「文明の恩恵から見放された東北の僻地」「陸の孤島」「貧窮の中に身をひそませていた」が、一九六〇年にいたって「ようやく開発の兆しが見えはじめ……宮古をはじめとした大漁港には、大型漁船がひしめき……収入も安定して得られるようになっていた」と書かれている。

じっさい、一九六〇年頃がこの地方一帯の人口のピークであった。たとえば牡鹿半島の雄勝町で見ると、一九六〇年に人口は一万一千人を超えていた。が、この震災前には四千三百人、高齢化率四〇パーセント、二つの漁協の平均年齢は七十歳に近いといわれるほどになっていた。震災後、町に暮らす人は九百人に減ってしまっている。

高度経済成長が本格的な軌道に乗るや、この国はようやく明るい方向が見えはじめた三陸沿岸からも若い労働力を剝ぎ取り、都市に集め、一帯は過疎と高齢化の道をたどることになった。この国づくりに、私は責任がないか。ない、といえる。しかし、いくらかはそれとたたかってきた者として私は、ある、といおうと思う。自分の立ち位置をそこからずらしてはいけないと思う。

大震災とくに原発事故をうけて、これを「近代」の誤り、あるいは、そうではなく「近代の欠落」がこのような事態を招いた、と指摘する声が多く聞かれる。

明治維新で封建社会を打ち倒し、脱亜入欧、富国強兵、文明開化をうたったわが国の近代は、人間精神を解放し、政治・経済・社会のあらゆる分野で前近代の桎梏を突き破り、進歩をもたらした。が、その一方で日清・日露及び二つの世界大戦をたたかい、中国、朝鮮はじめ内外の人々に甚大な被害をあたえ、とりわけ広島・長崎への人類史上初の原爆投下という事態を招き、多くの都市を廃墟にしてピリオドを打った。それは、ほんとうの近代ではなかったともいえたから、敗戦後、文学の分野では「近代的個の確立」を主張する潮流も生まれた。主権在民、戦争放棄の憲法が制定され、以前とはまったくちがった道を歩むかに思えたのもつかの間、民主化を推し進める踏み出しも十分でないときに、「逆コース」とよばれる反動化へこの国は進路をとった。

以後の進み行きを、脱亜入欧は入米に、富国強兵は自衛隊という名の軍隊の創設、軍事大国化と経済大国化に、文明開化は科学立国として原発推進に、体よく置き換えられて進んだと形容する人もいる。

人と人との関係をモノとモノとの関係に置き換える物象化は、マルクスが「資本論」で指摘した時代とは比較にならないほどに進み、とりわけこの二十年ほどの間に世界を席巻した観のある新自由主義は、それを極限にまで推し進めている。いまや私たちの前に現出しているのは、「人は孤独に生き、孤独に死ぬ」無縁社会である。

三・一一と福島原発事故を、その戦後日本の歩みへの根底からの批判と受けとめるのは間違っているだろうか。

「アウシュビッツ以後、詩を書くことは野蛮である」とアドルノはいった。そして、「絶対的物象化は……精神を完全に呑み尽くそうとしている。批判的精神は、自己満足的に世界を観照して自己のもとにとどまっている限り、この絶対的物象化に太刀打ちできない」とつづけた。第二次大戦直後に著されたこの一文は、さまざまに議論をよんだ。

いまそれらをたどる余裕はないが、アドルノが問題にしたのは、アウシュビッツがけっして「野蛮」の極致としてあるのではなく、「近代」を欠落させた「理性」の行き着いたところだと理解し、それに対して「詩」つまり散文であり文化であるところの近代理性はよく抗し得たか、「詩」もまたアウシュビッツと同じ「理性」のおもむくままの表現ではなかったか、と問うところにあっただろう。アドルノの思いは、それらの言葉の直前に、「社会がより全体的になれば、それに応じて精神も物象化されてゆき、自力で物象化を振り切ろうとする精神の企ては、ますます逆説的になる」と述べているところによく表れている。

全体性に取り込まれることなく精神の自立をはかろうと思えば、「詩」は、アウシュビッツ以前に、その「理性」を拒否して「野蛮」でなければならなかったのである。にもかかわらず、「詩」は「野蛮」を拒否し、「理性」をもってアウシュビッツへの道を伴走した。問題は、アウシュビッツ後、である。そのときになお、従前の「理性」で「詩」を書くとすれば、それは「野蛮」の極みである。――アドルノの言葉はこのように解釈されるべきであろうと思う。ナチスに協力した人々の心理を分析し、全体主義や権威主義を容易にさせるものへ警鐘を鳴らしたこのドイツの社会心理・哲学者の言葉を、三・一一後、私は重く聞いた。

三・一一は、アウシュビッツと同じではない。だとしても、アドルノの言葉から考えることが無意味とも思われない。

三陸沿岸地方から若い労働力を引き剝がしたのは、「野蛮」の仕業ではない。「経済成長」を至上とする「理性」が容易にそれを人々に受け入れさせたのである。全国五十四基の原発もまた、「原子力の平和利用」という「理性」が行き着かせた以外の何ものでもない。その「理性」と、私が書いてきたものとどれほどの違い、隔たりがあるか――私が薄磯の人たちに返す言葉を持っていなかったのは、おそらくそこに起因するだろう。

私はだから、このような国にしてきたもの、その「理性」と、さらによくたたかおうと思う。そして、そこまでは生きられないだろうが、三十年後をめざして自分をつくっていきたいと考える。ジグザグはあるだろうけれども、真理は寸刻を争っていないのだから、一歩一歩の道に開かれる世界もあるだろう。とりあえずは、私の「理性」に張りついた、尊敬と表裏になっているある種の権威への拝跪のそぎ落としにかからなくてはいけない。本誌三月号の論考、武田麟太郎と「人民文庫」の過小評価をめぐる問題を考えながら、脳裏にあった一つはそれである。

震災前に稼働中または稼働可とされていた全国五十四基の原発のうち、宮城県女川、福島県第一・第二、石川県志賀、新潟県刈羽、福井県敦賀・美浜・大飯・高浜の三十五基は、郵便番号が9で始まるところに立地している。郵便番号は100－0001、東京都千代田区千代田を始まりとして、そこから遠ざかるにしたがって数字が大きくなる仕組みである。9は最も遠いところ、いわば僻地である。北東北と北海道は0でさらに遠いことになるので、青森県東通と北海道泊をふくめると僻地扱いは三十九基になる。郵便番号が9で始まるのは沖縄もそうだが、ここには米軍基地が集中している。

原発の電気はほとんど大都市が消費している。山手線を動かしているのは信濃川の発電だと、電力供給県としてのジレンマを新潟県知事がいったら、都知事は、夜はクマしか通らない道路をつくったのは誰だと思っているのか、と恫喝まがいの応答をしたという。安保がそれほど必要というなら、基地の一つでも引き受けてほしいと沖縄がいっても、手をあげる者はない。それどころか、放射性廃棄物の中間処理施設をめぐるアンケートでは、福島県内が妥当、お金をもらって原発を誘致したのだからそれくらい当然、と多数は答える。沖縄についても同様である。思いやりも倫理もいつしかこの国の人々から欠落してしまったとしか私には思えない。〝差別〟〝国内植民地化〟という表現もあながち的外れではないだろう。

この日本社会の構造を変えることは、大多数の日本国民の課題である。それは人間が倫理を取り戻し、人間らしいつながりをひろげていく契機にもなっていくだろう。そういう多数派をどうつくっていくかに、文学が埒外でいいはずはない。多数派の形成は、あるいは文学の能動によってこそ可能であると、ひそやかな言葉に乗せてもみたい。日本の文学が文学らしくその位置を占めるとき、ほんとうの意味での国民文学を創出することにつながっていくだろう。一九世紀から二〇世紀のロシア文学が「ロシア文学」として豊穣なイメージとともに語られるような、個性豊かで世界性をもった国民的文学が生まれるだろう。民主なる文学も、私の書くものも、そこにありたいと考える。

（『民主文学』二〇一二年四月号）

核エネルギーの認識と三・一一後の文学
――事実認識と価値認識、また現実と虚構にかかわって

一冊の新書がある。『死の灰から原子力発電へ』と題された、民主主義科学者協会共同デスク編の科学新書シリーズの一書である。一九五四年十月、蒼樹社から出版された。わかるように、その年三月一日のビキニ環礁におけるアメリカの水爆実験と第五福竜丸はじめ多くの漁船と乗組員、環礁住民や魚類、海洋生物の被爆に抗議して、原水爆実験の禁止を求める世界的な運動のひろがりのなかで出ている。民主主義科学者協会（略称・民科）は、一九四六年初頭に日本社会と学術諸分野の民主的発展を求めて創立された進歩的、民主的研究者を中心とした組織である。戦前のプロレタリア科学同盟と唯物論研究会を母体としていた。市民、学生なども参加して、一九五〇年ごろには千八百人弱の専門会員と八千人を超える一般会員を擁し、米軍占領期にも各学会・言論界に大きな影響力を持った。

その進歩的科学者たちの提唱が「死の灰から原子力発電へ」であることに、私はある種の違和感を持った。〝戦争から平和へ〟の思いからであろうが、何かちがうのである。たとえて言えば、

峠三吉が「にんげんをかえせ」と叫んだ、被爆直後の街と人間の惨状をとらえて詩の言葉に昇華させた認識との、交わることのない相違とでもいえるものである。科学者と作家・詩人たちとの、見ているものがちがうとでもいえるこの認識の相違は、今日、もう一度たどっておいていいことのように思われる。文学は、何をどう認識するものなのか、という問題として。

原爆に何を見たのか

広島の惨状を、原民喜は「ギラギラと炎天の下に横たわっている銀色の虚無のひろがり」ととらえた。街の印象は片仮名で書きなぐる方がふさわしいようだといって、「夏の花」（初出『三田文学』一九四七年六月号）の作中、次のように記した。

ギラギラノ破片ヤ
灰白色ノ燃エガラガ
ヒロビロトシタ　パノラマノヨウニ
アカクヤケタダレタ　ニンゲンノ死体ノキミョウナリズム
スベテアッタコトカ　アリエタコトナノカ
パット剝ギトッテシマッタ　アトノセカイ
テンプクシタ電車ノワキノ

馬ノ胴ナンカノ　フクラミカタハ
ブスブストケムル電線ノニオイ

その光景を「屍の街」と形容したのは大田洋子だが、大田は一九五〇年に作品の完全版を出版するにあたって「序」を付し、次のように書いた（冬芽書房。初版は書き下ろし、中央公論社、一九四八年十一月。検閲、一部削除版。現代用字用語にした）

私は人口四十万の一都市が、戦火によって、しかも一瞬に滅亡する様をはじめて見た。その戦火が原子爆弾という、驚くべき未知の謎をふくんだ物質によってなされた事実をも、そのときはじめて知った。いちどきに何千何万の、何十万の人間が死に、足の踏み場もないその野ざらしの死体のなかを、踏みつけないように気をつけ、泣きながら歩いたことも始めてであった。原子爆弾の凄惨さも、人間の肉体を、生きたまま壊し崩す強大で深いものとして、始めて見るものであった。その場合、何もかもが生れてはじめて見なくてはならなかったものであり、それを見なくてはならなかったこと自体、悲惨であった。

八月九日の長崎の一光景を、林京子は「祭りの場」（『群像』一九七五年六月号）に描写した。

原っぱは閃光で一瞬に消えた。草つみ幼女の中にオカッパ頭の色白の子がいた。連れの老婆は小がらな人で、孫に似て肌が白かった。老婆は草が燃えている原っぱに孫を抱いて坐っていた。幼女はオカッパ頭が半分そぎとられて、頰にはりついていた。ほっかり唇を開いて眼をあけて死んでいた。白い前歯が光って、口もとだけに幼女の可愛さが残っていた。老婆の体は肉がぼろぼろにはがれて、モップ状になっていた。

女子挺身隊の少女たちもモップ状になって立っていた。肉の脂がしたたって、はちゅう類のように光った。小刻みに震えながら、いたかねえ、いたかねえ、とおたがいに訴えあっている。「滅私報国」の日の丸のはち巻をしめて、ベソをかいていた。戦争劇の演出家たちはたくまずしてピエロをふんだんに生みだすものである。

作家や詩人たちがその視線をどこに当て、どこから広島、長崎を見たのか、あらためて言うまでもない。彼らは原子爆弾の投下と被爆に人間の破壊を見た。「スベテアッタコトカ　アリエタコトナノカ／パット剝ギトッテシマッタ　アトノセカイ」とは、だれも見たことのない地獄であったか。「人間の肉体を、生きたまま壊し崩す強大で深いもの」とは、それこそ壮大な「愚劣」（「夏の花」）でしかない。

オカッパ頭を半分そぎとられた草つみ幼女も、肉がぼろぼろにはがれてモップ状になった老婆も女子挺身隊の少女も、そこに人間を見ることはかなわない。原爆の一瞬の閃光は、人間から「人間」を奪ってしまった——作家や詩人たちが遭遇し、認識したのはそのことだった。

しかし、科学者たちはちがった。少なくとも、広島・長崎で被爆した科学者とそうでない科学者たちはちがった。たとえば武谷三男は、一九四六年六月、民科自然科学部会の機関誌『自然科学』創刊号にこう書いた（「革命期における思惟の基準―自然科学者の立場から―」）。

今次の敗戦は、原子爆弾の例を見てもわかるように世界の科学者が一致してこの世界から野蛮を追放したのだともいえる。そしてこの中には日本の科学者も、科学を人類の富として人類の向上のために研究していた限りにおいて参加していたといわねばならない。原子爆弾をとくに非人道的なりとする日本人がいたならば、それは己の非人道を誤魔化さんとする意図を示すものである。原子爆弾の完成には、ほとんどあらゆる反ファッショ科学者が熱心に協力した。これらの科学者たちはだいたいにおいて熱烈な人道主義者である。彼らの仕事が非人道的になる理由がないではないか。

武谷は戦時下に仁科芳雄らとともに原子爆弾の開発にかかわったが（陸軍の要請で当時理化学研究所主任だった仁科を中心にすすめられ、仁科の頭文字をとって二号研究とよばれた）、一九三〇年代後半に真下信一らと『世界文化』などに拠って反ファシズム運動に参加して検挙・投獄され、戦後は原子力利用をめぐる「自主・公開・民主」の原則を提唱したことで知られる。いわば、戦後日本の「原子力の平和利用」をリードしてきた中心人物のひとりである。人間の認識を現象論的段階、実体論的段階、本質論的段階の三段階を経て発展するという自然認識における「武谷三段階論」を打ち出したことでも知られるが、その同じ人物とも思えない、ずいぶん粗い認識である。というよりも、どうして？　と思わせられるくらいの原爆肯定論である。

武谷はこの数年後（一九五〇年）、被爆地への視察を終えたアメリカの物理学者カール・T・コンプトンの「日本への原爆投下は数十万人、いや数百万人の米国人および日本人の生命を救ったと確信する。原爆投下を行わなければ、戦争はなお数カ月続いたであろう」という発言を、「多くの賛成者がある」と肯定した。また、コンプトンからの書簡を受けたトルーマン大統領の教書（一九四五年十月三日付）中の「原子爆弾が勝利をもたらしたとはいえないが、戦争終結を速やかならしめたことは確かである。これによって、おそらく数千人の米国及び連合国兵士の生命が、戦死を免れたのである」を引いて、「ということだけは何人もいなむことはできない」と述べた（『原子力』、一九五〇年）。

広島・長崎への原爆投下を戦争終結の最有力手段として肯定する議論は、今なおアメリカには根強く存在する。が、戦後日本の科学者のなかにも厳としてあったことは、「原子力の平和利用」論を受け容れていく背景をなすものとして、三・一一後の今日あらためて検証が必要なように思われる。原爆肯定論は、とくに武谷にかぎられてはおらず、これを「国際平和」を維持するために必要なもので、「最も有力なる戦争抑制者」と見る議論は仁科芳雄などからも出されている。

今日原子爆弾を製造し得るのはアメリカだけである。そしてこの国は平和を愛し、侵略を否定する国である。こんな国が原子力の秘密を独占し得る間は、侵略行為は不可能であり、従って世界平和は保持せらるることとなるであろう。即ちアメリカは世界の警察国として、原子爆弾の威力の裏付けによって国家の不正行為を押え、国際平和を維持し得る能力を有しているのである。

（「原子力の管理」、『改造』一九四六年四月号）

ある期間を経過すれば、広島・長崎の場合と比較にならぬ程強力な原子爆弾を、地球上二つ以上の国が所有することになり、それ等の国が戦争を始めると極めて短時日の間に回復すべからざる打撃を凡ての交戦国に与えてしまうであろう。これは決して空想ではなく現実である。こんな状況に於ては誰しも戦争を始める気にはなれないであろう。原子爆弾は最も有力なる戦争抑制者といわなければならぬ。戦争のなくなった平和の世界に於ける我々の物心両面の文化は如何に豊かなものであろうかを考えただけでも、科学の人類発達に及ぼす影響の大きさが知れるのである。

（「日本再建と科学」、『自然』一九四六年五月号）

武谷もまた「原子爆弾が将来の戦争防止の有力な契機になる」（「原子力時代」、『日本評論』一九四七年十・十一月号）と述べており、「核＝抑止力」論の淵源を考えるうえで興味深い発言だが、いまは別の主題である。重要だと思うのは、彼らの議論が民主主義日本を求める切実な声の表出であり、平和を志向して発せられている点である。八月六日の広島への原爆投下を警察の取調室で聞いた武谷には、戦時下の痛苦の体験が重くあっただろうし、仁科はやがて原爆を使った戦争が構想されないための「世界国家」の樹立を提唱するようになる。

戦争責任を問われなかった「科学」

しかし同時に、ここであらためて注目しておきたいのは、彼ら自然科学者の「戦争責任」がいっさい問われなかったことである。山本昭宏『核エネルギー言説の戦後史１９４５―１９６０』（人文書院、二〇一二年）も指摘しているが、民科は結成当初、戦争責任の追及を掲げ、戦争協力者のリストを作成した。しかしそこに、「自然科学者」の名前はなかった。民科は、政治、経済、歴史地理、哲学、農業の各分野のリストを作成し、教育は日教組が担当することに、文学は新日本文学会（東京支部）がすでに追及していた。美術分野でも、四六年に創立した日本美術会の初代書記長内田巖が藤田嗣治の戦争責任を追及した。

大衆芸能など一部をのぞけば、戦後日本はさまざまな分野で、軽重それぞれとはいえ戦争責任を追及した。それを考えると、科学者とくに自然科学者たちの扱いはまったく異例といってよい。リスト作成にかかわった人によれば「自然科学、技術関係は内容が複雑という理由でリストの作製にいたらなかった」という（柘植秀臣『民科と私　戦後一科学者の歩み』勁草書房、一九八〇年。前出の山本『核エネルギー……』より）。

当事者がそう言う以上、さらに追及することはできないのだが、なぜ自然科学だけがこのような扱いとなったのかは、三・一一後の今日、考えてみるべき問題であるように思われる。武谷は前述の「革命期における思惟の基準」で引用したように、日本の科学者をもまた「世界から野蛮を追放した」なかに位置させたのだが、そのうえで続けて、「自然科学はもっとも有効な、もっとも実力あるもっとも進歩せる学問であることは万人が認めるところである。かかる優れた学問を正しくつかみ正しく押し進めている自然科学者はもっとも能力のある人々であり、これらの人々の考え方は必ずや一般人を導くものでなければならぬ」と述べた。過激すぎるほどの科学への自負である。戦争責任が追及されなかったこととこの自負、さらに敗戦直後からの科学偏重、ひいては「原子力の平和利用」論とは、ひとつながりであるように私には思われる。

戦前・戦時下の狂信的な精神主義を前提としつつ、なぜそうなったのか、また、なぜそれが易々と受け容れられたのかについて素人を承知で考えをめぐらせば、一つは、「原子爆弾はついに実現した」（前出、武谷『原子力』）という、核＝原子力という途方もないエネルギーの集散を爆弾のかたちではあれコントロールした、科学「知」への自負であり、それを目の当たりにした感銘、賞賛であろう。

理論物理学者で湯川秀樹選集を編んだ佐藤文隆は、「子供心にも『原爆はすごい！』という感銘のようなものが当時はあった」（『科学と幸福』岩波書店、一九九五年）と述懐し、「原爆を『科学史の偉大な一章』とか『人類の科学史上に輝く大事業』と書くことは当時の出版物では一般的だった」と述べている。当時七歳の少年だった佐藤は、それが自分を物理学に導いた原体験だったのではないか、とふり返っている。が、少年の人生を決めた一撃は、ひとり少年だけのものでなかったところに、今日からたどって見る歴史の皮肉があるというべきか。

二つに、先に引用した武谷の論文にもあるように、科学＝原子爆弾を反ファッショの産物と見、それは非人道でなく、非人道は戦争そのものであるとして「科学」を政治的階級的には無色とする議論である。武谷三男は前出「原子力時代」にこう書いている。

もし将来の戦争において無制限に原子爆弾が使用されるならば人類の滅亡となるであろう。しかし原子爆弾にとくに非人道性を帰することはできない。非人道はむしろ戦争そのものにあるのであって、原子爆弾が将来の戦争防止の有力な契機になる事がむしろ考えられる所である。

であるならば、科学技術はつねにそれを利用する者の側に責任があり、科学的真理の追究は政治社会に左右されない、ことになる。果たしてそうか。この点はいまも科学者のあいだで議論の交わされるところである。

が、当時の彼らの議論が時代的制約を受けていたことともにきわめて便宜主義的であったことは、冒頭に紹介した『死の灰から……』中に、「人類はさいしょに原子爆弾をつくった国としてアメリカを、さいしょに原子力を発電に利用した国としてソヴエトを永遠に記憶にとどめるであろう」と述べ、アメリカは原子戦争をとなえて原子兵器生産の拡大につぐ拡大をつづけ、一方ソ連は、原子力を国民の幸福と結びついた生産力のいっそうの発展のために利用するという態度をとっている、と「資本主義体制に対する社会主義体制の優越」を強調したことにもうかがえる。科学＝核は無色だが、社会主義の核は平和のため、資本主義の核は戦争のため、という論理は当時はともあれ今日ではとても肯うことはできない。
原子力発電の問題も同様で、アメリカ、イギリスの発電所建設に対して、自国民を搾取し、後進諸国の人民を強奪し、戦争と経済の軍事化を進めるこれらの国においては、原発の建設は技術的には可能であっても、「その平和的利用を完全に保障してゆく条件はまったくないのではないか」と述べている。ましてアメリカに従属し、軍国主義復活がおしすすめられている日本の場合、平和目的のために自主的に原子力を研究、開発し、それを保障する条件はまったくない、と建設に反対した。核燃料廃棄物の最終処理技術のないことは当初から指摘されているが、一九五〇年代半ばの原発建設反対の論理は、六〇〜七〇年代に提起され、三・一一後にはより明瞭になった、過酷事故の可能性とそれがおきたときの統御不能などを指摘して原子力発電そのものに反対する論理とはまったく異質のものであった。

ともあれ、原子爆弾を人類史の希望と讃えた議論は六〇年代に入るや、それを口にする人はいなくなった。前出の佐藤はこう述べている（同書）。

（原子力＝核エネルギーが──新船）「感銘」をふっとばすほどの厄介な怪物に成長していたからである。しかし多くの科学者の論調は、あの「感銘」ものの知識を人類に対する凶器に転化させた科学外の要素──政治、経済、社会──を恨み、絶望し、嘆き、糾弾し、批判するものであった。そしてこの思いもかけない邪魔者を押さえ込み、あの「感銘」を何とか「本来の姿」に戻すことは可能であるとし、さまざまな対応策の模索、混迷が始まるのである。「無色」であることを強調して戦争責任から身を逸らしたものの、科学技術のその後の現実の歩みは、「無色」の「本来の姿」を求めて「模索、混迷」せざるを得なかったとは、一体どういうことなのだろうか。そこに、そもそも原子爆弾を「希望」とし、核エネルギー開発を政治社会的には「無色」と見た思考や認識に重大な落とし穴があったのではないだろうか。

三つに、敗戦の原因を「新兵器」開発の遅れをもたらした科学力と国力の彼我の差に求める議論である。つまり、遅れた力しか発揮できなかった科学に敗戦の責めを問うべきではないという意見である。湯川秀樹は敗戦直後、次のように発言している。

わが国はこれに(原子爆弾のこと―新船)比肩すべき新兵器はついに現れなかった。総力戦の一環としての科学戦においても残念ながら敗北を喫したのである。もちろんこれには多くの理由があるであろう。例えば原子爆弾の場合においても、人的、および物的資源の不足、工業力、経済力の貧困等を挙げることができるであろう。一言にしていえば、彼我の国力の大きな差異が物を言ったのである。敗戦の原因が人々によって色々と挙げられているが、全ては結局彼我の国力が懸絶していたことに帰着するのであって、最高指導者がこの点を無視したこと自身が最も非科学的であったといわねばならぬ。

（「静かに思う」、『週刊朝日』一九四五年十月二十八・十一月四日合併号）

これらの科学あるいは原子爆弾についての考えから次のような道へと進むことは、必然であったと言ってもいい。湯川秀樹の発言である。

原子物理学自身もまた、逆に原子爆弾から大きな恩恵を受け、研究が一段と促進されることとなるであろう。そして人類が自ら誤って破滅の淵に投じない限り、科学の道はさらに続いて行くであろう。私どもが待望している中間子を、実験室内で自由自在に創り出し得る日も遠いことではないであろう。宇宙線をめぐる数々の謎もやがて解かれるであろう。その途上においてどんな大きな副産物が得られるか、私どもは予想することができないのである。しかしそれが結局において人間生活を豊かにし、地上に永続的な平和をもたらすに充分なものであろうことは、疑いを容れないのである。

（「運命の連帯」、『科学と人間性』国立書院、一九四八年）

このようにして見出された自然の新しい性格は、私どもにそれが物質とエネルギーの両面にわたるほとんど無尽蔵ともいうべき資源として、将来活用され得るものであるという大きな希望を与えることになった。原子爆弾の成功はこの希望の実現へ向かっての第一歩であった。今後における原子力の平和的活用が人間の福祉にどんなに大きな貢献をするか、おそらく私どもの想像以上であろう。

（「知と愛とについて」、同前）

こうして他分野の戦争責任追及を横目に、科学者たちは科学「知」への感銘をひろげ、「原子爆弾は日本の野蛮に対する青天の霹靂であった。日本の科学者はかかる野蛮に対して追撃戦を行うべきことに責任ある地位にある」（武谷「革命期における思惟の基準」）と、「野蛮」への「追撃戦」として、核エネルギーという「無尽蔵の資源」の活用に乗り出そうと呼びかけたのである。「夢」のような話が語られた。車も船も飛行機も原子力エンジンで走り、台風の進路を変えることができ、生活は一変する、と。

いまふり返るとどこかおかしいこの議論は、爆弾という残酷なかたちではあったけれども核エネルギーの集散・コントロールに技術的に「成功」したことで、科学者に地上でくり広げられている惨劇を忘れさせたのかもしれない。でなければ、これほどの原爆＝核エネルギー賛歌は歌えなかっただろう。しかも彼らには、くり返すが、戦時下のファッショ的抑圧への絶対的否定の感情があり、平和・自由への心底からの希求が剝がしようもなく張りついていたのに、である。いや、それだからこそ、であったかもしれない。しかしそのあたえた影響は大きかった。

科学と文学の認識を隔てるもの

こうして文学者や科学者の原爆に対する認識を拾いあげてみると、もちろんこのように収斂させられない文学者や科学者がいることは承知しているが、それでも多数の傾向として、作家たちはそれを人間を破壊する「敵」と見、科学者は人類の未来を切りひらく最強の「味方」と見たといえるだろう。それは、文学が個別の人間それぞれを形象するものであるのに対して、科学はデータを集積して全体の質量を解析するものというちがいによるのかもしれない。

しかし、両者のあいだに原爆が何をもたらしたのか、についての認識、つまり事実認識の相違は、おそらくそれほどもなかったろう。広島と長崎にはウランとプルトニウムのちがいがあるとか、熱風、熱戦の量や質、被爆者たちの症状など巨細さまざまの事実についての知見には当然、科学者とそうでない者との差があるにしても、広島、長崎という当時約三十五万、二十四万の人口をかかえた都市が、爆心地を中心に一瞬にして廃墟と化し、おびただしい亡者が生まれたことは共通の認識だったろう。GHQのプレスコードによって、被爆の実相にかかわる報道、作品発表が規制され、原爆についての事実認識に大きく影響したことは否めないが、科学者が文学者や常人と同じ想像力しかなかったとも思えない。

文学者とこれら科学者を隔てたものは、原爆に何を見出したか、あるいはそれをどのようなものと受けとめたかの「価値認識」である。認識が、事実認識と価値認識の統合されたものにほかならないとしたら、科学者たちは核エネルギーの巨大さという事実に圧倒され、驚嘆し、そこに価値を見つけたのであり、文学者たちは、炸裂した核エネルギーによって地上に現出した阿鼻叫喚の地獄、人間存在と尊厳のまったき喪失を書き記すことに価値を見つけたのである。大田洋子が、お姉さんはよく見られるわね、と妹に詰問されて、「人間の眼と作家の眼とふたつの眼で見ているの」、「いつかは書かなくてはならないね。これを見た作家の責任だもの」と返答しているところに、作家（文学者）という存在が持つ認識がどういうものであるかが示されてもいよう。

　だからといって、文学であればつねにその価値認識が保障されているというものではない。宮本百合子が戦時中、軍部の要請で戦地慰問に出かけた佐多稲子がその体験を書こうとしたときに、作家は見たから書けばいいというものではない、と忠告したことは知られている。軍の要請に応諾する―戦地に出かける―見る―書く……そうやって一歩一歩と戦争協力の泥沼に引きずられていく……それは文学本来がなすべきことではない。百合子の忠告はそういう意味であったろう。

　原爆を主題・題材としてえがくことをとっても、大田洋子らに対して「原爆作家」と蔑視する作家・評論家はいた。江口渙が大田の「城」（『群像』一九五一年十一月号）にたいして、「つぎつぎに力作をかいたせいか、さすがの原爆小説の本家本元も相当種ぎれのていいと見える。もう一度広島にかえってもっといい種を仕入れてくるんだな。そうでしょう、大田さん」（『新日本文学』一九五二年二月号）と揶揄したのは知られている。二人のあいだにいくらかの論争はあった。ふり返ってみれば江口の言葉は穏当ではなかったろうが、それはひとり江口の認識だけでなかったともいえる。

　原爆を文学にとって一つの「種」と見るのか、それとも人類普遍の課題をそこに見つけるのか。そこに働く理性をふくめた価値認識こそ作家に求められるのである。

　科学もまた同じところにとどまっていなかったことは、たとえば一九五五年七月九日の「ラッセル＝アインシュタイン宣言」に署名した湯川秀樹に象徴される。宣言は、ビキニの水爆実験がもたらした被害を検証しつつ、将来の世界戦争に核兵器が使用される危険と、それが人類の終末をもたらすことを警告し、「人類として、人類に向かって訴える――あなたがたの人間性を心に止め、そしてその他のことを忘れよ」と呼びかけた。この宣言については、後述の黒川創の短篇小説「泣く男」で指摘されるような批判もあるが、ともあれ原爆投下直後の科学「知」の賞賛はここにきて「人間性」の想起、覚醒を求めたのである。それは言い換えれば、科学「知」が人間的価値とつねに一致しているものではないことの自己表白でもあった。

人類はあるいはこのとき、原爆と核エネルギーを区別のできない一つのものととらえ、いったん過酷事故が起きたときは、人間の手で統御できない途方もないものであることを共通の認識とすべきであったかもしれない。

前述した佐藤の言葉をここで引いておきたい（同書）。科学にとっての価値認識をどう考えるかという点での興味深い考察である。文学にとってもだいじなことと思える。

さらに科学にとってトラブルなのは、原爆のような「悪魔の知」への挑戦であっても、科学者という人間は嬉々として熱中してそれを達成するということである。そしてまた戦後の歴史が証明しているようにこの同じ能力と情熱が科学のフロントを拡大させている。要するに両者に差はなく、いずれにも転化するということである。「原爆はすごい！」と子供心に思わせたあの「感銘」が科学の営みに人々をかき立てる情念であるなら、科学の知への情念は何らかの別の価値観で統御されねばならないことになる。

「科学は、情念などではなく、理性に基づいて行われるから他の統御は必要ない」という反論が出るかも知れない。確かに科学という構造体には理性に基づく論理が貫徹している。しかし、人々が科学という営みに熱中したり、その営みに参加したり、離脱したりするのは、科学以外の社会情勢にも大きく支配されて決まってくる。そして理性によって具体的に科学的営みを行うにしても、それに参加した動機や目的を達成するという執念はもろもろの情念で支配される。

科学に影響する情念と社会の問題は、ただ科学についてだけのことではないだろう。佐藤はこうも言う。「科学者像の混乱」と小見出しがついている。

かつて「そんな行いや発言は科学者らしくない」という批判の仕方があった。ここでは科学者は理性に基づいて行動するから邪悪な目的を持たない人々であるという暗黙の前提があったのであろう。しかし現在では科学者や科学を基礎に仕事をしている技術者をそのように概ね道徳的であると思う人は少ないであろう。悲しいかな、科学の存在が大きくなって、いろいろな社会の場面に重要な役割を果たすようになるとともにそのイメージも変わったのである。ここで、それでは反省して昔のように「科学者らしく」なろうと言ってもはじまらない。ここに重要なもろもろの問題が無数に含まれている。「真理」ということをめぐる混乱もある。人間にとっての価値と科学的知見の乖離もある。たぶんかつては真理は人間にとって価値があるというかたちで統一されていたのである。常人の職業になった科学界や研究者の社会と関わる制度の問題もある。神を置かず、人間らしく生きるという目線を下げた生き方に、科学という営みをどう融合させるかという問題もある。これらは決して賢人や原爆の知がどこかから探してくる知ではないであろう。

混乱を指摘し、科学者の課題について問題提起したこの文章の後半部分に再三、「人間」という言葉が出てくることに、注目したい。科学にとっても文学にとっても、それがもっともだいじなものであることに、あらためて思いがいく。今春（二〇一二年）、日本科学史学会の技術史分科会と科学論・技術論研究会が原子力問題シンポジウムを共催した。問題提起者のひとり西川栄一（神戸商船大名誉教授）は、「対応不能の破局事態が生じる可能性があるような技術の開発利用は行わないという原則」を提唱したという（慈道裕治「科学者に問われるもの」、『季論21』二〇一二年夏号）。私はこれを読みながら、佐藤の言う科学技術に対する情念や社会的要請を人間の理性や倫理がどう統御するかの、重要な問題提起だと思った。これを認識論として考えた場合、核＝原子力の巨大なエネルギーの事実認識とそれが「人間らしく生きる」こととどう結びつくのか、結びつかないのかの価値認識を、人間らしく自覚的に統合しようと提起しているのだとも思った。

従来、事実認識は科学の、価値認識は芸術や道徳のそれと言われてきた。たしかに人間の認識はそのように分化・発展してきたのだが、今日、その意識的自覚的な統合が求められているのではないだろうか。文学をふくむ芸術の形象的認識論も、そこにおいて考えるべきであるように思う。芸術史は反映の歴史であるが、芸術の本質は認識であるのだから。

観念と思念と

三・一一はどのように創造世界に結実されるのか。あれから一年半が過ぎ、ルポルタージュを中心に被害の実相に迫る作品は多く出版されたが、「今なお日本の文芸作品は現実と虚構の架橋に苦労しているようだ。書かれた物語が、言葉が、圧倒的な現実を前に創造力を発揮できずにいるようにも見える」（「大波小波」、「東京」六月二十六日夕）と言われる状況は変わらない。

三・一一は、その廃墟の様が八・一五とよく比較される。しかし、八・一五のときは数カ月後には新日本文学会の創立など「戦後文学」と総称される動きがあった。前述したように、敗戦後の日本文学は被爆と戦争の実相を伝える記録だけでなく、創作として戦時下の日々を問い返し、思想の根を掘った。今次はそのようではない。日本中が被災したわけではないということもあろう。戦争などという人為が引き起こしたのではなく、地震・津波の自然災害が引き金だったこともあろう。八・一五では天皇や軍部を批判することで自らを救うことができたかもしれないが、津波の去った三陸沿岸の人たちは、なじる相手どころか発する言葉さえも失っていた。

「あらゆる天災は人災の反映にすぎない」（宮城谷昌光『草原の風』）という言葉が意味を持って表現世界に立ち現れてくるのは、おそらくこれからだろう。「そうか、東北はまだ植民地だったのか」（赤坂憲雄）というつぶやきは、沖縄、「在日」朝鮮人、高齢者や障害者など社会的弱者、また非正規雇用におかれる大量の労働者……など、「国内植民地」と言ってもいい差別的構造を織りなしているこの国の現実とつながってとらえられるときに、スケール大きい創造世界に転じていくことだろう。

そのなかで、福島原発事故と事故後のこの国の様相は、それを三・一一に括ることのできない、いや逆に、それこそが三・一一といえる一つの典型、象徴になっている。八・一五後に国策協力から満蒙開拓への応募や少年兵志願を促したことを恥じて自ら命を絶ったある教員が、「戦争さえなければ」ともらしたことと、三・一一後、「原発さえなければ」と書き残して自死した酪農家とは、あきらかにちがい、しかしどこか底の方でつながっている。その意味では、八・一五と三・一一は、そこへ至らせた道を検証し、再びそうあらしめないために新しい道を模索する点で共通する。にもかかわらず、八・一五後の文学は、民主なる文学こそが戦後文学とする矜持が、近代文学派をふくめてなお暗中にあったり理論的未熟のものへの批判を急がせ、本来共同できる相手を遠ざけた嫌いは否めない。三・一一後にそれをくり返すことは愚である。

八・一五後と三・一一後にさらに共通していることは、原爆・原発のちがいはあれ放射能被害がひろがり、今後ながく続いていくことである。広島・長崎への原爆投下に日本人はなんら責任を負うところはないが、そこに至らせたアジア太平洋戦争については、各層それぞれの責任を問わなくてはならない。本来もっとも責任を負うべき天皇への責任追及があいまいになったために、わが国では各層のそれもしり切れトンボになり、戦争に反対し抵抗した側の自己検討も機会が失われてしまっているが、今回の福島原発事故でそれをくり返すわけにはいかない。

三・一一後が三・一一前と決定的にちがっているのは、大澤真幸も言うように（『夢よりも深い覚醒へ』岩波新書、二〇一二年）、なぜ三・一一へ至ったのかを検証できることである。それによって、再びの三・一一を拒否し、オンカロンの土中深くに貯蔵される核廃棄物のひそみに倣えば、十万年後に生きる命と連帯できる可能性を得ることである。それは、八・一五後には不十分にしかできなかった問題を取り戻すことでもある。あのとき私たちの先輩は、戦争責任が国民諸層にわたる問題として検証する機会を取りこぼしてきた。だからいま私たちは、福島原発事故を問わなくてはならない。なぜこれをここまでにしたのか。原発に反対してきた人、無関心できた人、賛成してきた人それぞれなりに問わなくてはならない。八・一五後を再び歩むことのないように。

しかし、政府や東京電力など政・財・官・学・報のペンタゴン（これに司・労を加える人もいるが）、いわゆる「原子力ムラ」に群がる人々などをのぞけば、「私にも責任があるのでは」という問いは抽象的、観念的なものである。ヤスパースはドイツ国民の戦争責任を刑法上の罪、政治上の罪、道徳上の罪、形而上的な罪をあげたが（『責罪論』）、その区別でいえば先の問いは、多く道徳上の罪や形而上的な罪にあたる。無関心でいたことに道徳上の責任はないかとか、あるいは、福島原発の電気で（福島の人たちの犠牲のうえで）便利な生活を営んできたことになにがし罪の意識を思ったりしないか、などと自問するのがいい例だろう。わかるようにそれらは、おおむね自己の良心が問われ、他者との連帯関係への自己の人間的判断が求められる問題である。良心といい、人間的判断といい、刑事上、政治上の罪や責任のように、ある客観的な基準のある問題ではない。

観念的になるのはそのためである。これもまた認識の問題であるが、そこに文学上の主題を求めるとどうなるか。

川上弘美が「神様　２０１１」でこころみたのは、そのようなことではなかったろうか。作品は、川上の最初の短篇「神様」（一九九三年）を、福島原発事故後の『群像』二〇一一年六月号に改題改稿して発表したものである。熊に誘われて川原まで散歩に行くという話は、ファンタジーめいている。三軒隣の３０５号室に引っ越してきたオスの熊は、昔気質のようで「縁」などといった言葉を駆使し、人と人との（この場合は人と熊＝神との）つながりをだいじに思っている。暑い日盛りの道、川原での水遊び、少年たちとの出会い、大きな魚へ躍りかかって捕獲する熊、干物づくり、木陰での昼寝、別れのときの抱擁……何とはない一日だがこころ豊かになった日。思えば、私たちのつましい暮らしには、なんと多くの神様の息づかいが聞こえてくることか。生きていることがほんとに大切な、愛おしいものであることが伝わってくる。

が、「神様　２０１１」は同じ川原に散歩に行くのだが、様相はちがっている。春先には防護服を着て出かけたものだが、この日は普通の服で肌を出して行った。土壌の除染のために防護服、防塵マスクで作業する人がおり、震災による地割れは補修されていたものの、どの車も「わたしたち」をよけて通っていく。防護服を着ていないからかもしれない。川原で遊び、昼寝をし、帰って来る。３０５号室の前で、熊はガイガーカウンターを袋から出して計測する。熊と別れの抱擁を交わすときには、「わたし」は体表の放射線量をちょっと気にし、部屋へもどる。そして、「いつものように総被曝線量を計算した」。

生きるということは、ここでは被曝線量をはかり、熊がつくってくれた干し魚をくつ入れの上に飾る、どこか人と人との（また人と熊、人と神様との）つながりをぷつぷつと切っていくような、味気ないものに変わっている。累々たる死者が背後に横たわっている気もする。それでも、日は過ぎていくのだろう。「悪くない一日」だったが、まだ生きるよろこびにはなっていない。

この小説を『群像』誌上で読んだとき、私は、若狭・明通寺の住職で原発反対運動をすすめてきた中嶌哲演の著書『原発銀座、若狭から　スリーマイル・チェルノブイリ・そして日本……』（光雲社、一九八八年十月）のカバー画を思い出した。赤地に黒い影絵で母親が幼子に顔をすっぽり覆う防毒マスクをつけている。何か言い聞かせているのか。「何が起るの　おかあさん！」問いかける子どもの言葉が黒く刻印されている。二十数年前の未来への不安は現実になってしまった。

川上は、二つの作品を収めた作品集『神様　２０１１』（講談社、二〇一一年九月）のあとがきにこう書いている。

> ２０１１年の３月末に、わたしはあらためて、「神様　２０１１」を書きました。原子力利用に伴う危険を警告する、という大上段にかまえた姿勢で書いたのでは、まったくありません。それよりもむしろ、日常は続いてゆく、けれどその日常は何かのことで大きく変化してしまう可能性を持つものだ、という大きな驚きの気持ちをこめて書きました。静かな怒りが、あの原発事故以来、去りません。むろんこの怒りは、最終的には自分自身に向かってくる怒りです。

今の日本をつくってきたのは、ほかならぬ自分でもあるのですから。この怒りをいだいたまま、それでも私たちはそれぞれの日常を、たんたんと生きてゆくし、意地でも、「もうやになった」と、この生を放りだすことをしたくないのです。だって、生きることは、それ自体が、大いなるよろこびであるはずなのですから。

「今の日本をつくってきた」自分とは、九三年に「神様」を書いた作家である。他者を責めるわけにはいかない怒りを、自分自身に向かって発するとき、作家は最初の短篇を三・一一後の日常に置き換えた。置き換えることで、九三年の最初の作品の日々からつながる日常の結果としての三・一一を照射し、再びそこへ行き着かぬために何ができるか、日常を生きるとはどういうことなのか、を問おうとしたと言えるだろう。問いがまっすぐに川上自身に向けられることによって、テーマが観念的でなくなっているのである。

黒川創の短篇集『いつか、この世界で起こっていたこと』（新潮社、二〇一二年）にもまた、川上と共通する意識がうかがえる。短集には「うらん亭」「波」「泣く男」「チェーホフの学校」「神風」「橋」という、いずれも震災後に発表された六篇が集められているが、わかるように、書名は作品名からとられていない。「いつか、この世界で起こっていたこと」とは、つまりは、あのとき何かを為しておれば三・一一は来なかったかもしれない、という個人のささやかな悔恨にも似た気持ちによっている。川上の言葉に添わせれば、「今の日本をつくってきた」自分への、なぜあのとき、という心の動きである。

たとえば巻頭の「うらん亭」。三十五年前、京都の片隅につくられた軽食も酒も出す喫茶店の名前である。鉄腕アトムの妹ウランにちなんだわけではない、妻と離婚した中年男が何とかこれで生計を立てたいと、「売らん哉」からつけられている。作品は、中年男の姉の子、当時中学三年生のアキラという甥の目で展開していく。

何ともない日常である。時折かかってくる元妻からの子どものことでの電話、〝性の解放〟などを説きながら常連客となった女性たちと関係を持ち、そのくせいつも逃げている叔父……。場面は突然、福島原発事故を伝えるテレビに見いるアキラをとらえる。古びたベッドに腰掛け、肥った上体を毛布でくるんでいる。その姿勢のまま、ペンシル型の注射器を取り出し、毛布とシャツを腹の上までたくし上げ、だぶつく腹の肉をつまんで針をたてる。

あれから三十五年、十五の少年は五十になり、だぶつく腹に薬物注射をしている。「うらん亭」はもうない。

どこかで、何かを違えたのだ――作品の背後からそんな声が聞こえる。「うらん亭」の由来をウランではなく「経済」にしていることは、あれからのこの国の進み来しを象徴しているだろう。七〇年代半ばのそのころは、高度成長は破綻したもののやがて来るバブル経済に向かって進み始めていた。原発建設をめぐるはげしいたたかいがくり広げられてもいた。叔父は〝性の解放〟論だけでなく、社会的関心も理論の目の付けどころも鋭い人物に設えられている。環境問題なども「うらん亭」の客が話題にしている。気づくことは、身の回りにあるほどあったのだ。

ぶよぶよの腹に注射針を突き立てているのは、五十のアキラではない。この国である。「われわれ人間の暮らしは、まだ、これから何十年、あるいは何百年と、続いていくことが、できるのか?」——作品の問いは、アキラと、彼とほとんど同世代の作者自身に向けられている。そこに、このようになった日本がかさねられている。

「泣く男」は、それから二年後、エルビス・プレスリーが死んだということ以外とりたてて話題のない一九七七年夏のことである。山本研吾という十七歳の高校生がプレスリーの死を知るのは、ワシントン州シアトルの黒人地区でである。ひと月あまりの自主的な学習旅行に加わっていたからだ。旅行は、中学時代から通っていたレコード・ショップのオーナー「ミチオさん」の友人ディヴィッドが企画した。学生寮やシアトル市内の協力者の家にホームステイしながら、ハンフォードの原子力施設の見学などをふくめた、もう一つのアメリカを見ようというものだった。

プレスリーの話題をはさみながら、一行三十人の体験——先住民ラミ族の暮らしぶり、そこで聞くウラン採掘によって白血病やガンで苦しむアリゾナのナバホ族のこと、先住民のいろんな部族が行き交う場所だったハンフォードは、いまや川も地下水もすっかり汚染されてしまっていること、さらにマリファナの吸飲……。研吾はそこで、大学助教授のディヴィッドから、原爆の日本への投下はドイツの敗北後に決められたこと、つまり、投下の理由はなくなったけれども開発した原爆を使うという政治的意志があり、そこには、巨額の国家予算が使われていた事実が大きかったろうが、議会を納得させるには使うほかなかった、などの話を聞く。

ディヴィッドは、原爆投下に反対し、止めさせようとした人もいたのでは、という研吾の質問にこう答える。

原爆開発をルーズヴェルト大統領に口添えしたアインシュタインにせよ、マンハッタン計画で科学者の中核となったオッペンハイマーにせよ、彼らは、日本に原爆が投下された後になって、後悔と苦しみを口にする。それは、その通りだったのだろうなとは思う。だけど、彼らは、ずばぬけて頭のいい人たちだ。事実がそんなふうになる前から、原子爆弾というものが実現されたらそれがどんな結果を引き起こすか、ちゃんと知識と想像力とを持ち合わせていたはずだ。にもかかわらず、彼らは、原爆開発を食い止めようとはしなかったし、計画の内部にいる者たちはその職を離れることもしなかった。だとすれば、彼ら科学者もまた、そうなること、原爆が落とされることを望んでいたのだと思わないかい？　つまり、その〝実験〟への誘惑に、自身の内部では歯止めを持っていなかったんじゃないのかな。

後悔とは、そういうものだろう。彼らは、そのときの自分の本心を知っているからこそ、それを悔いたりもするんだろう。

だから、そこから考えなくちゃいけない。——なぜ、彼らは、もっと早くに、原爆の使用に反対できなかったか？　実際に、それを止めるためには、どうすることが必要かを、なぜ考えようとはしなかったか？　彼ら科学者が、原爆開発の初期段階で、もしも現場から離れていれば、少なくともその時期、この爆弾が完成しなかったことははっきりしている。つまり、そこには、自発性が関わっているんだよ。

背中を電気が走り抜けたように、研吾は感じる。研吾のショックは大きい。しかしその後、それらをとりたてて思い出すこともなく日を過ごしてきた。三・一一後、この学習旅行で知り合い、二十年ほど前からメールのやりとりをするようになった四歳年上の、当時フェアヘイヴン・カレッジの学生会長をしていた黒人のマーク・ハンターから、安否を気遣うメールが届く。マークは、旅行のときにポートランドの街近くの公園で開かれていたヒロシマ・デーの集会でのミチオの演説を、じつにおもしろいものだった、と付け加えていた。研吾は、ちゃんとおぼえていなかったが、作品はこういうものだったと紹介している。

……原爆の死者たちは、過去だけの死者ではない。爆発時の放射線、そして死の灰の影響が、彼ら一人ひとりの細胞に今も残っていて、ヒロシマ、ナガサキだけでも、毎年毎年、数千人が死につづけている。しかも、人間の体がどうであっても、そこにある放射線物質は、つねに一定の確率で崩壊を続けて、変わらぬ時間を刻んでいく。原子力の厄災が生んでいるのは、つねに、現在から未来にわたる死者たちの列なのだ……。

あのとき、ミチオさんは顎の線を震わせて、怒っていたのか、泣きだしそうになっていたのか、それさえはっきり思い出せない研吾である。マーク、どうして君はあんな昔のミチオさんの演説をちゃんとおぼえているんだい？　研吾はそう返信しようとしている。

気づくべき機会は、あのときも、あれからも、たくさんあったはずだった。知ってしまった人間のやるべきことは——その問いが立てられなかった。人間は、後悔するようにできている。であればなおのこと、今度こそ、その問いをまっすぐに自分に立てなくてはいけない。

この短篇集は、読者である他者への語りかけでありながら、問いは悲しいまでに作者と等身大のアキラや研吾に突きつけられている。考えてみると、私にも責任があるのではないか、もっとあのとき何かできたのではないか、などという三・一一後に湧きあがってきた思いは、そのままではまだ観念であるが、思念へと思いを深めることで小説を書くモチーフに醸成することができる。「私」に問うことで成立するその命題は、「私」が答えを見つけ出す以外にない。明答の難しい問いであればあるほど思念は入り組むが、それとて、他者に助けを求めることのできない「私」の問題である。観念的にならず、思念がリアルにテーマを形成するためには、その難事に挑み続ける以外にはない。短篇集は、その一歩であろう。

現実と虚構

櫂悦子「南東風が吹いた村」(『民主文学』二〇一二年八月号)は、その問いを物語の登場人物たちに背負わせてみた、挑む心のつよい作品といってよい。

三・一一後の「阿武隈山系の北部に位置し、八割近くが山林で占められており、標高五百メートルほどの高原にある」、〈までい〉という言葉を好んで使う村を舞台に、十五頭の牛を飼う繁殖農家の吾朗と、高校時代からの友人で隣町で百頭以上の乳牛を飼う酪農家の良一を中心に話は展開する。原発事故と被災者をめぐる問題で、この作品にはいくつかのポイントがある。

たとえば、良一は原発事故を知り、縁戚にあたる村長から情報を得たのか（吾朗の推測）、いち早く牛を蔵王の方へ避難させ、親友の吾朗にも隠していること。また、原発事故で避難してきた人たちに良一は搾乳した原乳を煮沸して提供するが、やがて、放射能に汚染された牛乳を飲ませたとはげしく自分を責めること。良一は、三・一一大震災と原発事故は経済優先できたこの国への警鐘であり、「天罰」だと言い、生き残った人間はそれを肝に銘じ、酪農を守っていかなければならないと考えている、ことなどである。

作者によって仮構された村は、福島県飯舘村を思わせる。福島原発から四十キロメートルほど北西のこの村は、三月十五日に南東から吹いた風によって高濃度に放射能汚染され、全村避難を余儀なくされた。一年経って、村はこの七月、避難指示解除準備区域・居住制限区域・帰還困難区域の三地域に区別された。帰還困難区域に指定された長泥地区へ通ずる道路にはバリケードの扉が設置され、鍵をかけられた。が、線量がほとんど変わらない隣の蕨平地区は、低いところもあるという理由で指定ランクを下げられている。そもそも二十一の行政地区を地区ごとにまとめて三地域に区別することが妥当であるのか。

地区のなかをとってみれば、高線量の所もあればそうでないところもあるのに、地区で一つにまとめるのはどだい無理な話である。しかもそれはそのまま賠償や生活保障と結びついていて、新しい分断が持ち込まれ、村民を悩ましている。賠償金を十年分一括支払いするという政府の方式に、仕事もなく仮設暮らしをする人間に数千万円もの金がわたればどうなるかと、こころと生活の荒廃を危惧する声も聞かれる。

東電と政府、行政は、すべてを奪ったうえになお村びとに亀裂と分断を持ちこみ、押しつぶそうとしているのである。

飯舘村は一九五六年、大舘村と飯曾村が合併してできた、いわば村人たちが協力して新しい共同体をつくってきた村である。苦労をかさね、ようやくこの三、四十年で生活にめどがつくようになった。〝平成の大合併〟の脅しに似たかけ声にものらず、小さく貧乏な村でも自分たちの意見が反映される村がいちばん、と「までい（真手＝手間をかける、手を抜かない）ライフ」を村づくりのテーマにし、飯舘牛とよばれるブランド育成に成功した畜産をはじめ酪農、そしてコメ作りをすすめてきた。それが一挙に奪われたばかりか、手塩にかけてつくりあげた自分たちの村に帰れなくなった。

そういう人たちに、どう寄り添うか。おそらく、文学というものの真骨頂はそこにあるのだろう。広津和郎が「人生の直ぐ隣」のものと言った文学が。右遠俊郎が「詩人からの手紙」のなかで、伊藤信吉に民主主義文学とは何かと問われ、民主主義文学の「民主主義」をあまり限定的に考えず、社会変革の場に身を置く、人間の悲しみに共感する、そして文章をだいじにする、と答えているが、「人間の悲しみに共感する」とは平時にもまして三・一一後のこういうときにこそ求められるのだと思う。

文学は何をどう書いてもいいものだから、よけいそのことが問われる。作者の心に湧きあがる、私にも……、あのとき……、は貴重で大切なものだ。しかしくり返せば、それはある種の観念である。それを、被災者たちに負わせて物語を組み立てるには、なにより現実世界の被災者のなかにその問いが存在していなくてはならない。

私がいま、作者の仮構をあえて現実に引き戻しているのもそのことによっている。福島原発事故は、その被害の大きさ、深刻さのどれをとっても、その現実が何にも増して重いからである。最近、「虚構化」なる言葉を使う人がいる。小説の人名や地名がじっさいのものから変えてあるので、そこに作者の「虚構化過程」がある、と考えるらしい。そうなると、実名で書いている小説は虚構でないことになるが、ことはそう単純なものではなかろう。小説が虚構の世界を構築するのは、それによって真実に行き着くためである。小説の登場人物も作者も、現実のままでは行き着けなかったところへ行くためである。

小説だけでなく芸術は、作者の主観の表現である。主観はそのままでは客観に変わることはない。主観は、認識と表現との交互作用を通じてさらにその認識を深め、ときに変更も求められ、あらたな表現を獲得していく。認識、表現のそれぞれの過程で反映関係が結ばれていく。あいだに立つのは批評である。認識は現実の反映であるが、表現はそれをそのまま反映しない。不足のときもあれば、過分の場合もある。なぜ不足したのか、どうして過分になったのか。あらたに認識が検討される。それをくり返しつつ、最後は断念して言葉を決める。一つの言葉を選ぶことによって、残りの九九％の可能性を作者は捨てる。しかし、選び取ったその一つは、無限にひろがり真実をつかむ。

こうして、作者の主観は主観のままにとどめ置かれず、客観の世界に導かれていく。その過程、あるいはそれを促すものが、つまりは虚構なのである。本名やじっさいにある地名を使っていても、この認識と表現、そしてそれぞれと結ぶ反映の作用と関係は変わらない。虚構〈化〉などではあり得ないのである。

だから、小説にとって現実（事実）は基礎である。認識と反映の、何物にも代えられない大切な基礎である。仮想、仮構の世界をあえて現実に引き戻して検討するのは、そのためである。

「南東風……」にもどれば、被災者の良一が「天罰」と発言するには、彼により明瞭な加担の意識がなければならないだろうが、たとえそれを吾朗に批判させているとはいえ、福島原発事故の被害者にそれを言わせるのは酷だと私は思う。良一は、なるほど原発の建設に反対しなかったかもしれない。ずっと無関心できただろう。「経済」一辺倒の国の進み方に異議を差し挟まなかったろう。だからといって、今次の災害・原発事故をわが身への「天罰」と考えるだろうか。

また、避難してきた人たちに放射能に汚染された原乳を飲ませてしまった、と良一が自分に対して「憎悪と罪の意識」を持つというくだりも、私には得心がいかない。事実のこととして言えば、南東風が吹き、福島原発から四十キロほど離れた飯舘やとなりの川俣町の山木屋地区などに高い線量の放射性物質が、折しもの雪や雨にまじって沈殿したのは三月十五日である。その翌十六日、飯舘村も川俣町も原乳を検査に回し、結果は十九日、高濃度の放射性ヨウ素が検出されたと発表されている。いち早く自分の牛を避難させるほどの危機意識を持つ作中の良一が、原乳を放射性物質の含有検査に回したあとも、煮沸して避難者に差し入れるなどということがあり得たろうか。

乳牛の避難をふくめ、ことは、そういう現実世界の事実を小説世界ではつくりかえてもいいのか、ということである。虚構の世界だからつくりかえることもあるだろうが、それでどういう真実に行き着いたのか、である。作者の思うところへ作中人物や読者を誘うための虚構ではない。もっと深い真実へ行きたいがための虚構である。

ツイッターなどという、便利でときに有用な発信情報を見ると、川俣町で汚染された可能性の高い原乳を子どもに飲ませた親は、酪農家を責められない、と言ったと伝えている。牛乳を飲ませたのがいつのことなのか不明だが、伝聞情報のこれでも、母親の視線は酪農家に向かっている。ツイッター発信者は、情報隠しの「彼ら」を指弾して補っているが、母親の感情の鉾先は「彼ら」に向かってはいない。「南東風……」もまた、母親の視線や感情がそうであることによって成立している。良一が自己を苛むのは、その視線を感じるからである。そしてそれは、テーマのリアリティを補おうとしている。

福島原発事故は、人間の本性をあらわにさせ、四十年来の信頼、人と人との関係を壊し、善意が他意なく罪を犯す悲痛を味わわせている——そういうなかで人はどう生きていけばよいのか。問うのに十分なテーマである。しかしこれは、三・一一後、作者のなかに萌しふくらんできた、良一や吾朗にはない、「私にも罪はないか」「あのときもっと何かができたのではないか」というところから生まれた一つの観念ではないだろうか。

であるなら、それは第三者に負わせるものではなく、思念として自らの内で深め、自らの眼差しで自らをながめるものだろう。それは、その観念を持った者だけができる営みとして、もっと大切にあつかわれないといけないように私には思える。

現実から生起してくるものをとらえ、被災者の心中や生活に寄り添い、そこから三・一一と福島原発事故という巨大すぎる相手を凝視することが求められたのである。おそらく作者は、彼らに寄り添いたいと思うあまり、自身と彼らとの垣根を思わず跳び越えてしまったのだろう。自らの思いに合うように人と物語を設えてしまったのだろう。けれども、そのために主観は客観へと昇華する機会をなくし、そのまま作品にとどめ置かれてしまったといえる。

福島大学教授の清水修二は、近著『原発とは結局なんだったのか　いま福島で生きる意味』（東京新聞、二〇一二年）の冒頭で『みえないばくだん』という絵本の話をしている。絵本は、原発事故で被曝した子どもが大きくなって結婚し、「おててのかたちがかわっている赤ちゃん」が生まれる話だという。清水は、平仮名ばかりの絵本だから子どもに読ませるつもりで書いたのだろう、原発の危険を社会に向かって叫びたいのだろう、と理解を示しながらも、しかし、と続けている。

しかし、「福島の子ども」がこの絵本を読んでどういう気持ちになるか、それは作者の想像力の外にあるのではないかと思わざるを得ない。仮に本当に爆弾が仕掛けられてしまったとして、決して取り除くことのできないその爆弾を抱えた子どもに向かって、作者は何と言っているつもりなのだろう。「爆弾を仕掛けられた人」というスティグマ（烙印）を背負って、差別と闘いながら頑張って生きて行きなさいと激励しているつもりなのだろうか。思うに結局、この絵本は「外の目」でしか作られていないのだ。作者の善意は疑いもないが、善意が人を苦しめることだっていくらもあるのである。

私たちの文学は、この絵本の轍を踏んではならないだろう。それは認識と反映の、現実と虚構の、そしてリアリズムの、もっとも肝心のことだと私は思う。

（『民主文学』二〇一二年十一月号）

個をつなぎ、連帯を求めて

三・一一後を出発するということ

三・一一東日本大震災と福島原発事故は、この国と人間のありようの根本に問題を投げかけた。個人としてどうあるかとともに、竹西寛子が言ったように、人は関係のなかで生き、関係のなかで死ぬ存在であることを如実に示し、その関係を結ぶ社会がどうなければならないのかを真率に問いかけた。

震災直後から、ＡＣ（公共広告機構）が俳優やスポーツ選手、金子みすゞの詩などを使って頑張ろうとつよさ、やさしさを、この国にいま生きる人間として求められているとばかりに押しつけてきたが、それもまったく故ないことではなかった。「絆」「縁」「情」などという言葉は辞書から消してしまえ、と劇作家が過激に主張したのは九〇年代初頭だったが、それから二十年ほど経ち、東日本大震災に遭遇してみると、人と社会のあり方としてそれがもっとも求められることになった。

人々が最大窮地に陥り、悲嘆にうちひしがれ、絶望しか思い浮かばないときに、手を伸ばしてもっとも欲したものが人間だったというこの間の経験は、改めて文学とは何かを語っているように思われる。

しかし、絆や縁などというものは三・一一で突然、断ち切られたわけではない。また、その紐帯がつねに肯定的に評価されてきたわけでもない。前記の劇作家の発言が彼の心情からなされたものだけではなかったところに、この国の戦後史がかかえてきた問題がある。

ふり返ってみれば、わが国の戦後社会は高度経済成長のなかで都市への人口集中と農村、地方の過疎化、あるいは核家族化をすすめたが、それを半封建的遺制やその残滓をかかえた古い共同体や家族制の解体だと評価する議論は、一方で革新自治体が次々と生まれたこととあいまって、そこに明日の新しい社会の個人と社会のあるべき関係を見出したのだった。べたっとした地縁、血縁の関係を遮断し、そうすることが新しい「個人」の誕生であるかのような議論もあった。しかし、高度成長が破綻し、革新自治体が後退し、やがてバブルがはじけて「構造改革」から新自由主義が本格的に闊歩すると、個人のあり方にも人間の関係にも、さらに個人と社会の関係にも大きな変化がもたらされるようになった。

新自由主義は、各種の市民運動が新しい共同をひろげているのを横目に、生産・流通・消費のあり方を変え、そこに発生する人間の関係を変えた。労働内容や労働構成の変化、流動化を急速に進め、効率と競争を煽って勝者と敗者を色分けし、労働者（生活者）の個々化を極端なまでにすすめた。労働という人間存在を規定する根本のところで、人間どうしの関係が結べなくされてしまったのである。

しかもそれは、「自己裁量権」の拡大、「自己決定権」の尊重……など、あたかも「個人の自由」の拡大をめざすかのような「革新」的幻想を振りまかれてのものだった。誕生から進学・就職というそれまでの生育過程で差別化され、不平等におかれてきた若者たちは、そこに個人の「自由意志」の発露があるかのような「幻想」を抱かされた。

そして「規制緩和」という名の、戦後民主運動が獲得してきた権利の剝奪を加えて現出したのは、大量の非正規雇用、格差と貧困、弱者の切り捨てと無権利社会だった。働く者どうし、人間どうしという関係、そしてそれがつくる社会的関係がみごとなまでに断ち切られていった。一生を閉じるその瞬間に、人がまったき孤立におかれる現状は、私たちがどのような人間関係、社会におかれているかを物語っている。悲しいことにそれらすべてが、「自己責任」にされた。

本来なら、この波のどこかで、またそのつど、労働運動が防波堤になり、資本の論理に対抗しなければならなかった。が、わが国の労働戦線は、ベルリンの壁崩壊という世界的激動と時期を同じくして、総評の解体・連合への合流、全労連の結成……と進み、支配権力への追随・迎合を強める多数と真の労働運動を求める少数に分かれた。市民運動は、階級的命運をかけた資本の攻勢を押し返すほどにはまだ成熟しておらず、柔軟な連帯関係にはない。

出口の見えない、息苦しいまでの閉塞感は、現代文学からますます社会性を奪っていった。荒んだ現代資本主義とその腐朽は、加藤周一がいう「今＝ここ」の現在主義に人びとを押しとどめ、明日を暗澹の一色に染めあげている。若者たちは〝自分探し〟の旅の時期をとっくに終え、前の見えない〝生き難さ〟にじっと蹲って堪えるか、ただ生存することにすべてを注いでいる。

文学がそこで生みだされている。現実社会は信頼できず、もはやそこにリンクして自分を映し、批評する（される）こともない。文学世界は自分が信じられる範囲に限定され、創造の源泉である批評は自分のなかの「私」に求められていった。「私」が「私」としか交信しない世界……それが近年のわが国の文学状況の大きな特徴といえるだろう。政権交代に一縷の希望を見ただけに、民主党政権の背信はそれをいっそう深刻にしている。

こうして生まれてきた文学を、「私」の砦に籠る小世界として否定するのか、それとも、「私」を覆う閉塞、暗鬱、あるいは「自己責任」などという刃のような言葉、処遇に対する自己防衛と見るのか――現代文学は成熟した批評を切実に求めた。

三・一一はそうした戦後社会と文学に、根底から問題を投げかけた。

その問いに、「倫理」を立てて応えようとしたのが辺見庸、池澤夏樹、大江健三郎といった作家たちであったことは、おそらく何かを象徴している。未曾有の大災厄に立ち合った人間、しかも文学に携わる者として、人はどうあるべきかを問い、ともに明日へ生きようとすることを哲学の命題として思索のうちにとどめるのではなく、創造世界に明日への像を結ぶ文学にえがき、語らなければならないという、文学の責任への自覚、可能性への信頼から発せられたもののように私には思える。人としてどうあるか、どう生きるかは倫理の根本命題であるが、それはとりもなおさず文学が真摯に追求するところだろうからである。

文学はその本来の姿を取り戻し、人々の暮らしと明日への希望をともにうたう歌声となることができるか――三・一一後を出発するとは、そこへの誠実な歩み出し以外ではない。そのとき、個々人が自己を社会的関係のなかに位置させ、その総和として存在し、ゆたかにつながっていく姿をとらえること――私たちの文学に求められるだいじな一つがそこにあろう。人がつながり、連帯・共同していくことが、運動上の経過的スローガンとしてではなく、三・一一後の今日、そこに至らせた資本の論理に対抗して新たな人間的結びつきを再生していく要の課題になっているからである。そしてそれは、原発を稼働し、再びの三・一一という破滅への道を疾駆しようとする政財官学報労のヘキサゴンを拒否して新しい社会を切りひらいていく、たしかでしかも強靭な抵抗線をきずき、未来社会を担っていく揺るぎない力となるだろう。私たちの文学はそこに位置する。

個をつなぎ、連帯を求めて

①死者たちの声

三・一一後、『民主文学』にも文芸誌にも死者をえがく作品が多く見られるようになった。もちろん、テーマはそれぞれであるが、私はそこに、「この世のことを生きている者だけで決めてよいのか」という思いを聞いている。私たちにとって、死者とはどういう存在であるのか。共同・連帯といったときに、死者はどう位置づけられるのか、位置づけなければならないのか――議論したい一つはその点である。

死者一万五千八百五十四人、行方不明三千百五十五人、関連死者千四百七人――震災後一年を経過した統計である。二万人を超える。自分につながる肉親や縁者がそこにいるという関係性だけでなく、津波に流される車や人の映像から、私たちは死がすぐ近くのものと思わざるをえないでいる。

死が思わざる近さにあることは、たとえば自殺者がこの十四年連続して年三万人を超えていること、統計はないもののほとんど同数くらいあるのではないかといわれる行旅死亡人など無縁死、交通事故死者は一時に比べて減ったとはいえ年五千人前後……などによっても示されている。死はそれ自身が衝撃的なものだけに、孤独死、孤立死、無差別殺人、だれでもよかった……などセンセーショナルに報じられることも影響しているだろう。首都圏直下型、東海、南海、東南海……など近未来に予想される地震のシミュレーションも生存の不安をかき立てている。

それにしても、日本人がこれほど自然ではない「死」にかこまれて生きるのは、三百十万人を数えたアジア・太平洋戦争の時代以来ではないだろうか。

たなかもとじ「誓いの木」（『民主文学』二〇一二年三月号。以下作品紹介は同誌）は、交通事故死した息子へのレクイエムであるとともに、事故の真相究明を通じて息子の人間としての姿を刻印し、その死を受けとめてふたたび人生を歩み出そうとする父親の決意をえがいている。行く道に同行するのは一度は別れた妻である。復縁は息子の願いでもあった。

ひとり息子が自分より先に逝く、しかもそれが息子に何の落ち度もない理不尽な交通事故死であってみれば、父親の悲しみ、突き落とされたどん底の底の深さは想像に余る。立ち直れ、人生はこれから、息子の分も……言われれば言われるほど、虚しさはつのる。救命措置をとらなかった加害者への憎悪は、ことが分かれば分かるほど殺してやりたいほどに増す。

父親の狂わんばかりの葛藤を救うのは、息子である。死の瞬間においてなお人を信じた息子を、被害者参加制度を使って裁判に臨み、確認したことである。それは父親の今後の人生への最大の激励である。作者は、父親が息子の「魂」とともに在るとえがくが、私たちの「生」が死者とともにあることはたしかだろう。父親は息子の声に耳をそばだて、慈しむように聞きながら再起の道を妻とともに進む。父親の人生が決然とするのは、死んだ息子がすぐそばにいるからである。

思えば、わが国の戦後は「わだつみの声」を聞きながら進もうとしたのである。連帯の手の先が過去にもしっかりと伸びているとき、私たちは道を過たないのだと思う。

須藤みゆき「新月前夜」(二〇一二年二月号)、鶴岡征雄「小説・冬敏之」(同五月号)、間宮武「匹夫の勇」(同)などからも同様のことをしきりに思う。

②家族という関係

風見梢太郎「湖岸の春」(二〇一一年十一月号)は、「家族」という問題に何か新しいことを提起しようとしている。作者はこの数年、母が再婚したことで一度は父親となったもののその後離別した継父と息子をめぐる一連の作品を発表してきた。そう呼ぶのが適切かどうかはともかく、父と呼びたい気持ちをときにあからさまに、ときに抑えて、継父の老いと死を送る心情をえがいてきた。

「湖岸の春」もその一つといえなくもないが、ここには、たんに息子の父親への心情吐露に終わっていない問題がある。それが、家族とは何かという問いである。

作品は、友人の父子関係との対象で語られる。大学の漕艇部で親しくなった友人が父を語る。彼の父親は漕艇部のOBであり、息子が漕艇部に入ることを望み、息子が入部する前は、練習に顔を出すこともあった。その父親を、彼は「いい父親だ」となく言う。主人公にはそれがうらやましい。

主人公は、父親がいないことを人生のバネにしてきた。両親の揃う「幸せな」友人たちと競い、自分は父親がいなくてもやれるんだと自らを叱咤してきた。その主人公が、漕艇部の友人の父子関係をうらやましいと思い、心動かされて継父を訪ねる。食事をともにした夜、急患がいるとのことで起こされた継父は往診に出ようとする。苦しんでいる人がいるのだから医師としていくのは当然だと言う。

主人公は継父を自転車の後ろに乗せてペダルを漕ぐ。誇らしく力をこめる。俺の父はこの人だと叫びたがっている主人公が浮かびあがる。

父親は厳然たる旧世代と旧秩序の手近な象徴であり、批判し、乗りこえる対象だった私は（主人公と同じ団塊世代やそれ以前の世代もおそらく）、なかなか主人公の心境に同調、共振できないのだが、ともあれこの作品は、血縁でつくるものだけが家族であるのか、小学二年から中学一年の、ほんの五年間の継父と子は、その縁が切れると家族ではないのか、と問う。

赤の他人である夫婦を始まりとして、親子、兄弟、姉妹……血縁を基礎として私たちは家族を構成する。しかし、それだけが家族をつくるのだろうか。逆に言えば、血縁があれば家族だと言えるのか。遠くの親戚より近くの他人、とはよく言われるが、三・一一は「遠くの他人」との有形無形のつながりをひろげた。場合によっては家族以上の紐帯を結んだ。では、家族とはいったい何なのか。

石井斉「父の後ろ姿」（二〇一二年二月号）、亀岡聰「遅い帰省」（同）、原恒子「もらい湯の夜」（三月号）なども含め、家族を問う作品も私たちには多い。三・一一後にはそれまでと追求の視角が変わっているようにも思える。

家族がただ血縁を基礎とした自然的なものだけではないとしたら、夫婦が家族になっていく過程と同じように、それをつくろうとするおだやかな意思がいるのではないか。意思は、人生にどう相渉っていくかという生き方にかかわっているが、たとえそれが違っていても、お互いのそれを認め合い、しかも自立して、他者よりは多少慈しみあう関係はつくれるのではないか。それは明日へのどんな力になっていくのか。文学はそのとき何をとらえ、何を提起できるのか——そういうことを議論してみたい。

③共同体の再考

稲沢潤子「墳墓」（二〇一一年五月号）は、二〇一〇年に宮崎県で起きた口蹄疫問題が背景である。

東日本大震災前に書かれたこの作品は、不慮のウイルス感染事件が天災などではなくまったく人災でしかないことを語っている意味で、驚くほど大震災の政府の対応と類似している。「口蹄疫は現地の努力で終息しつつある」「口蹄疫は偶蹄類に入れば発病するが、人体に害はない。かりに口蹄疫にかかった牛の肉を食べても人体に影響はない。いたずらに騒ぐと社会不安を煽る」

言葉を少し代えれば、耳にいやというほど聞かされた台詞である。国も県も、住民を守ることが第一にはない。殺処分の家畜が十一万頭を超えたとき、やっと彼らは非常事態宣言をする。「墳墓」とは言い得て妙の題だと思う。祖先代々の墓のある土地という言葉通りの意味でなら、作品世界の舞台は違っている。戦後開拓のわずか六十数年の地でしかない。しかし彼らがそこを永住の地と決め、着の身着のままで入植し、開いた土地を自衛隊の基地にするからと追い出されて代替の地に移住し、心血を注いだという意味でなら、そこはまさしく「墳墓」の地である。そしていまやそこは、累々たる家畜たちの埋もれるところとなった。

畑作や果樹を諦めて酪農に心血を注いでから、家畜たちは家族ともなった。ここで築かれた地域共同体は、たんに人間どうしが結びついただけではなかった。「墳墓」とはそのことも意味していよう。

人間は人間だけに影響をあたえるのではない。主人公夫妻が手塩にかけた種豚のユウ太は、電殺に悠然と臨み、一度失敗すると「なにをしちょっとか」とばかりに主人公を見上げ、死におもむいたとえがかれる。ユウ太の最期を聞く妻は、「最後まで誇りを失わんかったつね。やっぱり男らしく死んだつね」ともらす。種豚ユウ太は、誇り高く生きている主人公たちとともにあったことによって、死の瞬間においても悠然と誇りを失わなかったのである。

おそらくそれは、この家族のことだけではないように思う。

福島原発事故で住処を追われた福島県飯館村の酪農家は、原発事故がすべてを奪った、営々と築いてきた村、酪農という仕事、家族の関係……。しかし俺は生きている、と言った。

サルトルは、「ドイツ占領下の生活が日常化するや、パリの人たちは未来を失うことで人格を喪失していった」と語ったが、飯館には、過去も未来も奪われてなお、人格を崩壊させない人たちがいた。彼の話を聞きながら私はしきりにそのことを考えた。そして、「墳墓」を読み直した。「墳墓」には三・一一で露呈したこの国の大災厄の源とそれに抗する、家畜をも取り込んでしまう人間の尊厳と美しさが結晶されていた。

人間を誇り高くさせるもの、また、崩れさせないものは何なのか。おそらく、夫婦、家族といった人間どうしの関係と、それを生みだしささえる村、共同体の存在だろう。共同体はただ古い湿った絡みつく関係だけのものではないことがここにはある。それを未来へ向かって考えてみたい。もちろん、文学の課題として。

④新しい論理と運動

松本喜久夫「オーストリア王の帽子」（二〇一二年三月号）は、小学五年生の年度末、最後の学習参観日に学年全体で「音楽劇・ウィリアムテル」を演る話を主筋に、卒業式の「君が代」演奏と歌唱指導に悩み、葛藤する若い教員たちの姿をえがきだしている。

音楽劇を指導する学年主任の、台詞一つひとつの意味や、それが相手とのキャッチボールで成り立っていること、演技者も裏方も同じように劇には不可欠なこと、それらを生徒たちの個性を伸ばしつつ理解させていく方法と、そのことが生徒たちの自主性を引きだし、相互に激励しあって育っていく姿は、学力を競わせることだけでは生まれない、教育のかけがえなさを語っている。

しかし教育現場はもう一方で、それとは対照的に管理が強化され、日の丸・君が代が強制される。介護休暇で休む音楽科担当の教員の代わりに、新学期からの正式採用を待つ若い女講師が赴任する。彼女に、校長は卒業式での君が代伴奏と歌唱指導を命じる。従来、君が代はテープで流し、歌うことを強制しないできたものを、校長が一歩も二歩も踏みこんできたのである。

音楽劇がみごとなアンサンブルで演じられるのに比して、女講師は深く悩む。主任の手際に信頼を深くしながら、彼女の心中にも思いを延ばそうとする教員二年目の主人公は、おだやかには事態を眺めていられない。

子どもたちを含めて教師たちそれぞれの姿、心の動きがよくえがけている。舞台が大阪市だけに読者の想像はいっそうひろがっていく。

しかし、私は作品を読みながら、女講師は悩んだ末に職を辞して学童保育員になり、青年教師は主任が所属する労働組合に加入を決意する結末に、何か考えなくてはいけない問題はないのかと思った。小説世界の結構の問題でなく、明日の学校、子ども、青年、教員、ひいては社会のありようと人間のあり方のこととして、考えなくてはいけない問題はないのかと思ったのである。

少なくとも、それでいいのかと問う声がこの作品から聞こえてこないと、明日を思いえがくことはできないのではないだろうか。子どもたちや主人公たち教員のなかにそれを考える端緒はないのか。あるいはそこへ立ち入ることをためらわせる何かがあるのか。

昨日と同じ明日は、人々のなごやかでつましい暮らしにとってとても大切なことだ。三・一一後には切実にそのことが思われる。だが、昨日と同じ明日を歩んでいては、地球的破滅が虚言や冗語と言えない人類と世界の大問題が逼迫していることも事実である。

であるなら、再びの三・一一を拒否して新しい明日へと道を開くために、社会変革をめざす個人や団体・組織がこれまでと同じ論理、運動スタイルでいいのかは、ここで改めて考えなくてはいけないことではないだろうか。そのことを現実のなかに見つけ、描出し、提起することは、現代文学の大きな課題ではないのだろうか――そのことを考えてみたい。

私たちが求めている共同と連帯は、それによって享受する私的利益の上には成立していない。人間らしく生き、そのように生きられる社会を子や孫たちへそっと渡したいがためのものだろうからである。

（『民主文学』二〇一二年七月号、民主文学会第22回全国研究集会への問題提起）

「私」から、「私」を越えて

三・一一東日本大震災、福島原発事故から二年たった。まだ、というべきか。もう、というべきか。「三・一一」の文字を見つけることのできない文芸誌三月号をながめながら、その思いをつよくする。

震災直後にも、一年後にも、文芸誌の多くはそれなりの特集などを企画した。たとえば昨年の三月号、『新潮』は「創る人52人の2011年日記リレー」として、「あの365日――日本という国とわたしたちの生に激震が襲った2011年を52人の『創る人』はいかに生き、何を思ったのか?」とエッセイを集めた。『文學界』は「震災以後の国家、言葉、アート」という特集を組み、「福島と沖縄から『日本』を読む」、「『ポスト三・一一』を描く――こぼれ落ちる現実を見つめて」の二つの対談を載せた。

しかし、震災から二年を経たことしは本誌(『民主文学』)をのぞいて三・一一に触れた文芸誌はなかった。もはや語るべきことも、えがくこともなくなったのだろうか。

こうなる予兆はあった。『新潮』新年号の創作特集「新しい世紀にデビューした作家たち」の諸作品を並べて、沼野充義は、「三・一一を感じさせる題材がほとんど出てこないことも特徴的だった」と指摘し、それは「日本文学の今を映し出す鏡になっていた」とのべていた（「東京」文芸時評、二〇一二年十二月二十七日）。「薄まる3・11色」と見出しがついていた。『すばる』新年号で姜尚中と対談（「『不穏の時代』を生きる、書く」）した髙村薫は、「一年半しか経っていないのに、何でここまで、あたかもなかったかのようなことになっているのか」と、文学を含めた社会、政治の現状を嘆息まじりに語っていた。

いまなお三十万を超える人々が避難生活を余儀なくされ、福島原発事故によるそれは県内への避難が約十万人、県外へは約六万人を数えている。「復興」の声はあるが、三陸から福島へかけての太平洋沿岸は、家屋の礎石をところどころに残した更地になったまま、無情に雪が降りしだいている。福島原発は「収束」にほど遠く、放射能と汚染水は漏れ続け、それをよそ目に原発再稼働へ〝原子力ムラ〟は動きを速めている。

二〇三〇年までに原発を〇《ゼロ》にするという人が全体の九〇％近くあったあのパブリックコメントはいったい何だったのか、と思わずにはいられない事態が急展開している。民主党政権から自公政権への復活移行、安倍政権の誕生は、尖閣・竹島をめぐる「領土問題」をテコに偏狭なナショナリズムをかきたてて右旋回をつよめつつ、二〇三〇年代の原発ゼロ方針を見直し、原発再稼働を明言した。あたかも再びの三・一一への道をつき進むかのようである。

もちろん、いったんことに気づいた人々の声と行動は、毎週金曜日の首相官邸前やこれに呼応した各地の行動など、倦むことなくつづいている。政府・東電の責任を問うたたかいは、新たな提訴をはじめとしてさまざまなかたちでひろがっている。

「薄まる三・一一色」は、せめぎ合う二つの勢力の渦中にあらわれた現代文学の一断面といえるだろう。だからといって私は、現代文学は三・一一を直接の主題・題材にしなくてはならないといっているわけではない。ごく日常のこと一つを辿りなおすそこにも、三・一一から照射する目がほしいと思っているだけである。なぜなら、三・一一は、経済成長第一に大都市集中の一方で地方を切り捨て、消費社会へとっぷりと身を浸し、勝ち組負け組と差別し、人と人との関係を金やモノに置き換え、効率を競うこの国のあり方、そこで暮らす一人ひとりの人間としてのあり方に、このままでいいのか、と問いかけたからである。そしてそれは、紛れもなく、文学の胸を真率に敲くものであったからである。

少なくない作家が、震災直後にはその体験をもとに、あるいは、自分にも責任があるのではないか、もっと早くに何かできたのではないかと、とくに原発事故をめぐっては、わが身、来し方をふりかえって創造世界にいどんできた。震災から二年を迎える現在、日本文学にあらわれてきているのは、三・一一をもう少し長い歴史的な射程でとらえようとするこころみである。

たとえば、津島佑子の「ヤマネコ・ドーム」(『群像』二〇一三年一月号)。敗戦後の米占領時代に米兵と日本人女性の間に生まれ、孤児となった子どもたちの戦後の歩み来しをえがいたこの作品は、冒頭に、放射能の影響なのだろうか、異常に増殖したコガネムシの群れを登場させ、オレンジ色の衣服(あたかも核爆発の炎の色に思える)に絡んだ連続女性殺人事件を孤児たち共通の秘密にして、それを軸に展開する。日米混血の孤児たちを原発に見立てるなら、それが世界に散っているのも一つの寓意と読め、作品はその戦後史総体への疑問を投げかけ、とらえ直しをもとめた物語と読める。

津島のその意図は、震災直後に、「私たちの世代は、核の時代とともに歩んできた世代」、「子どももながらに『原発なんて』って思った。でも『核兵器と核の平和利用とは全然違う。そんなことも分からないで反対するのは愚の骨頂だ』みたいなことを言われ続け、所詮私には理解できないことなのかという劣等感もあって、原発の問題をおろそかにしてきた。今の若い世代、子どもたち、これから生まれる子どもたちに申し訳なかったと思います。私たちの責任だった」とのべ、「間に合うなら間に合わせなければ。短兵急に明日から原発を止めましょうというわけにはいかないのは分かっています。それでも道はある」（「毎日」二〇一一年四月四日夕）と語ったこととつながっているだろう。

津島は、申し訳なかった、責任があると思う「私」が、なぜそうなったのかを戦後日本の歴史を見つめ直すことでたしかめ、そうすることで三・一一を引き受けようとしたのだと私は思う。

また、自身も震災に遭遇した佐伯一麦の『還れぬ家』（新潮社、二〇一三年二月）。父親が認知症になり、死へと向かう日々とその父や母と主人公との葛藤をえがいたこの作品は、連載中に震災に見舞われて中断し、その後、三・一一後から父の死をとらえ直したものである。「還れぬ家」とは、大学へ進学せずに家を出た主人公の、もはやそこには帰ることのできない生家を当初はあらわす意を込めていたが、父親もまた認知症になって施設に入ると、父にとってはついに生きて帰れぬところとなった。三・一一の多くの罹災者もまた、そのような境遇に立ち至った理不尽をあらわしている。父の物語は家の物語であり、家にまつろう家族、友人……つまりは人のつながりの物語となって、「還れぬ家」がいかにあろうとも、人は人との関係のなかで生きていくものであり、そこに希望もあることを語ってくる。

主人公が自分の中学生時代からの日記を読む話を挟み込んで、辿り来たった道を確かめることもさりながら、興味深いのは、作品が真山青果の「南小泉村」を適所に引いていることである。連載でのそのこころみは、震災後に新たな意味を付与したように思われる。

「百姓ほどみじめなものは無い。取分け奥州の小百姓はそれが酷い、襤褸を着て糅飯を食って、子供ばかり産んで居る。（中略）地を這ふ爬蟲の一生、塵埃を嘗めて生きて居るのにも譬ふれば譬へられる。からだは立つて歩いても、心は多く地を這つて居る」と書き出される「南小泉村」は、真山を小説家として文壇に押し出した。南小泉村は現在の仙台市若林区あたり、小説の主人公の生家があるところである。明治後半期の農民の姿をとらえた小説作品を、いわば作品世界の底層に置くことで、『還れぬ家』はその創造世界を小さな「私」の世界から解き放ち、日本近代以降の東北政策を見据えるものにしたといえるだろう。

「白河以北一山百文」は、現在もなお生きつづけているのではないか、ならばなお、「私」と「私たち」はここで生きてゆく、そのような作者の思いを私は聞く。ここにもまた、三・一一を引き受けようとする一人の作家がいることに、私の気持ちは揺すぶられる。

「第二次大戦をとらえた戦争文学はまだないような気がする」（『戦争』、岩波現代文庫）といったのは大岡昇平、一九七〇年のことだった。「俘虜記」について、「一人の兵士の立場から戦場を書いたということは、これはもう近代の戦争文学の常道をいっているわけで」と述べたのに続けて語っている。すでに戦記文学の代表作といわれる「レイテ戦記」の連載を終えたあとでの発言であることに、作家の謙遜ばかりとはいえない、戦争というものの巨大さと、これに対峙する人間の大きさや覚悟の如何を感じさせられて身のすくむ思いがする。

というのも、大岡は「俘虜記」について、「ぼくの『俘虜記』の世界は、自分というものを持っていないと成立しない世界」（同）とのべ、「自分の狭い体験によるうらみつらみでもって、軍隊という組織を考えるのは無理だろうと思っていた」、「それは十九年に積み出された時、どうせ殺される命なら、どうして戦争をやめさせることにそれをかけられなかったかという反省が頭をかすめた、そういうこととも関係がある」（同）と語っているからである。つまり、「自分」というものを持って「俘虜記」を書き、さらに「レイテ戦記」を書きあげた大岡でさえ、その「自分」では「戦争」に太刀打ちできないといっているのである。

思えば、十五年にわたる長い戦争は、その最末期に起きた日本唯一の地上戦・沖縄戦や広島・長崎への原爆投下をふくめて、まもなく戦後七十年を迎える今日なお、書きつづけられている。小説世界でしか書き得ないことを、先行作品のいずれとも違う自分自身の「戦争」に向き合い、アジア太平洋戦争をとらえた先行諸作品の欠落を埋めるように、あの戦争の総体につながる部分をあぶり出そうとえがかれつづけている。そして、その営みこそが戦争への歯車の逆回転を食い止めてきた。

三・一一もまた同様に、あるいはそれ以上に、「自分」を大きくしてこれを引き受け、えがいていくことを文学に求めているのかもしれない。いま、「薄まる3・11色」などと評されているのは、それに堪え得ない「自分」や「私」を歯がみするように見つめ、もがく作家たちの誠実の表れであるかのようにも思える。

文学は、書き手である「私」が引き受ける以外に成立しようのないものである。「私」が小さければ、どんなに体験が大きくても小さな世界にとどまってしまう。ふり返ってみれば、日本文学は近代文学以来、ひろがろうとする「私」と縮圧するものとの対抗、いいかえれば「私」と「社会」との関係をどうとらえるかを課題としてすすんできたといえる。石川啄木は明治の強権とたたかわない自然主義を指弾し、日本文学に大きな社会的視野をあたえたプロレタリア文学は、豊穣なみのりをもたらしつつも天皇制権力によって弾圧された。戦後文学は、ある意味でその宿痾のような課題から日本文学を解放する絶好の機会だった。社会の事理にそった展開を見通しつつ、個人の営みをそこへ位置づけてとらえ、えがくこころみは、ひとり民主主義文学だけのものではなかった。「あの戦争」からの目は、戦後に生きる作家共有のものとして、戦争体験はもちろんのこと、男女の感情のもつれをえがくのにさえも、静かに焦点を当てていたのだった。

しかし、「逆コース」とよばれる時勢のなかで、戦争はいつしか美しくえがかれるようになり、広島では「ゲンバク、ゲンバクというのはもうやめにしよう」と文学者を集めて論議が起こるようになった。文学が社会に接近し、人類と世界の大命題をつかもうとするとつねに「それは文学ではない」などといった声がささやかれ、やがて大きく聞こえてくるようになった。

三・一一は、いわばその日本的な文学の流れを変えること、つまり「文学の革命」を求めているのだろう。社会と人のあり方の根本が問われ、人間にとっての科学と技術の見直しが迫られているときに、人間ともっとも密接にかかわり、人生のすぐ右隣の文学がこれまでと同じであっていいはずはない。

「文学の革命」とは、いうは易くおこなうは難し、である。ただ、それを考えるカギは、書く主体である「私」にあると思う。「私」を三・一一を引き受けるのにふさわしいものにすることだと思う。それはたとえば、大岡昇平が「どうして戦争をやめさせることに」命をかけられなかったのか、という自省のうえに、「（崩壊させられてはいない）自分というものをもって」書いた「俘虜記」「レイテ戦記」でさえも第二次大戦をとらえることはできていないといった、その「自分」＝「私」をどうにかして乗り越えることだと思う。あるいは、津島佑子をはじめ何人もの作家たちが福島原発事故にたいして口にする、「私にも責任がある」というそれを、心底に鎮めて、そしてそれを乗り越えていくことだろうと思う。

「責任がある」というのは、起きたことについてだけではなく、むしろ、再び起こさないための、未来に生きる世代に対するいま生きている者のそれとして考えられているだけに、過去を題材にえがいて未来へつながるはずの文学そのものの存在価値や意味が問われていることとして、私はこれを受けとめたい。「責任がある」との思いは、誠実であるがゆえに出てきたもの以外ではない。しかしいまは、それをも乗り越えなくてはならない。

乗り越える、というのは抽象的だが、三・一一に行き着かせた資本の論理を拒否し、これと対峙する「目」を獲得する、といえばよいだろうか。以下はそのために何が求められるかの私の考えというものである。もちろん、そういうものはすでに自分のなかにあるという人もいることだろう。三・一一、とくに福島原発事故にたいして「私の責任」をいうと、それは「一億総懺悔」に似て、「真の責任」をあいまいにするものだという人もいるが、そういって従来の思考の枠にとどまっていられない私は、懲りずに考えているのである。

私は、すでに何度かのべているように、被災後のいわき市平薄磯の壊滅的な惨状を見、行き合う人から声をかけられても返す言葉がなかったという体験をした。言葉をなくしたのはなぜだったのか、私はそれを考え、思想をふくむ自分というものをもう一度作り直さなければならないと思った。私のうちにあるものでは、三・一一の事態を受けとめきれないと感じたのである。「もはやできあいの思想には寄りかかりたくない」という茨木のり子の詩語に励まされながら、私は進むことにした。しかし、寄りかからないで考え、生きようとするのは、じつに苦しいことなのだと、やっと分かってきた気がする。

「目」の獲得とは、そういう私へのいい聞かせのようなものでもある。

たとえば、「目」は、理性であり、知性である。眼前の激しさにこころ奪われず、射程を長くして歴史の事理を見きわめ、進路を恬然《てんぜん》と確信するつよさを、日々自分のなかで育てていくことである。「目」はまた、どこから物事を見るかという位置でもある。人と人との関係がこわされ、社会崩壊が加速しているなかで、個を重んじるよりも集団への帰属を求め、集団内部の同調性を第一とする心性がつよまっている。昨今のその風潮は、ファシズムの温床となりかねないものとして警告が発せられてもいる。

理知のちからを自分のうちに育てることは、「私」ひとりのためのものではない。

働く者、弱い者の側にそれが据わっているとき、資本の論理にほんとうに対抗する人間の論理がひらかれていくだろう。文学は人間をえがくものだからといって、つねに人間的であるとはかぎらない。生きた人間をえがきながら殺すこともある。また、文学はオールマイティでもない。何をどう書き、何をどう批評しようと、自由である。だからこそ、何をどう書くかが問われる。つま先立つことも腰高にもならず、こころも筆先も生活者のそばに、主観的でなく添っていなければならない。

「目」はさらに民主主義といってもよい。私たちはいつも民主主義の学校にいる。生起する事態にどう向き合い、何をどう考えればよいか、その思考をとめず、また異見を排除せず、一歩一歩と進むときに道は開かれていく。手間がかかり、迂遠に見えても、民主主義が一番つよいのである。そしてその「目」を、潑剌たる野蛮といってもよい若い情熱がささえるとき、私も、私たちの文学も、新しい世界へとすすんでいくことができるだろう。

私たちの文学運動は、民主主義文学同盟から民主主義文学会へ、名称も規約も改正して十年になる。「それぞれの文学的、社会的活動によって民族の独立と平和と民主主義のためにたたかう作家・評論家の団体」を「創造・批評、普及の諸活動を通じて文学、芸術の民主的発展に寄与することを目的とする作家・評論家を中心とした団体」へと、組織の性格を発展させたのには、ありていにいえば、文学の旗を掲げた社会活動団体として評価されるのではなく、文学それ自身として評価される団体へもっと大きくひろくなっていこうとするものであった。それは、日本文学という山のそばに民主なる文学の別の山を築くのではなく、日本文学の山容を、ここに生き、あるいは死した人々の真をうつして、裾野はひろく峰は高く、堂々と立つものへとしていく、そのかけがえのない一翼をになうという意味でもあった。

そのことがほんとうにためされるときに、いま私たちはいるのだと痛切に思う。

（『民主文学』二〇一三年五月号）

ろうそく一本の抵抗――水上勉と若狭原発

雨もよいの六月なかば、水上勉が生まれ故郷の若狭大飯町に建てた一滴文庫で竹人形芝居「五番町夕霧楼」（原作・水上勉）を観た。京都与謝半島の僻村を出て遊廓に身を沈めた夕子の波瀾に富んだ短い生涯が、遊廓の女主人の語りを中心に夕子や娼妓などの声音を一人でこなす飛鳥井かヾりの熱演ですすんでいく。文楽とはまた違う世界がリアルに、また妖艶に展開される。あっという間の一時間半余だった。

作品は王閣寺としているが、金閣寺の放火事件を背景に、その犯人を、吃音を嘲笑された青年の修行僧としている。彼は夕子と同郷の寺の息子だった。少年期から吃音のせいで閉じこもりがちだった彼は、夕子にだけは心を許し、夕子もまた兄のように慕った。水上は、寺修行に出てもまた兄弟子たちにからかわれ、救われない思いから放火したと解釈する。

放火の罪はそれとしても、寺もまた俗世のなかでしかなかったと知った青年の絶望をどう聞くのか――水上が問うのはそのことである。目線は低く、障害を持つ者や弱い立場の者、また貧窮にあえぐ者の目線から世界を見る。水上文学の真骨頂である。もちろん、それを救えない社会の仕組みへの怒りが底を流れている。

その思いがひしひしと伝わってくるいい舞台だった。

竹人形芝居は、「ろうそく劇場」と称した。水上が、「むやみに電燈を使いすぎる傾向の現代生活への抵抗から、わざわざ、ろうそくの灯の似合う茅ぶき農家を改築した劇場運動がやってみたかった」(『若狭日記』主婦の友社、一九八七年)といったことから来ている。窪島誠一郎は近著『父水上勉』(白水社、二〇一三年)で、それを「ろうそく一本の抵抗」と呼んだ(現在は電気照明で上演)。

一九八六年のこと、皇太子(現在の上皇)夫妻が若狭入りした機会に「ろうそく劇場」を観たいといわれた。町当局から打診があり、水上は、これまで関心を示さなかった行政当局が握手を求めてきたことによろこびをおぼえ、準備に入った。ところが、上演間近になって突然、会場を町の福祉センターでと変更を申し出られた。

福祉センターは、原子力発電所建設の見返りに得た助成金で町が建てた建物で、電動設備が整い、ふんだんに電燈がともっていた。県下でもめずらしい町の自慢だったから、皇太子夫妻の視察劇場としてはふさわしい会場だったかもしれないが、竹人形芝居には適していなかった。

水上はスタッフに、一生懸命練習してお見せしなければならないが、条件として、センターを暗くしてろうそくの火を点し、そこで上演させてもらえと伝えた。本番には立ちあわなかった水上に後刻、皇太子夫妻が、ろうそくの火にゆらめく竹人形の妖しさにいたく心を動かされ、予定時間をオーバーしても気にせず、スタッフにねぎらいの言葉をかけられた、と伝えられた。窪島は、水上のそのエッセイを紹介し、「もう一つ、父がこのエッセイで訴えたかったことがある」と続ける。

それは、ソ連でチェルノブイリ事故が発生していた昭和六十一年当時、すでに十一基もの原子力発電所が稼動し、さらに三基の発電所を増設中だった故郷若狭への、というよりそれを許容し推進している文明社会そのものへの、作家水上勉が発していた警鐘であり憂慮である。

（電気を全部消してもらい、ろうそくの灯だけで演じさせてもらうという条件をつけた）ここには父の、ただ無批判に「原発」に依存しつづける現代社会への、一作家としてのひそやかな、ろうそく一本の抵抗があったのではないかと想像するのだ。

窪島はこういい、さらに「今読むからだろうか、『若狭日記』の最終章にしるされたつぎのような文章は、あまりに予言的で、ある意味ではこれは、父がのこした『遺言』のようにさえ思われて粛然とする」と引用する。

人間なら誰でも失敗はあり得る。まちがわない人がこの世にこれまでいたろうか。ぼくらはどの周囲を見まわしても、まちがいだらけの人々を見てばかりいる。ぼく自身もまちがいの多い人間だ。

ところが、原発操作にだけは、まちがいはあってはならない。とわれわれはいつも思いくらすのである。まちがいの多い人間の多い世界なるがゆえに…。何と、この完全に矛盾した、原発安全信仰というものは何だろう。絶対安全、そんなものがほんとうに過去のこの世にあったことがあるか。

水上が記した『若狭日記』と窪島の『父　水上勉』のあいだに、四半世紀の時間が流れる。チェルノブイリと福島原発という過酷事故に遭遇し、気持ちを通い合わせる父と子がそこにいる。「ろうそく一本の抵抗」とは、そういう二人の心底をあらわしている。

若狭と普天間は一つ

水上勉は、原子力発電の問題に小説、エッセイを通じてもっとも多く発言した作家の一人である。しかも彼の目線は、いつも若狭の寒村で生活を営む人たちから伸ばされている。長篇小説で『鳥たちの夜』、『故郷』、短篇では「金槌の話」の三作。「金槌の話」がもっとも早く、文芸誌『海燕』の一九八二年一月号に発表された。『鳥たちの夜』は一九八二年一月から地方紙十四紙に連載され、八四年に集英社から出版された。『故郷』は一九八七年七月から地方新聞十二紙に連載されたが、単行本になるのは十年後の一九九七年、おなじく集英社から出版された。水上作品にはめずらしく上梓までに時間がかかっているのは、のちに水上が話すところによれば、「いろいろな妨害があって」とのことである（不破哲三との対談集『一滴の力水』、光文社、二〇〇〇年）。

エッセイ等は、とくに一九八六年四月二六日のチェルノブイリ事故のあと、これが故郷若狭で起きたらと、思いを重ねて書いた。窪島が引いた『若狭日記』をはじめ、『若狭海辺だより』（文化出版局、一九八九年）に多く収録され、『若狭憂愁――わが旅Ⅱ』（実業之日本社、一九八六年）には水上の筆になる口絵「若狭の山々と原子力発電」がある。灰谷健次郎との往復書簡集『いのちの小さな声を聴け』（新潮社、一九九三年）では自然や小動物、生きとし生けるものの話の合間に原発のことが織り込まれ、『一滴の力水』では「若狭と原発と東海村」という章が立てられている。

水上の論拠、あるいは題材を見る視点は一貫している。揺るぎがない。貧窮と原子力発電の対照である。原子力発電が文明、科学技術、富を象徴するなら、その対極にある貧窮を、貧窮のままに捨ててきたのは誰なのか、何なのか、そのことへの哀しいまでの憤怒である。

水上は不破哲三との対談のなかで、「なぜ若狭に原発が来たか」を語っている。

永六輔さんが、捨てゼリフのようにしゃべっている講演のなかに、「なぜ若狭に原発が来たか」という話があるんですよ。一番の僻地であることと、海岸線には、列車に乗って通っても分からない岬がたくさんあること、その岬のなかに疲弊困憊しておカネを求めている農民がいること、こういう条件を挙げて、縷々説明されると、納得しますね。

そして次のように続ける。

根本的なことを言わせてもらうと、若狭と普天間が一つなんですね。西田幾多郎に「内的自己」と「外的自己」の矛盾という言葉がありました。住民がそういう矛盾を抱えてそれをコントロールしそこなうと、そこを企業などが狙ってつけこむんですよ。こわいですね。普天間の基地移転を抱える沖縄にも、同じ問題がありますね。

原発立地と沖縄の米軍基地設置に通底する、この国の統治、為政のあり方を、水上は二〇〇〇年の時点で指摘している。原発と沖縄、あるいは福島と沖縄という二つをつなげた考察は、三・一一の福島原発事故以後、その「植民地的」な差別構造が多く指摘されたが、十年以上も前に水上は深い関心を寄せていたのである。作家らしい直感、炯眼だといえるが、それほど、沖縄の基地問題に心を痛め、若狭の原発に煩悶し、どこに問題の根っこがあるかを、そこで日々を暮らす者の目線で考えようとしてきたからだろう。

水上が原発を題材にした最初の小説「金槌の話」は、「私」が語り手となって展開する。母の葬儀や法事で郷里に顔を出す機会が増えたことから、母方の縁筋にあたる良作と旧交をあたためることになった。とりとめない昔話からやがて「ゲンパツ」の話になった。良作は、八年前から農閑期だけ「ゲンパツ」の下請けに雇われているという。線量計をつけての仕事ぶりや、日給が九千円にもなることを聞かされる。

やがて、忌ごとの集まりが遠のくと、良作は夜中に電話をかけてくるようになった。ある夜、良作はマイクロバスで「ゲンパツ」へ行く途中、ゲロを七つ見た、と話し出す。どう思うか、と問われても「私」には見当がつかない。良作は、七つも一人が吐くとは思えないから、七人がならんで吐いたにちがいない、朝早くに、いったいどうしたことか、と「私」に語りかける。良作はどうやら泣いているようである。「私」は、良作がどうやら孤独らしい、と想像する。

ひと月以上過ぎて、良作が太郎助の父親の金槌を探してくれないかといってくる。太郎助の父親は宮大工で、「私」の父とも仕事仲間だった。東京の保険会社の屋上に稲荷社を建てているときに金槌を落とし、十四階からすとーんと谷底みたいな地面へ落ちていったという。「私」は、機会を見てその保険会社に出向く。隣のビルとの間はコンクリートの垣がしてあって入れず、せっかく来たのだからと屋上へ上らせてもらう。小祠が植え込みに隠れるようにビルのへりにあった。「私」はいざってそこまで行き、ヘリに手をついて下を見た。

私は見すえた。どっちのビルにも窓はなかった。まるで巨大なコンクリートの板をそこに立ちはだからせているようだった。どっちの窓も灰黒色によごれて。裾の方は、まだ四時過ぎだというのに暗い闇が落ちている。太郎助の父つぁまには、金槌の落ちてゆくのが泣いてゆくように思えた、といった良作のことばが思い浮かぶ。すると、深い谷底の闇に向って、父つぁまの使いふるした金槌が、先だけは銀色の鋼鉄の部分にはめこんだ堅木の柄が、両方の壁のあちこちにあたり、カンカラコロ、カンカラコロと音を立てて、やがて輝きをうすくして落ちていったけしきがうかんだ。

私の顔はこの時誰かがみていたら、殆ど泣き顔だったろうことを告白する。

金槌は、ここでは「ゲンパツ」のカネがなければ道路一本、新しく通らない僻村を象徴している。きらびやかに見えながらも隠れたところは灰黒色にくすんだ、資本という怪物の底深い闇に、泣きながらそれが落ちていく。僻村は、舗装された真新しい道路のまん中に、被曝の影響か、ゲロが七つならぶところである。

私たち、私の村は、輝きを失って消えてゆく以外ではないのか——「私」でもあろう水上の胸中に去来するのは、その思いではなかったろうか。資本主義の貪婪さを象徴する原発と引き換えに、何が奪われていっているのか。水上はこの小説を機に、そのことをひたすら問うようになる。

しずかに、人生を語る小説

水上は一九一九（大正八）年三月、福井県大飯郡本郷村（現・おおい町）に生まれた（二〇〇四年九月八日死去）。若湾の谷の奥、コジキダン（乞食谷）と呼ばれる寒村だった。父親は前述したように宮大工で、五人兄弟の二男として育った。家は貧しく、九歳（一説には十歳）のとき、京都の臨済宗寺院相国寺塔頭、瑞春院に小僧として修行に出された。あまりにきびしいために出奔するが、すぐに連れ戻されて等持院に移るという経験をしている。のちに、直木賞受賞作となる「雁の寺」や「金閣寺炎上」にそれらは生かされるが、もちろんその当時は知る由もない。

旧制中学を終えると還俗し、伯父の下駄屋で働く。大学へ進学し働きながら通学するものの次第に意欲をなくして退学。染物屋や自動車組合など職を転々とする。「満州」にも渡るが喀血して帰郷。療養のかたわら文学書を読みふける。徴兵検査は丙種合格。上京して新聞社などで働くが、戦火が激しくなり郷里へ疎開する。代用教員をつとめてすぐに輜重兵として京都・伏見の師団に召集され、敗戦直前に召集解除、再び郷里で助教をするなかで敗戦を迎える。窪島誠一郎は事実上の最初の妻との間に一九四一年に出来た子どもで、窪島が二歳のときに養子に出したものの戦災と戦後の混乱で消息がつかめず、再会は窪島が三十五歳のときになる。

戦後、水上は東京へ出て出版社を起こし、宇野浩二の知遇を得て処女作『フライパンの歌』を発表したが（一九四七年）、体調を崩し文筆活動から遠ざかる。

水上が小説執筆を再開するのは一九五九年、『霧と影』である。その後、水俣病を題材にした『海の牙』などを発表し（一九六〇年）、社会派推理作家として認められていく。しかし、水上は『フライパンの歌』が戦後のみずからの暮らしぶりに材を得ているように、人間のありようを問う気持ちがつよく、やがてそれが『雁の寺』（一九六一年）に実を結び、直木賞を受賞し本格的な作家生活に入っていった。

『飢餓海峡』（一九六二年）は、そのような水上のさらに大きな転機となった作品である。内田吐夢監督のもとに、先ごろ死去した三國連太郎や左幸子、伴淳三郎、高倉健らが熱演する映画にもなった。

水上は、〝この作品を書いたころから、推理小説への熱情を失っていた。小説の娯楽性を拒否するものではないが、しずかに、人生を語るような小説があっていい。そんなふうな思いが深まった〟と新潮文庫「あとがき」で書いている。

『飢餓海峡』は、北海道積丹半島のノド首にある岩内町の大半を焼きつくした一九五四年九月の失火事件と、同じ日に起きた青函連絡船洞爺丸の遭難事件を敗戦直後に時代を移し替え、岩内町を岩幌町、失火を放火としてつくられた世界である。犬飼多吉こと樽見京一郎を主人公に、洞爺丸の遭難事故死者の中に身元不明が二人いるという話から物語は展開する。同じ日に岩幌で質屋強盗殺人事件があり、火事はどうやらその犯人が放火したものらしいと推察される。

数日後、青森県大湊の曖昧宿に犬飼多吉という髯だらけの大男があがってくる。酌婦の千鶴こと杉戸八重が相手をした。男は、大金を千鶴に渡して去る。

十年後、男にもらった金で借金を清算した八重は東京にいる。売春防止法の実施によって転業を迫られていた八重は、ある日新聞に載った多吉を見つける。刑余者の更正保護のためにと三千万円の寄付を申し出たという記事に写真が付けられていた。樽見京一郎とあったが、八重はそれが恩人の犬飼多吉だと確信し、礼をいうことと今後の身の振り方を相談しに舞鶴へ向かう。が、そこで再び、殺人事件が起こる……。

『飢餓海峡』をごくかいつまんでいえばそういう話の筋になる。が、ここで作品を論じたいと思ったわけではない。原発に対してくり返し発言している水上が気になって読み返していたら、転々と舞台を移すその土地が、偶然にも原発立地場所に近接していることに驚いたのである。そう思ったのは私だけでないらしく、川村湊も近著『震災・原発文学論』（インパクト出版会、二〇一三年）で同じような感想を述べている。こういうことである。

大火のまち岩幌（岩内）は泊原発の南隣であり、犬飼多吉が津軽海峡を小舟で越えて上陸した下北半島仏ヶ浦や、八重と一夜を過ごした大湊はともにむつ市や六カ所村に近接している。犬飼が本名樽見京一郎にもどって食品会社の社長となり、教育委員をつとめている東舞鶴は、丹後街道を東へとって峠を越えれば高浜・小浜、若狭である。

水上にとくだんの意識があったわけではない。執筆時に原発はもちろんまだつくられておらず、まったくの偶然である。が、そのつながれた線は、何となくもの悲しい色合いに染まっている。

樽見京一郎が生まれたのは、京都府の北桑田郡奥神林村字熊袋というところに設定されている。バスの最終地点からまだ五里半も歩かなければならない丹波山地の奥地である。その辺境で少年期までを過ごした。家は分家だった。

「分家田圃」とここではいうが、村を出て行く当てのない二、三男は、屋敷の隅に小さな家を建てて住まわせるものの畑や田圃は遠くを与える。畑は山のてっぺんに蓑一枚くらいの広さ。肥を運ぶにも一日がかりで、雨が降るとすっかり流れてしまう。下方の畑ほど肥料がたまる仕組みで、二、三男が歯を食いしばって肥料を運んでも、下の長男の畑を潤すようになっている。だから、てっぺんは作物の出来も悪い。といって作らなければ干上がってしまう。田は「汁田圃」といわれる、川底に出来た沼のような田圃だった。沼の深さはつかると肩までくる。手の切れるような冷たいなかを、体を埋めるようにして田植えをする。大女だった京一郎の母親でさえ汁田圃につかると乳房のところまで泥がきた。熊袋の汁田は地獄田だと村の者はいうが、それでも作らなければ食べていけない。

京一郎はそれを逃れるように小学校を卒えると大阪に丁稚奉公に出、やがて北海道へ渡って開拓農場で働いた。人並みの暮らしをし、母親を楽にしたいと願った。貧窮の底に沈んでいる者への蔑みの目をひっくり返してみせたかった。

水上は、その気持ちの強さゆえに極悪な殺人事件を犯した罪を憎むとともに、そうさせたものへの憤りも隠さない。貧窮の者をいつまでも底辺にとどめ置く社会の構造、仕組みを、水上は筆一本で敲く。

京一郎が大湊で一夜を過ごした相手、八重もまた下北半島の山中、川に沿って、石置き屋根で杉皮のひしゃげたような小舎が二、三十戸並ぶ貧寒とした集落の出身だった。高等小学校を卒えると大湊に出、海兵団相手の酌婦になった。戦後、街はすっかりさびれたが、木の下敷きになって入院した母親の費用のために重ねた借金があり、八重はそのまま曖昧宿に住み込んで客をとった。

彼女もまた、貧窮を背負って生きざるを得ない悲しい存在だった。水上は彼女をしかし、底に沈んでいく者とだけはえがいていない。苦界にあってもなお輝きを持つ肌の白さ、気持ちのあちこちに見え隠れする素朴で純な汚れなさを、過剰にならずに点描する。

　水上が求めて変わっていく「しずかに、人生を語るような小説」とは、貧富を画然とするその社会構造を見据えて、貧の一灯を飾らず映し出すことだった。

「故郷」は日本のそこここ、人の生きるところ

『鳥たちの夜』は、退職した若狭の中学校教員の木田が、かつて集団就職を世話したもののすぐに脱落して長く消息を絶ち、最近ようやく行方の分かった教え子の五人と、家出をした自分の娘を訪ねていく話である。在職中なら、「追指導」として旅費だけは出たが、職を離れての期限のない旅であってみれば、それは木田の教員生活の締めくくり、総括ともなる「追指導」であった。

　木田は大飯町に住んでいる。大飯でももっとも辺境といわれる猿島に出力二百万キロワット近い原子力発電所が二基設置され、さらに二基の増設話が出ている。木田の同僚で木田より一年早く退職した磯山は、電力会社の出張所の嘱託で広報の仕事をやっている。給料はいいらしいが、屈託はある。とくに、僻村を踏みしだくことで成り立っている都会の堕落をののしる。加茂川が明るいのも、御所や二条城の植え込みが明るいのも防犯のためだと聞いて、磯山は、都会は防犯にも電力を使うようになった、闇だ、というのであった。

　木田が京都に訪ねた教え子の大西貞之もまた、

「こないだ飯沼合板へいった時も話に出てたけんど、九つも原発が集まっとるとこは日本のどこにもないそうや……絶対安全とはいえんものを、九つもうごかして……しかもその電気を使うとるのは京都やろ、文句もいえんいうのが結論やったけど、まあ、先生、若狭から出とるわしらは、おかしい気持ちやで」

という。その言葉に、木田は気をとられる。

自分らの故郷が、絶対に安全とはいえない危険にさらされながら、原子力による電力を京都へおくって、その代償に、谷一円の小学校、中学校が、鉄筋になって、道路もよくなっている。公共施設は都会なみになったが、中身はそう変わってはいない。かえって、補償金のもらえた漁民と、もらえなかった農家に格差が生まれ、新しい反目も生じているのだ。古家を民宿に、釣り客や工夫を泊めてくらすこともできぬ谷奥の農家では、原発は、遠い対岸の出来事だった。木田は、貞之が都市側から故郷を見ている眼がおもしろかった。

木田にいわせれば、彼らは「それぞれの羽と嘴《くちばし》と赤い足をもった鳥」であった。ヒナから育てて何羽かずつあつめ、都会へ送り出したが、彼らは仲間や仕事や人間関係に傷つけられ、甘い誘惑に負け、群れをはずれた。彼らは夜にしか働き口はなく、しかしその夜は、煌々と明かりがともり、蟬が一晩中鳴きしだく、闇を忘れた夜であった。

暗い夜でこそ羽を休め、ひとときの安らぎも得られようが、明るい「夜」に生きる彼らに帰るねぐらはない。といって、故郷へ戻ってもひとつかみの希望もない以上、彼らは「夜」を生活の場として必死で生きていかなくてはならない。

　水上は貧と富、僻村と都会とを対照させ、そこに原子力発電を置いて物語を展開していく。彼らの青春は、原子力発電という、絶対の安全などない代物を郷里（それも辺境）に呼び込まなければ暮らしていけない現実に、たたかいたくてもその術が見つからずに悶え、苦しんでいるのである。都会もまた富だけを集積しているところではないだけに、貧しく、成績が悪く、集団就職にしか希望をもてなかった彼らが不運だったのか、と問いたい気持ちがつのる。

　そうではあるまい。——水上の、木田を通して彼らを見やる目はやさしい。彼らをそうさせ、そうせざるを得なくさせているものは何なのか。木田とともに作者の煩悶も深い。深いままに作品は閉じられ、模索がつづく。


　水上が『故郷』を連載するのは、そうした問題意識の発現するところだった。一九八七年七月から足かけ三年にわたって地方新聞に連載されたこの小説が単行本になるのは、前述したように十年後である。水上が述べた「いろいろな妨害」がどういうものだったかは知るよしもないが、ただ、『故郷』であつかう原発が『鳥たちの夜』と違っているのは明らかである。

『鳥たちの夜』と『故郷』とのあいだに、チェルノブイリの事故があった。が、作品は一九八五年に時点をとっており、反映しているのはスリーマイル島の事故である。ニューヨークの日本料理店で成功をおさめ、残りの人生を生まれ故郷で暮らしたいと考えている芦田夫妻の妻富美子を中心にし、原発の建つ村にひとり残っている祖父の元へ、母親を捜してニューヨーク州の町から訪ねてくる娘（渡米した母親とアメリカ人男性とのあいだに生まれた。二人はその後離婚、母は行方不明で帰国しているかもしれないと訪ねてきた）を配して、原発事故の話を実感的にする工夫をしている。

水上は、この作品でより明確に、原発は人間を幸せにしない、不要だとえがきだした。とくに、スリーマイル島の事故を受けて原発を学習し、グループに加わって運動もしている浅田夫妻の長男を配し、彼の口を借りて原発についての知見をのべる。

当然その当時の、ということであるが、たとえば、五十年使ったあとの原子炉が六百年もくすぶって残る、原発は「燃える棺桶だ」という指摘、また、核のゴミ――廃棄物の捨て場所がないこと、処理方法がないこと。

三・一一後に大きく問題になった論点が、すでにここに出ている。もっともそれらは、原発の建設当時から言われていたことでもあるが、小説世界で展開されたのは日本ではこの作品が最初である。

さらにこの作品が特筆されるのは、原発が僻村の故郷とそこで暮らす人々に何をもたらしたのか、という点をていねいに映し出していることである。

「そのしかたがないという生き方が、まちがいや。藻場をころせば魚が育たん。さざえもイカもとれんということがわかっておって、農薬をたれ流す。近海漁業で喰えんようになったのは、肥もちがイヤやという百姓らの根性がそうさせとるのや。しかたがないのは何のためや。手を汚さずに収入をはかりたいためやろ。つまり、背中まげて草とりせんでも、除草剤、防虫剤まいてすまそうという根性やからやろ。それで海を汚しとるが。わしは、磯で魚のとれん村にしてしもた親らが、原発の日雇いで稼いで、アスパラやズッキーニや鰯の缶詰をスーパーで買うて生きとるこの変わり様を、阿呆やというとるんや、イワシは磯で猫もまたぐほどとれたでェ」

という古老の言葉。また、夫の孝二がいう、

「よくなろう……そうだ、よくなろうだ。それから、今日までは安全だったということ。でもやつはいう。飛行機だって落ちるじゃないか。新幹線だってわからないよ。でも、原発だけは、飛行機や電車の事故のようにはゆかない。……何かことが起きれば、母さんの故郷は死ぬんだ。やつが、燃える棺桶だといったうちには得体のしれない、まだ地球上で、誰もが見たこともない六百年も燃え続ける処置しようもない原子炉のことをクリーンだということに反対なんだよ。平穏であればよいとする、多数の現状肯定主義にさからっている」

などの端々に、村人の弱みにつけむ為政・企業への憤りと、受け入れざるを得ない者たちへの哀切な思いが溢れているのである。

「故郷」は、若狭にかぎられていない。日本中のそここ、また国全体を表そうともしている。この作品が十年、「妨害」によって篋底《きょうてい》に沈められていたのは、チェルノブイリの事故直後だったことや、原発の構造的欠陥を詩情のうちに鋭く形象していることがあったろう。がそれ以上に、「よ

くなろう」と突っ走ってきた、開発と効率至上の文明観や、「しかたがない」という諦念、また「現状肯定主義」を捨て、もっと違った日本という国をつくってみようと呼びかけたからではなかったかと私は思う。

人が生きるうえで、違う価値意識を持つ必要をこの作品は説こうとしたのだ。貧窮と苦悩の底から人間と世界を見た水上が、人のしあわせにとって何が一番大事かを、満身で、全重量をかけて訴えたのである。そこに、原発はいらない、と。

（『季論21』21号、二〇一三年夏号）

三・一一後に読む『こつなぎ物語』

「小説『こつなぎ物語』の意味」ということでお話しさせていただくわけですが、宮脇さんからお話しがあってお引き受けしたものの、そのあとから、ずっと気持ちが退いてしまって、ついに今日に至ってしまいました。

といいますのも、この作品が何をえがいているのか、その対象である「小繋事件」がどういう意味、意義があるのかにつきましては、ここで私などがあらためて話すまでもなく、お集まりのみなさんには十分承知のことで、私が話すことなど殆どないからなのです。なくてもしゃべれといわれても、それはもう絞るに絞れないほどのもので、どうにも困ってしまっているわけです。

それで、少し回り道をしながら何とかテーマに近づけないかと、試みようと思います。はじめに、この小説に藤元昌利として登場する、音では同じですが、藤本正利さんのことからお話しします。

無名の人びとのたたかいと、それを支えた名もない人びとの物語

じつは私は、藤本さんとほんの少しかかわっています。私は、一九六〇年代末の学園紛争当時に学生運動をやり、そこから青年運動、民青同盟の活動に入り、そこを卒業して日本共産党の中央委員会に勤めました。一九八〇年代の初めですが、そこで藤本さんと言葉を交わすようになりました。

私は三十を超えたばかりの頃でしたし、民青の中央で少しは全国組織を動かしてきたというようなこともあって、生意気だったのですね。そういう目から藤本さんを見ると、ヌーボーとして、つかみどころがなくて、一体これで中央委員会の仕事ができるのか、などと思ったわけです。たしか、『科学と思想』の編集をやられていた頃だと思います。

で、そういう話を当時所属していた青年学生対策部ですると、先輩が、新船よ、人をそういう印象で判断してはだめだ、あの藤本は小繋の藤本なんだと、教えてくれたのです。

小繋事件は、学生の頃に読んだ戒能さんの岩波新書で少し記憶にありましたので、本棚の奥にあったのを引っ張り出して読みました。

そこに、小説にも出てきますが、材木業者が伐採に来て木を切り出す時に、自分は殺されてもいいが、君らと同じ仲間だけは助けてくれ、という場面があります。「藤本という野郎、たたき殺してやる」といわれているのに、その相手に立ち向かっていったとあります。戒能さんは落ち着

いて「これは伝聞だ」と書かれていますが、そこを読んで、妙に親近感を持ったのです。私も大学紛争のころ、校舎の壁に「○○殺せ」などと書かれたのを目にしたことがあるものですから、殺せ、とか、死ね、などと言われるとほんとにいやな気持ちになるものなのです。

そういう相手に、しかしそれでも立ち向かっていかなくてはいけない。勇気などというきれいなものではありません。蛮勇というか、必死というか、そういうものですね。

私は、ヌーボーとした表情や態度に隠された、藤本さんの本当の姿というものを知ったように思いました。それ以来、出会わすと少し言葉を交わすようになりました。

余談ですが、その頃の共産党中央委員会には、役員であるかどうかはともかく、戦時下の苦闘、また、戦後のレッドパージ、東宝争議、三鷹・松川事件、三池、安保……、あるいはそういう知られたたたかいだけでなく、人々の暮らし、平和、人権、民主主義などにかかわる闘争を、先頭に立ち、また下で支えた人たちが、その功を語ることなく、それこそ黙々と任務を果たしておられました。

私は、さすがは日本共産党だと思いましたが、藤本さんもまたその一人でありました。

私は今、自分が少し知っている藤本さんを例に話しましたが、野里さんのこの小説は、いわば、そういう無名の人びとの尊いたたかいと、それを支えた、これまた名もなき人びとの物語だと思うわけです。もちろん、それぞれに固有の名と人格ある人びとですが、歴史を下支えし、動かしたという意味での「無名」です。

小川岸太郎と市太郎、山本耕吉と省三郎、山本与惣次と与志雄といった、父から子、孫へと受け継いでたたかった村人はもとより、彼らの苦しみ、願いに寄り添い、すべてをなげうってという言い方がいちばん当たっているだろう隣村の運動指導者小堀喜代七、あるいは移り住んで支援した藤元、斎条稔、また、布施辰治や戒能通孝など、あげていけばキリがないのですが、そういう名もなき人たちの、心底からの怒り、抵抗、踏まれつぶされようとしてもなお立ち向かっていく、それが、この国の歴史、それも、人間が生きていく生存する上での諸権利、平和に暮らす権利、保証、そういうものを獲得し、社会に根づかせてきた、そういう歴史をつくってきたことを教えてくれます。

野里さんの『こつなぎ物語』は、その典型を余すところなくえがき出しました。

歴史に材を得る物語は、それが人民にとって意義あるものであればあるほど、史実に忠実になり、個人の力でなく集団的な力を書こうとして、人間個人が後景に退きがちになります。逆に、個人の苦闘、奮闘、魅力的なその姿を書こうとすると、出来事の歴史的意味が薄れ、平たくいうと、小繋事件でなくとも山本省三郎はたたかったのだ、というおかしな話になる危険も生まれてきます。

そこを、作者は主要人物一人ひとりにうまく寄り添い、ときに突き放し、生き生きとえがき出しました。それによってここに、小繋の歴史的事件としてではなく、その事件に果敢にかかわって親子三代みごとに人生と歴史を生ききった、人間のドラマが完成しました。

私はそこに、この作品の無上の価値があると思います。

ところでこの小説が三部作として世に出るに当たっては、いくらか、私も関わり、そのことをうれしく思っています。三年前の東日本大震災の直後、四月の末でしたが、民主文学会の何人かと仙台、塩竈、石巻の会員の方を訪ね、大船渡の野里さんを見舞いました。

そのときに、罹災記を書いている話を聞き、『民主文学』が掲載を見合わせたというので、本にしようと本の泉社に持ちかけて出版しました。『罹災の光景　三陸住民震災日誌』ですが、その過程で、こういうものがあるのだがと野里さんから『こつなぎ物語』を渡されました。いろいろ心当たりに掲載の話や本にできないかと働きかけたがみな断られた、ということでした。

あゝ　おまへはなにをして来たのだ

その頃の私は、東日本大震災と福島原発事故について、何をどう考えればいいのか、思いあぐねていました。震災から三週間後の四月二日、常磐道を上がれるだけ上がり、四ツ倉漁港から南下して地震と津波の傷痕を眺め、それだけでもすでに言葉を失っていたのですが、薄磯海岸に出た時、一つの集落が壊滅といっていい、惨状としかいいようのない光景を目の当たりにしました。

問題は、その衝撃の大きさにではなく、山のように積み上げられた瓦礫のあいだを歩いている時に、「ごくろうさま」と声をかけられたときの自分自身の不甲斐なさにありました。私は言葉を返せず、ただ頭を下げるしかありませんでした。

中原中也の、「あゝ　おまへはなにをして来たのだと……吹き来る風が私に云ふ」という詩句が浮かびました。震災の数日前に山口と萩を旅行し、泊まったホテルの横の公園に、「帰郷」というその詩の碑があったことから思い浮かんだのですが、「おまへはなにをして来たのだ」は、痛切な響きで私の胸に刺さってきました。

何をしていたのだ、と問われれば、振り返って幾らかは答えられます。平和や民主主義に、あるいは社会進歩に、少しは貢献してきたとも言えるでしょう。しかし、その帰結がこれであるとしたら、それこそ、「おまへはなにをして来たのだ」と問い返さざるを得ないわけです。私は、やっていたことよりも、やって来たことのなかになお力不足であったこと、ときに怠惰に流れたこと、つよい力の前に言葉を呑んだこと、弱い力に傲岸になったこと、そのことを問わなければいけないと思いました。それを問い、そして残り短いとは言えそれを繰り返さぬよう、ふたたび人生に立ち向かっていかなくてはいけない、そんなことを考えました。

ふたたびこのような帰結、三・一一を将来に繰り返させぬために、私は何を考え、何を為さなければならないか。文学と文学評論に、答えを求めていかなければいけない、そう思いました。

東日本大震災と福島原発事故、三・一一については、直後から、あれを「第二の敗戦」と呼び、戦後のやり直し、近代のやり直し、が言われました。いや、近代に罪はなく、近代をゆがめてやってきたことが問題なのだ、と指摘する声もありました。

私は、いま述べたような気持ちとそういう声を聞きながら、野里さんから渡された『こつなぎ物語』を読みました。

確かにこの物語は、小繋の入会をめぐって起こされた半世紀以上にわたる訴訟の物語ですが、しかし背景を成しているのは、日本の近現代のありようです。私は、この物語の意味を考える時、「三・一一後に読む『こつなぎ物語』」という題をつけたくなります。この作品は、いうなら「日本近代と東北」ということがもう一つのテーマだと思うからです。

「山」の公共性

第3部第3章「三度目の訴訟」で、農村調査に来た学生に藤元が訴訟について語る場面があります。

訴訟の意味というか、背景になっている問題をもっと深めて考えてはどうかと問題提起します。入会権と私的所有をめぐる問題です。

藤元は、入会権を「自給自足の古い生産形態の残滓」とも言えるが、それより、「自然に調和した理にかなった生き方」と言えないか、そしてそれに対して、資本主義が挑戦している、山林経営などと言って金を得ることを目的にしている人間の欲望、私的所有という形のまがまがしいものが、挑みかかっている、と話します。

藤元は、昔の暮らしを懐かしがってそう言っているわけではありません。また、確とした答えを見つけ出しているわけでもありません。法廷に立つと、どちらに時代の勢いがあるのかに囚われてしまうと言うように、思い惑うように考えています。

にもかかわらず藤元には、考えを深めないといけない命題がぼんやりとではありますが、見えてきているように思います。

それは、山が持つ、単にお金に換えることができない価値、水を涵養したり空気を浄化したり、さらに、登山や森林浴といった現代人の精神的保養などもあげて、その「公共性」を指摘するところにあります。そして、山のそういう公共性を認めて、共同管理的に扱うことは、「もしかすると逆に、うんと新しいことで、社会がそれに気が付くのは、まだまだ先のことかも知れないけどね」と言います。

藤元がこう言うのは、一九六一年のことです。

この問題意識は、戒能通孝がなくなった一九七五年でも繰り返されます。藤元自身の認識であるとしたら、作品上はやや中途半端にとどまっていますし、十五年ぐらい思考の発展がありませんから、私は、藤元のものでもあるでしょうが、多分に作者自身のものだろうと思っています。しかし、展開しすぎるとそれも困ったことになるわけですから、作者は藤元に眠らせてしまったり、しらけた気分にさせてしまったのでしょう。

それはともかく、ここで藤元が問題にしているのは、人間が人間らしく生きるうえでの自然あるいは環境ということと、それを一顧だにしない資本の論理と、どちらが人間的なのかという問題です。そしてそれは、「日本近代と東北」、あるいはそれにかかわる小繋、という命題に置き換えることも出来るのではないでしょうか。

振り返ると、第三次小繫訴訟とも言われる、小繫刑事事件とその裁判が始まった一九五五年は、東北の開発史にとって大きな画期となる年でした。この年の年頭、第二十一回国会冒頭の施政方針演説に立った鳩山一郎は、東北の開発に「特段の力をいたす所存」とのべ、東北開発特別委員会が設けられました。経済白書は「もはや戦後ではない」といい、二年後の一九五七年、東北開発促進法など東北開発三法を準備しました。

小繫の小さな村に、百五十人もの警官隊が襲いかかったのは、けっして偶然などではなかったわけです。人間が生きていくための山ではなく、金を儲けるという資本の論理を貫徹させるための山、自然だということを見せつけ、思い知らせるために、国家権力が丸ごと襲いかかったわけです。

この一九五五年という同じ年の暮れに、原子力基本法が公布されたのも偶然ではないでしょう。種々検討を重ね、福島県双葉郡大熊町に東京電力福島原子力発電所の建設工事が開始されたのはそれから十二年後の六七年九月、運転開始は七一年三月でした。

一九五五年から半世紀あまり、小繫事件をたたかったのとほぼ同じ時間が経過しました。小繫をなぎ倒そうとした資本の論理は、小繫といわず、東北といわず、この日本に、取り返しのつかない大災厄をもたらしました。二〇一一年三月十一日の東日本大震災と福島原発事故の被害者は、関連死を含めると死者・行方不明者は二万人を超え、避難生活を余儀なくされている人は今なお二十六万七千人、うち福島の人は半数を越えています。

しかし、これが私たちの人生の帰結であっていいはずがありません。「日本近代と東北」という命題の答えであっていいはずがありません。

私が、三・一一後に『こつなぎ物語』を読む、とあえていいたい気持ちがここにあります。「白河以北一山百文」と言われて以来の日本近代史における東北をここでたどり直す余裕もつもりもありませんが、その「一山」が何を問いかけたのか、この『こつなぎ物語』三部作は、そのことを語ってあまりあります。

資本の論理がいかようであろうとも、「山」は「山」以外の何ものでもなく、「人」は「人」以外の何ものでもないのです。その「山」がつぶされ、「人」がこわされようとするとき、私たちは何を考え、何を為さねばならないのか、だれと手を組みだれとたたかわなければならないのか、その大いなる問題提起を、小繋の人々とともに為したところに、この物語の無上の価値、意味があると私は思います。また、三・一一後であるからこそその問題提起が身にしみるように思います。

「日本近代と東北」という命題のもうひとつの答え、それはおそらく、私たちのこれからの生き方によって確かめられ、示されていくでしょうが、その道を歩んでいくうえで、限りない励ましを与えてくれたことを、作者の野里さんにお礼を申しあげます。

（『こつなぎ物語』刊行を祝う会での挨拶、二〇一四年五月二十五日）

Ⅱ
パンデミックが攪拌する差別意識

「朝鮮」と呼べたとき

――小説「大阪環状線」の「在日韓国・朝鮮人」をめぐって

草薙秀一の『大阪環状線』（新日本出版社刊、「赤旗」連載）は、作者の少年期から青年期へ移行する時間軸を折り重ねながら、作者がなぜ小説を書きたいと思ったのか、小説でしか言い表せない心奥の塊をかかえてしまったのか、その原点をたどる、力のこもった長編小説である。同時期をおなじ大阪の地で、在日朝鮮人のすぐそばで貧乏な日々過ごした身として、主人公と同じような苛立ちや心の震えを思い出しながら、私は読んだ。

思い出しても恥ずかしいことばかりの青春前期を、七十をいくらか過ぎてたどりなおそうとするのには、自分で自分を叱咤するつよい心がいる。それこそ、命を削るような思いであろう。私は、作者が誰の求めでもないこの一篇の物語に精魂こめた思いの少しは分かる気がする。

あのころ、貧乏と朝鮮人（在日朝鮮人）は、大阪にいてやがて自覚的に人生を歩もうとする者にとって大きな関門だった。貧しさを乗り越えるのはそれほどむずかしくはなかった。世の中の仕組みが少し分かれば、それが親のせいでも何でもないことが分かる。しかしそうなるまではやり場のない憤懣をかかえる。大学進学が話題になるころ、おれより成績がずっと下の奴らが○○大へ行こうとか、××大を受けようとか言いよる……と父親の大病で進学を諦めようかというとき、私は母に思わず言った。母は、「かんにんやで」と涙した。若い日をを思い出して恥ずかしくなるのは、たとえば、そういう自分がそこにいたことだ。

私は幸い小説を書かないから、それをえがくこともなく過ぎている。えがくということは、その底に何があるのかを突きつめ、掘って、さらに掘ってつかみ出すことだから、私には荷が重い。

在日朝鮮人のこともそうである。私のすぐ近くにも多くいた。

中学校の卒業アルバムをひろげてみると、五十人ほどの各クラスに少なくとも三、四人の、国籍はともかく朝鮮人がいる。本名はほんのわずかで、ほとんどが通名である。姓は通名、名は朝鮮人名という者いる。私たちは団塊世代だから、進学につれて学校が新設された。私が進んだ中学校も小学校を卒業する一年前に開校した。だから、小・中の九年間をほとんど同じ顔を見て過ごした。朝鮮の子とはたいていどこかで同じクラスになっている。

だけど私は、彼や彼女たちを「朝鮮人」といったことがない。というより、その言葉を口にするのが憚られた。〝チョーセン〟が差別語だったからである。「朝鮮」と〝チョーセン〟を区別するなど出来ないことで、差別的だと思われてはいやだから口が裂けても言わなかったし、言えなかった。まだ幼かった心の底のどこかに彼らを侮蔑する気配がなかったとは言えない。だからなお、言えなかった。わだかまりなく朝鮮、朝鮮人と彼らと言葉を交わせるようになったのは、ずっとあとのことだ。

たぶん作者も同じようであったろうと思う。

ところが、この小説に「朝鮮人」という言葉は、いくらかしか使われていない。「在日韓国・朝鮮人」、「在日」と言い表されているのである。主人公の住む大阪生野の「路地の町」は「在日韓国・朝鮮人」が多く住むところと作品の冒頭近くで紹介されている。

連載中の小説は読まない私は、「大阪環状線」はそれでも気になって拾い読みしていたが、そのようえがかれていることを単行本で知り、心がざわついた。私には、生野や猪飼野、また鶴橋、そして私が育った近くに住んでいた朝鮮人たちを、あの時代に「在日韓国・朝鮮人」と呼んだ記憶がない。誰かがそう言っているのを聞いたこともない。「在日韓国人」、あるいは「韓国人」というのさえ憶えがない。その人たちを総称的に「在日」と言ったことも、聞いたこともない。

気になって調べてみると、小説の主人公が中学から高校生時代を送る一九六〇年代前半期に、「在日韓国人」という呼称は、歴史の事実としてもなかった。詩人の金時鐘が次のように述べている。

「在日韓国・朝鮮人」などと、さもそれが現実に即した同等の扱いのように並称させられて久しいが、二つもの国籍をこのように並称させられるようになった直接のきっかけは、在日朝鮮人の生活権、生存権をなおざりにして、〝国交の正常化〟を取りつけた、「韓日条約」の締結である。それだけに、この並称の内実には対立、反目を当然視する分断固定の思想ともいっていい、おそろしいほどの思惑がまといついている。日本での定住を自明としていながら、なお「韓国」、「朝鮮」に擦り寄っていかねばならない従属の生を、私は拒否する。「在日」を生きる私の主導的な意志からすると、「在日」の符丁とさえなっている「チョウセンジン」という陰にこもった呼び名は、「朝鮮人」という同じひびきの中でこそ回復されるべき名誉であり、友情であり、愛でさえあると思っている。

（『「在日」のはざまで』、立風書房、一九八六年）

「在日韓国人」といういい方が一九六五年の日韓条約締結以降であることとは、金時鐘ばかりでなく、尹健次なども『「在日」を生きるとは』（岩波書店、一九九二年）、『「在日」を考える』（平凡社ライブラリー、二〇〇一年）などで、歴史の経過をたどりながら実証的に論じている。日本に住む朝鮮人を「在日」と呼ぶようになったのは、「在日韓国・朝鮮人」よりもさらにあとの一九七〇年代後半以降であると、尹健次は前掲『「在日」を考える』で述べている。

ついでだが、日本共産党が「韓国」の呼称を使うようになったのは一九九七年からで、それまでは「南朝鮮」としていた。共産党や党に近い人びと、団体なども大方はそれに倣っていた。やがて共産党や民主青年同盟に近づく主人公の認識からいっても、六〇年代前半期に「在日韓国・朝鮮人」と呼ぶことはなかったように思われる。

この小説を「ビルディングスロマン」（「赤旗」文化欄コラム『朝の風』四月八日付）、自己形成小説と呼ぶ人がいる。私もそうだと思う。しかし、そうであるならば主人公が見、作者のえがくところが、その当時言われてもいなかった「在日韓国・朝鮮人」でいいのか。自己形成の小説世界をえがきながら、そのキーポイントになる存在を「在日韓国・朝鮮人」や「在日」にしてしまっていいのか。その文学的認識に問題はないのか。もっと言えば、なぜ作者は彼らを、朝鮮人と言えないのか。私は疑問なのである。

「朝鮮人」と書いている場面がないわけではない。だがその一つは、私にはとても承服できないものである。高校に進学した主人公が、悪童たちに喫茶店に誘われるところである。煙草を燻らしながら彼らは、女子生徒の品定めをする。主人公は彼等に同調しないし、批判的である。

「金城啓子なあ、目がぱっちりして肌が真っ白や」
「おう、あの黒い髪がたまらんで」
……
「そやけど、あいつは朝鮮やからな」
「それほんまか。あんなに可愛いのに朝鮮やなんて」

ここに出てくる。だけどここは、「朝鮮」ではなく、断じて「チョーセン」とか「チョウセン」でなければならない。さげすみの言葉は、漢字の「朝鮮」であろうはずがないのである。なぜ、侮蔑の言葉が国とも民族とも言い表す「朝鮮」で書き表されるのか、私にはとても理解できない。

前述した金時鐘が言うように、あるいは願うように、朝鮮人、また朝鮮という言葉は、「回復されるべき名誉であり、友情であり、愛でさえある」のである。そしてそれは、彼らにとってだけの課題などではなく、ひとえに日本と日本人にとっての重い歴史的課題なのである。主人公を喫茶店に誘った悪童たちには、朝鮮人に対する友情や愛など欠片もない。そんな人物に、漢字で語らせてはいけないと私は思う。

前述もしたが、あのころは、ある程度ものを考える者はみな、朝鮮という言葉はそれを言葉にして言うのはもちろん、漢字を思い浮かべるのでさえためらいがちで、自分の心の底をのぞき込んだものである。そういう経験は人知れずであれ、私たちの同世代には少なからずいた。私の友人は、中学三年のときに好きな子が出来た。彼女は在日朝鮮人だった。友人は受験勉強とともに必死でハングルを習得した。言葉の習得は歴史の理解でもある。卒業式のあと、何人かが教室に戻って語らっているとき、彼は彼女にハングルで話しかけた。二人がにっこり微笑みを交わした姿は、なんだかとてもきれいだったのを覚えている。二人が何を語ったのか、いまに到るも教えてくれないけれども。

十五の幼い心は幼いなりに、大人世界とは違う仕方で純に人間の関係や国の関係を見ようとしたものなのである。私は、作者もそういう一人だったろうと思っている。

最近は、書き手の歴史事実をふくむ認識のリアルなどどうでもいい作品がもてはやされるようだが、事物・事象を正確、リアルに認識するのは、虚を通じて真実に接近する小説のことだけではなく、物を書く第一歩であり、土台である。まして形象、描写の世界である小説でそれを怠り、こんなものだろうとすませていては、創造（想像）の源である批評が働かないにちがいない。批評のない創造（想像）は、気ままな空想であり、粗雑な作り物と違わなくなる。批評がその点を妥協するなら世も末である。

在日朝鮮人をどう呼ぶかには、長い歴史がある。ここでそれをたどることはしないけれども、種々の事情を十分理解しているであろう作者が、それでもあえて「在日韓国・朝鮮人」「在日」としたのには理由があろう。作者はおそらく、「ワンコリア」という言葉をふくめて、分断国家のどちらか一方に肩入れするのではなく、在日の総体を統一的に表現する言葉として、あるいはそれを願って、さらに思想としても、この用語を使ったのだろう。「在日」という用語にしても、朝鮮や韓国という「国籍」(表示)の「違いを超えて、在日朝鮮人を総称するだけでなく、とりわけ、若い世代の生き方を示す一定の思想やイデオロギー、ないしは歴史的意味合いを含むものとして」(尹前掲『「在日」を考える』)使ったのであろう。

日本最大のコリアンタウンであった猪飼野の地名はすでになくなり、韓国からのニューカマーが増え、いまや三世・四世が猥雑を脱して整理された区画に集住する時代である。オリンピック(冬期をふくむ)などでの南北合同選手団の結成、また、南北会談の進展(行きつ戻りつではあるが)を目の当たりにし、南北分断がひとえに日本の植民地政策に起因することを自覚すればするほど、一つのものとえがきたかったたろう。私は作者のその善意を疑わない。

問題は、一九六〇年代前半の小説世界の主人公の認識としてこうえがいていいのか、ということなのである。

「在日朝鮮人」を「在日韓国・朝鮮人」や、ただの「在日」と認識しようとしたときから、虚構の世界へのごまかしが始まる。事実でない、認識できないことを出発にして虚の世界を構築するとどうなるか。土台がないのに建物をつくるようなもので、建物がいかに立派に見えようとも、それは見せかけでしかない。その世界はどこまでいっても、作者の心としっとりと馴染むことはない。書いた、という思いにもなれないだろうし、なって欲しくもない。

善意であろうがなかろうが、その時代に認識も流布もしていない用語（つまりは現在の作者の認識）を使って、登場人物に世界を見させるのは、もはや力業でも何でもない。文学でいちばんやってはいけないことだ。

そういう認識の深度は、主人公の視野を広げない。

たとえば、当時の高校スポーツが置かれていた状況である。小説の主人公は中学で柔道をはじめ、高校でもつづける。高校で入部したときの主将は在日朝鮮人である。母親は焼き肉屋を経営している。主人公にとって柔道に取り組む姿勢、リーダーとしての指導力、また、家庭における存在感、将来の希望、どれをとっても学ぶことの多い先輩である。

個人競技もそうだったろうと思うが、この頃は、インターハイ（全国高等学校総合体育大会、硬式野球やラグビーなどは別形式）には出られても、国体には日本国籍でないと出られなかった。時代は少し下がるが、甲子園の準優勝投手だった新浦壽夫がその年の国体で投げられなかったのは知られている。新浦は当時、韓国籍だった（おまけに甲子園出場の一週間後に巨人と契約をしたプロ選手だった)。だから朝鮮高校のスポーツクラブは、日本の高校との練習試合が〝本番〟の力試しだった。私も経験がある。ハンドボールなどというマイナー競技は、どういうわけか〝社会主義圏〟がつよく、朝鮮高校も例にもれなかった。

試合は、私たちにとって無惨なものだった。軽い気持ちで臨んだ私たちにたいして、彼らは形相が違っていた。その差が覿面に出た。試合のあとで、「あいつら何や、本気で来よるやないか」「練習試合とちゃうんか」などとブツブツ言っていると、顧問がそのわけを話してくれた。高校スポーツにそういうことがあるのを初めて知った。それからしばらくして、いっしょに練習した、顧問の前任校(インターハイに長期に連続出場していた)に友人が出来た。彼の活躍で予選を突破したチームはインターハイに出た、次は国体と勇んだが、韓国籍の彼はそれには出場できなかった。

猪飼野のボロ屋の二階で寝転びながら、「新船よ、お前の日本はおかしな国やで」と彼は言った。そのころからだ、私が朝鮮、朝鮮人とごく普通に、しかし心をこめて言えるようになったのは。「お前の日本」を考えるようになったからでもあった。

作者にも作品の主人公にも、そんな瞬間があったと思う。なければ、「在日韓国・朝鮮人」などとはえがけないはずである。なくてえがいたのなら、それは書き割りに如かないものになるはずだが、そうでないことは小説世界が語っている。

だから作中の先輩やその友人たちの高校スポーツ上に起きていたことに目をひろげてもらいたかったと思う。彼は、国体(予選をふくめ)ではどんな扱いをされたのか。日本への帰化がいまのようには認められていなかったころのことだ。先に述べた新浦が日本国籍を取得するときは自民党の有力国会議員が仲立ちしなければならなかったほどだった。尊敬する先輩の処遇に、主人公は気づくことはなかったのだろうか。そこにこの国のまったく不当な〝民族差別〟を感じることはなかったのだろうか。

柔道部の先輩は卒業後、信用金庫に勤めたとある。たぶん朝鮮関係のところだろう。日本の市中銀行や信用金庫などには就職できるはずがないからだ。在日朝鮮人への就職差別のひどさは、いまの比ではない。だが、作品は思いを延ばそうとはしない。

もう一つあげれば、主人公の兄が結婚した相手のことにもある。

彼女が自分のことを「在日」「在日」というのは前述したように気になったが、それよりも、朝鮮人女性が日本人男性と結婚することの当時における意味である。

古い数字で恐縮だが、一九三九年の統計では、日本人女性を妻としている朝鮮人男性は九五七七人、うち入籍している者は二三六三人で、内縁がはるかに多い。日本人男性を夫とする朝鮮人女性は一八三人、うち入籍しているものは五〇人となっている。「在日一世の場合、それは解放後今日にまで引き継がれている」と尹健次は指摘している（前掲『「在日」を考える』、これを指摘した論考は一九九〇年発表）。

在日二世になるとこれは幾分変化するだろうが、適当な資料が手許になくて申し訳ないが、たとえばごく最近の数字でみると、二〇一六年では、日本人の国際結婚の四位に日本人夫と韓国・朝鮮人妻（国際結婚者の九・六％）、六位に日本人妻と韓国・朝鮮人夫（同七・七％）となっていて、組み合わせは逆転している。

いつごろがその転機なのか分からないが、作品の時代である一九六〇年代前半で考えると、朝鮮人夫と日本人妻の組み合わせがまだ多かったろうと思う。朝鮮人であることを隠し、言いそびれて深い交際になる例はむしろ解放後からある時期まで増えたのではないだろうか。

これをどう考えるかは、当時の主人公にはむずかしいかもしれないが、作者には十分なテーマだろう。

だが、高校生の主人公は、いままで他人事だったことが突然、身内のこととして飛び込んできたと右往左往し、その動揺に対する「贖罪」として、「在日」だからと反対する母に対して自分は応援する、というばかりである。もちろん、本名を名乗れないことの理不尽には憤るが、義姉の語る自分たちには見せなかった兄のやさしい心根などを知り、いい相手を選んだと納得するにとどまってしまう。義姉の結婚に対する決心も普通の男女のそれと変わらないようにしかえがかれず、彼女の心中には、残念ながら思いも筆も伸びていかない。

なぜ、朝鮮人男性が日本人女性を妻にするケースが多く、その逆は少なかったのか。愛のかたちはさまざまとはいえ、日朝の間には、民族にくわえて男女の差別、蔑視がある。長い儒教的倫理に縛られてきて、さらに戦時下に輪をかけた家父長制と男尊女卑は、戦後にも執拗に残っていた。朝鮮人を劣性とみなす世俗感情は、ひとえに日本人の側がどう克服するかにかかっている。そういうなかで日本人の男女の場合、どちらがその感情を乗り越えやすいか。戦後つよくなったのは女と靴下、などという俗言はともかく、女性が自らの選択として男性を選ぶほうが多かったろうとはいえる。戦後に、解き放たれたという思いは女性の方がつよかったであろうから。

とはいえ、女性の選択は茨の道でもある。朝鮮人男性に嫁すとなったとき、行く朝鮮人社会にはある意味で恨《ハン》の表出をはやし立てる者も出たろう。朝鮮人にとって日本や日本人は、愛と政治を別物に分けるほど単純な感情ではない。それでも彼を結婚相手に選んだ日本人女性の心中は、慕う気持ちの強さがあったにちがいない。朝鮮人のなかに混じって日々を暮らす有言無言の圧力は、それを撥ねのけるものがないとなまなかにはいかないだろう。

私たちの文学運動の近くにも角圭子さんなどがいた。彼女の場合、夫が帰属する朝鮮総連の方針もあり、軋轢、感情の齟齬から帰還事業が始まって夫が帰国し、別離の道を選ぶことになった。

朝鮮人女性の場合もそれは同じであったろう。ひとすじの思いがなければ踏み切れるものではない。かつての宗主国、しかも今なお差別を平然としている国の男子と結婚するなど……という非難を蹴って飛び立とうとするのであるから、好きだの惚れたのなどでは言い表せない決意だろう。思い切って誇張して言うなら、国と民族を敵に回してもつらぬかずにはおかない、壮烈と言ってもいいほどの思いのものだと思う。

私は、主人公同様、ごく身近にそういう人がいるから思いは一入である。母に向かって叔母が「長男の嫁ぞ。馬の骨の方がまだましじゃあ」と言ったことを私は忘れていない。彼女たちは、そういう「親戚」に囲まれて暮らしていかなければならなかったのである。

だから、それを「在日」と軽く言わせてはいけないと思う。くり返せばそのころ、「在日」という言葉は使われていない。彼女が言ったとすれば、「わたしは朝鮮人」であろう。その言葉のひびきを私たちは聞かなくてはいけない。恥ずかしく言ったとすれば、彼女をそうさせるものは何なのか。さりげなくも誇らしく言ったのなら、彼女はなぜそう言えるのか。そばだてる耳は文学以外になかろう。それをえがいてこその『大阪環状線』ではなかったろうか。

私は、小説には三つのことが要ると思っている。一つは町あるいは土地。どこで生まれ育ったのか。その地の歴史や風土などが働きかけてくるもの。もう一つは人。人と人との関係。誰に影響を受け、誰と馴染んだのか。どんな社会関係がそこに反映しているのか。最後に労働。何をして飯を食っているのか。それを基礎に階級がどう形成され、それをどう自覚していくか。『大阪環状線』にはどれも溢れるほどにそろっている。主人公が生まれ育った大阪生野を作者は「路地の町」とえがく。ほんとは「路地」でいいのだが、そう書くと東京などの人は一本一本の細い路を想像するので、分かりよく「路地の町」と「町」をつけている。東京と大阪や京都で言う路地の違いを言っておくと、たとえば織田作之助「わが町」の次のようなところが分かりよいかもしれない。といっても、現在はそういう雰囲気や形は壊れてしまっているところが大半なのだが。

路地は情けないくらい多く、その町にざっと七八十もあろうか。

いったいに貧乏人の町である。路地裏に住む家族の方が、表通りに住む家族の数よりも多いのだ。

　地蔵路地は」の字に抜けられる八十軒長屋である。
　なか七軒挟んで凵の字に通ずる五十軒長屋は榎路地である。入り口と出口が六つもある長屋もある。狸《たのき》裏といい、一軒の平屋に四つの家族が同居しているのだ。
　銭湯日の丸湯と理髪店朝日軒の間の、狭苦しい路地を突き当たったところの空地を、凵の字に囲んで、七軒長屋があり、河童《がたろ》路地という。

　分かるように、路地は長屋であり、河童路地にいたっては突き当たって抜けられるかどうか分からない空地を囲んだ一体的な生活空間を指すものでもある。織田作は「木の都」では「ガタロ横町」と呼んでもいる。「路地」は「大阪では『らうぢ』と云ひ……東京で云ふ路地とは意味が違ふ」（宇野浩二「大阪」）、生活の臭いで蒸れている一帯、「場」なのである。

　ともあれ、主人公の住むところは、朝鮮半島の南端外れの島・済州島との定期航路が開かれて大挙して渡来してきた朝鮮人が、先に来た者を頼って集まった。やがて「徴用」という名で強制的に連れてこられ、戦争が終わると半島の政変を逃れて密航し、そこらにあるもので雨露をしのぐバラックを建て、ひしめき合うように屋根が重なった。その庇と庇の間を縫うように、人ひとりが通れるほどの路が走って、出来たところである。

　この小説は、そこをえがいただけで、主人公がどのように自己を形成していったのかが分かると言ってもよい。ここで芬々とする貧乏の臭いには、戦争と差別が入り混じり、差別は民族のそれにくわえて隣接地から流れ込む未解放部落のこともある。日本資本主義の戦後復興から取り残された、階級差別が底辺に澱んでいる。やっかいなのは、貧乏の仕組みが分かったからといって差別する心が去ってくれないことだ。

路地を歩けば、戦時下には協和会という組織をつくって日本帝国主義の手先になり、同胞を締めあげた輩が、なぜと思うくらい大きな顔をして煙草を吹かしている。顔を横に向ければ、済州島四・三事件を逃れて密航してきた者や、朝鮮戦争時には、細々とした家内工業の機械（武器になる部品を製造していた）を「戦争反対」を押し立てて力まかせにうち毀した、指導部の言いなりだったことを猛省している者もいる。ネジ一本つくれば半島の同胞がそれによって殺されるかもしれない、そんなことは百も承知で、しかし機械を回さなければ今日の飯が食えない、打ち毀された機械を前に、「やめやぁ、もうやめや、朝鮮やめやぁ」と泣き叫んだ男の声が耳を離れない。路地は複雑怪奇以上の魔窟である。

言うならここには、戦前・戦時・戦後の日本と朝鮮の歴史、それも表立って言えない裏面史があり、這いつくばるようにして必死で生きた人間の真実が埋まっているのである。作者の草薙秀一はそれを見て育った一人の若者をえがくために小説を志した。回り道をしながら、ようやくこを正面に据えて書いたと言える。それだけに、である。

私たちはあのころ、否あれからずっと、「在日朝鮮人」の彼や彼女たちの声を日本人のひとりとして聞いてきた。大人たちの粗暴で侮蔑的な言葉として勝手に入ってきていたものが、あるときから、自覚的に、探し、求めて、聞き、心に留めてきた。それは、彼や彼女たちへの理解、尊敬、友情、愛であるとともに、自分が日本人・日本民族の一員であることの自覚、つまりは一個の人間としての道を歩き始めたことと固く結びついていた。
　だから、いくら大阪人とはいえ、この問題はたとえ一円といえど値切ることなど出来ようはずがないのである。

（『民主文学』二〇二〇年七月号、「『大阪環状線』の『在日韓国・朝鮮人』のこと」改題）

痼疾としての差別意識

『民主文学』七月号に発表した「『大阪環状線』の『在日朝鮮・韓国人』のこと」について、何人かからメール他で感想をもらった。そのことで考えるところがあり、忘れないように書き残しておこうと思う。

私が書いた趣旨は、草薙秀一のこの長編小説は、一九六〇年代前半を時代背景に、主人公の住む大阪市東南部の生野を、「鶴橋・桃谷・寺田町駅前の東部に位置した路地の町」とし、日本一のコリアンタウンと言われた猪飼野（いまはこの地名は消えている）に近接し、「在日韓国・朝鮮」の人たちが多く暮らしているとえがいているが、六〇年代前半に「在日韓国・朝鮮」という呼称は誰もしておらず、「在日」と括るのももっと時代はくだることを指摘したものだった。小説の時代には認識にすらなかったものをあったとして創造世界を展開するのは、文学としてやってはいけないことで、もっとリアルに対象を見ないといけないと、同時代に大阪で朝鮮人に囲まれて暮らした私の実感もまじえて述べた。

私はそのことを例証する意味もあって、前稿の金時鐘の言葉（一一一頁）を紹介した。そして、小説が「朝鮮人」と漢字で表現している場面、主人公が高校に進学し悪童に誘われた喫茶店での次のような会話を引用した。

「そやけど、あいつは朝鮮やからな」
「それほんまか。あんなに可愛いのに朝鮮やなんて」

私は、ここは漢字ではなく、断じて「チョーセン」とか「チョウセン」でなければならない、と書いた。

私に送られてきたメールの中に、この箇所を取りあげて、漢字で書いたのには作者の論理があるはずだ、と、漢字で表現して何の支障があるのかとばかりに言ってきたものがあった。しばらくその画面の文字を見ながら、無論、腹が立ったが、それよりも、悲しくなった。漢字で一向に構わない、漢字で書いてどこが悪いのか……この人はほんとにそう思っているのだろうか。

『民主文学』にも書いたが、少年期の私は、カタカナはもちろん、脳裏に漢字を浮かべても「朝鮮」と言えなかったのである。少なくとも私の周りでは、「ちょうせん」と口から出る言葉は全部と言っていいほど差別、侮蔑以外ではなかった。だから、どうしても口にしないといけないときには、私の母もそうだったが、「朝鮮の人」と呼んだ。差別をしないというのは、差別をする側（この場合にはかつての宗主国意識が染みついている日本人）にいると、けっして無意識的ではいられないものだった。だから、「ちょうせん」と言わないことが差別をしないことだと、あのころは心に決めていた。なによりも私の同級生たち——貞恵も義雄も熙春もみんなだいじな友だちだった。韓国籍も朝鮮籍も、日本籍もいた彼らといつものように言葉を交わし、いっしょに遊び、ふつうに言い合い、ときにケンカして仲直りする、その日常普段に、ざらっと顔と心を撫でつけていくものを入れたくなかったからである。

件《くだん》のメール氏の言う「作者の論理」が何をさすのかははっきりとしない。が、あの場面の悪童たちに漢字で言わせることを肯定しているのは分かる。漢字で書くことにも「論理」があるとすると、問題は聞く側にあることになる。「聞く側」が差別と受けとめたら差別だが、そうでなければ差別にならないということだろうか。だとしたら、まことに得手勝手な「論理」になる。レイシズムはそういうものであるのか。

タナハシ・コーツ『世界と僕のあいだに』（池田年穂訳、慶應義塾大学出版会）は、アメリカという国で黒人でいることの意味を息子に語り聞かせるという形のものだが、その最終部にこういう件《くだり》がある。

僕は自分たちが連中を止められるとは思っていない。なぜなら、最終的に連中を止めるのは連中自身でなくちゃならないからだ。ただそれでも、僕はお前に闘争するのを求める。お前の祖先の記憶のために闘うんだ。知恵のために闘うんだ。「メッカ」の温もりのために闘うんだ。お前のおじいちゃんやおばあちゃん、お前につけられた名前のために闘うんだ。だけど「ドリーマー」の連中のためには闘うな。連中のためには、願ってやれ。もし心が動いたというなら、祈ってやれ。だけど、お前の闘争で連中を変えようなんて思ってはいけないよ。「ドリーマー」の連中は自分で闘うことを学び、連中が「ドリーム」をかなえるためにの大地が、連中が白いドーランを塗って立ってきた舞台が、今や僕らみんなにとっての死の床なんだと自分で理解しなきゃならない。「ドリーム」は、この惑星を危険に追いやるのと同じ習慣、僕らの肉体を刑務所やゲットーへ押し込むのと同じ習慣なんだ。

ここでいう「ドリーマー」とは白人王国を求めてやまない、自分を「白人」だと信じ込んでいる連中のことである。父は息子に、君は彼らのために闘うな、君の闘いで連中を変えようなんて思ってはいけない、彼らが彼ら自身で気づかない限り、差別は克服されない、という。差別は彼らの問題であって、我々の問題ではない――きわめて当然のことだし、明瞭な言葉である。ところがメール氏は、差別かそうでないか（「朝鮮」を漢字で聞くのかカタカナで聞くか）は、「朝鮮」の側であって日本の側ではないと、それが作者の「論理」であるようにいうのである。

メール氏は、あたかも調停者のような顔をして訳知りにものを言う。まるで、「Black lives matter」とあげる声に対して、「All lives matter」と言うようである。賢しらなその言いようは、自分には差別意識などないといわんばかりである。たちが悪い。だから平気で、「All lives matter」と言える。「朝鮮」と言ってどこが差し障る、などと言えるのだ。「All」を言う人がけっして「Black」の側に立っていないのと同様、「朝鮮」でも構わないという者はけっして「チョウセン（チョーセン）」と呼ばれる人たちの側には立たない。

差別は往々、無意識的に出る。始末の悪さがそこにある。成育の過程で、親や先行する世代から言われ、また彼らが言ったりやったりしているのを見て植え付けられたそれは、しぶとく体内に沈殿し、何とはないときにフッと出る。私などは、直接見てしまった、聞いてしまった。うちも貧乏だったが、それとは質が違うとしかいいようのない貧窮。およそ人の住むところと思えないあばら家。住人は度外れて乱暴で、体からはニンニクの臭いがプンプンし、まるでケンカのように聞こえる大声の言葉がさっぱり分からない……それらを物心がつくかつかないかの瞬間に見聞きしてしまうと、強烈な違和感が体に染みつく。

それらのごちゃごちゃが、私の体のふかくに沈んでしまった差別意識だった。それが出ずにすんだのは、母親がそうでなかったことが大きく、小中学校の教師たちが差別の由来を繰り返し語ってくれたことによる。私の自覚的な成長は、自分のうちにあるそれら一つひとつをそぎ落とす過程であったと言ってもよい。

その意味で、「朝鮮」は私のかけがえのない青春でもあるのである。漢字で書くのを作者の論理として肯定し、それのどこが悪いと開き直るのは、十二、三歳の少年の心を土足で踏みしだくようなものだ。

ところで、私が『大阪環状線』の問題を書くに到るには、いくつかの伏線があった。主には、作品の背景となっている歴史事実に対する認識にかかわってのことで、ある会議で、一九三〇年代にアメリカに家族と渡ったと、「移民法」などまるで関係ないとばかりの小説について、戦争中は日本人・日系人はすべて強制立ち退き、収容所に入れられたはずなのに、戦争が終わってもと住んでいたところに帰ると納屋から父の手紙が見つかったと、まるで手品話を聞かせるようだと、その、歴史事実と対象に対する認識の曖昧、粗雑さを私は指摘した。すると、文学批評はリゴリズムであってはならない、文学は奇想を許すものだから何を書いてもいいのだと言いつのる発言があった。そうかもしれないがテーマはいい、いい小説だと持ちあげるものもあった。

私は、呆れてしまって口をつぐんだ。文学をことする人がどうして文学にこんなにも妥協的なのか、さっぱり理解できなかった。せめて文学ぐらいまともな評価線を引いてはどうかと思ったが、分からない人に、分かっていないなどというのも野暮な話なので、放っておくことにした。

言ってイヤな思いをするくらいなら、分かる人に愚痴でもこぼしている方が気が休まる。

ところが、「大阪環状線」の連載が終わり、『民主文学』に作品評が載った。「舞台は一九六〇年代前半の大阪市生野区で、作者はこの街を『路地の町』と描く。在日韓国・朝鮮人たちが多く暮らしており」とあった。おや、っと思ったが、直後に単行本が出版され、それを読んで、評者が分かりよく説明的に言ったのではなく、作者自身がそう書いていることを知った。「路地の町」も気になった。

先に紹介した会議での発言者の一人は、単行本の版元の編集責任者である。事実のリアルな認識など、いわばどうでもいいと発言した人が基本的な認識の誤り――根底で差別につながっているといわれても仕方のない「認識」なのだが――をそのままにしたのである。そのために、本来ならもっといい作品になるはずのものを、大げさに言えば、〝死なせて〟しまったのである。この点では初出の発表紙の責任も大きいが、いずれにしろ、編集者が最も注意しなくてはならないことをおろそかにしたとしかいいようのない失態といえる。

ともあれ、私が『民主文学』に寄稿したのは、そういう一連の流れの上でのことである。『大阪環状線』の作品上のことだけを問題にしているのではない。事実や対象へのリアルな認識とそれへの批評などどうでもよいと、文学をこととする運動の集まりで発言して恥じない人たちへの批判なのである。

「路地の町」についてのべる。

私の論考を読んだ京都のH氏から、「路地」は未解放部落をさす言葉で、作者が知らないはずがない、それを平気で使うなどもってのほかとつよい批判が返ってきた。この点では、私もきちんと述べなかったことを反省している。私は、大阪の生野が「路地」つまり未解放部落だと思ってもいなかったし、事実、そうではないところなので、大阪や京都などで言う「路地」が東京の人などが思うのとは違うことを述べるにとどめた。批判も受けて、私の中学校時代の友人（在日朝鮮人）がそこにいるので念のために尋ねてみたが、生野を「路地の町」と呼ぶなど聞いたことがない、とそっけない返事であった。

「路地」が未解放部落（この呼称については後述する）を指すことについては、上原善広の以下の説明が分かりよい。

一般的に「路地」という言葉は、家や建物のあいだにある狭い道のことを指すが、私が「路地」と書くときは大体、被差別部落や同和地区のことを指す。だからここでも、路地というのは被差別部落や同和地区のことを指して使っている。

これは作家の中上健次が作品の中で使ったのが初めてである。作品にしばしば登場する人物の出身地が、紀州の路地（同和地区）と設定されているのだ。小説の中で、この路地が被差別部落や同和地区を指していると説明されたことは一度もない。しかし中上が紀州の被差別部落生まれであることから、彼の言う路地が被差別部落の隠喩であることは、すでに多くの人が知るところとなっている。中上の文学的なテーマを引き受けるつもりで、私も彼にならって同和地区を「路地」と呼ぶようにしたのだ。

被差別部落に使われている「部落」という言葉も、もともとは集落という意味で使われていた。水平社が戦後、「部落解放同盟」と改称したのをきっかけにして、主に西日本では「部落」というと、同和地区のことを指すようになった。東日本では今でも集落の意味で「部落」を使う。部落も、路地も、それぞれ本来の意味があったというのに、いろいろな歴史的経緯をへて、新たな意味が付随した。また「同和」という言葉は、行政用語である。国の施策でそれがなくなった今、同和地区は「旧同和地区」と呼ばれているのが現状だ。

だからこれまでのイデオロギー色や偏見をできるだけ取り除きたいと考え、ここでは被差別部落や同和地区のことを路地と書いている。

（「路地という言葉について」、『シリーズ紙礫6 路地 被差別部落をめぐる文学』、二〇一七年、皓星社）

ここで言う中上の作品は、『岬』（『文学界』一九七五年一〇月号）である。『枯木灘』『地の果て至上の時』と秋幸もの三部作を成すが、この作品が契機となってマスコミなどでも盛んに使われるようになった。上原善広は自身も部落出身者で、『日本の路地を旅する』『路地の子』など多数の著作を著している。

しかしはたして、部落を「路地」に言い換えてことは済むのか。私には大いに疑問である。それはとりも直さず、中上の言い替え三部作に納得できないものを持つという意味でもあるが、いまはその議論はしない。呼称についてである。

部落、未解放部落、被差別部落、同和地区……この呼び方は、じっさい悩ましいところがある。私は大阪で物心つくころから生活してきたので、「部落」といえば「未解放部落」と思ってきたが、これはそもそも、地区や集落の意味での「部落」と混同されないよう自ら「特殊部落」と称するようになったのが始まりとされ、一九〇二（明治三五）年の「明治三四年度奈良県学事年報」に出てくるとのことである。

明治近代になって四民平等が言われ、一八七一年の身分解放令によってそれまでのエタ・非人とされていた人々も「平民」に入れられた。が、かつての農工商身分であった「平民」は同一視されるのを嫌い、彼らを「新平民」「部落民」などと呼んで差別した。島崎藤村の『破戒』は一九〇六（明治三九）年の出版で、「新平民」がいかに蔑称として使われていたかがよく分かる。「特殊部落」は、蔑称である「新平民」に対抗する形でだされたのかもしれない。

一九二二年の水平社結成大会を伝える機関紙第一号には、「今の世の中に賎称とされている『特殊部落』の名称を、反對に尊称たらしむるまでに、不断の努力をすることで喝采の中に綱領通り保存されることになった」とあり、また、高橋貞樹の『特殊部落一千年史』（岩波文庫、現在書名は「被差別部落一千年史」となっている）は一九二四年の刊行だから、少なくとも部落民の側はこれをたんなる蔑称とだけ受けとめてはいなかったのだろう。

いずれにしても、「新平民」に端を発して、「細民部落」「被圧迫部落」「未解放部落」「被差別部落」などとさまざまな言い替えがおこなわれてきた。「被差別部落」は歴史学者の井上清が「特殊部落」「未解放部落」の語に代わって考案したものだと言われている（一九五四年）が、定着するまでには到らなかったようだ。「特殊部落」の語が自動的に差別発言であるかのごとくに解釈されるようになるのは一九七〇年代に入ってからだという意見もある（灘本昌久、二〇〇〇年〜四年に京都部落問題研究資料センター所長を務めるが部落解放同盟と対立し辞任）。灘本は、一九六八年頃以降、共産党系は「未解放部落」、部落解放同盟系は「被差別部落」、行政関係者は「同和地区」、二〇〇二（平成一四）年の地対財特法失効後は「旧同和地区」を用いる傾向があるが、近年は共産党系も「同和地区」（「旧同和地区」）で統一している、と指摘している（『部落の過去・現在・そして…』こぺる編集部、阿吽社、一九九一年）。

上原が言うように、部落をどう呼ぶかにはイデオロギー色や偏見がつきまとっているが、加えてそこには、階級意識、人権意識が反映する。名は体を表すのだから、未解放部落でも被差別部落でも構わないようなものだが、「未解放」に解放への意志や動きを感じるのはたしかで、「被差別」は状態を言い表しているだけのように思える。「同胞融和」からきた「同和」には、どことなかれのお役所体質がうかがえて、使うのはかってだが率先しては使いたくない。「差別を許すな」と言っているときに、「All lives matter」と水をかけられた気がする。

それはともかく、「路地」である。メールをくれたH氏も指摘していることだが、私も、この言い換えは歴史を消していくと思う。中上健次を背負うのは個人の文学観でとやかく言うことではないが、部落の形成もさまざまで、たとえば上原が生まれた大阪府松原市更池は屠場とそれに関連する生業を生み、従事する人々それぞれの歴史をかさねてきている。そこを「路地」と呼んでしまうと、それらが隠れてしまわないだろうか。これが仮にお役所が言い出したとしたらどうだろう。上原は賛成しただろうか。私は、歴史的に形成されてきた土地や人の呼称を考えるとき、その〈階級的〉といってもよい意識が重要だと思う。イデオロギーも対立もない「平穏」な言葉は、かえって問題の本質をずらし、危険である。未解放であれ被差別であれ、それを「路地」に言い換えても何もいいことはないように思う。

ただ、「路地」の受け止めについては、東西の認識のズレはあるかもしれない。上原の『日本の路地を旅する』(文春文庫、二〇一二年)の「解説」を書いている西村賢太は、これを読むまで知らなかったと言っている。そういう点では、大阪・関西と東京・関東との落差は考えなくてはならないだろう。

そのうえで、『大阪環状線』である。地元はもちろん誰もそういうふうに呼んだことのない地域を「路地の町」にして、小説世界をつくっていくその心の働きである。作者はおそらく小さな路地が入りくんだ町、程度の認識だったのだろう。「路地」が未解放（被差別）部落を意味するなど思いもしなかったのかもしれない。だが、小説を書くものとしてこれは許されるか。長崎や尾道を「坂の町」と呼ぶのとは意味が違う。中上健次の芥川賞受賞作をめぐって世間に流布した「路地」を、とくに大阪にいる者としては、イヤ知らなかった、ではすまないのではないだろうか。

しかも、テーマがテーマである。『大阪環状線』は、一九六〇年代前半の、中学生から高校生にかけての主人公の自己形成に焦点を当て、その重要な契機を「在日韓国・朝鮮の人たち」への「差別」の認識とその乗り越え、克服に置いている。そのときに、日本におけるもう一つ重大な「差別」――部落差別に思いを致さないということがあるだろうか。現実のこととしても、鶴橋や猪飼野は隣接する未解放部落からさらにあぶれた部落民が流入しているだけでなく、食肉関連で前述した松原市更池などとの縁も深い。生野という主人公が生まれ育った町をよく見れば、浮かんでくる問題である。

私などは、それも承知で「路地の町」としたのかと一瞬、思ってしまったが、そうではなかったようだ。それほど考えたわけではないところに、むしろ根の深さがあるように私には思えた。つまり、「差別」にたいする基本的なゆらぎである。作者が現実へのリアルな目、認識を置き去りにするのも、その点があるような気がしてならない。あるいは、作者は何とはない雰囲気で書いたのかもしれない。事実や対象へのリアルな目をなおざりにして雰囲気で書くのは危険である。想像（創造）はリアルな現実（事実、歴史事実）認識にたいする批判から生まれるものであって、雰囲気から立ちのぼってくるのは空想か願望、錯覚、観念でしかない。この場合で言えば、自分は差別などはしない人間であるという思い込み、である。それは、件のメール氏にも、この小説作品に向き合った編集者などにも言えることのように思う。

ついでながら件のメール氏は、「『知らぬが仏』ということもあるのではないか」とも言った。少なくとも、朝鮮・韓国への差別にかかわって、「知らぬ」ことが「仏」になることはない。日本人であり、一個の人間としても、知ろうとしないのは差別の側に身を寄せて生きていくのとほとんど同じといってよいからである。その意味では、「知らぬは罪」と言っていいと思う。「差別」はある種の痼疾といってもいい。自分にはそれがあることを自覚し、意識して立ち向かい、心底から正していこうとし続ける以外にないように思える。雰囲気で変わっていけるような問題ではないのである。

（『白桃』13号、二〇二〇年八月）

パンデミックとシェイクスピア、あるいは石井四郎軍医中将

疫病は、瞬時に流れを堰き止め、壊し、世界を荒涼とした景色に激変させるものではない。その代わりに、ものごと、やがて自分の何かを元へ戻れない形へと変質させてしまう。

ロバート・キャンベル（日本近世・近代文学者）がこのたびのコロナ禍にこのような感想を述べている（「『ウィズ』から捉える世界」、村上陽一郎編『コロナ後の世界を生きる』所収、岩波新書）。「自分の何かを元へ戻れない形へと変質させてしまう」とは、どういうことなのだろう。

私は、夏にはいつも大岡昇平を読む。習慣のようなものである。大岡が背負ってきた戦争と戦後の一端なりともにつながっていたいという思いからだが、いっとき、世上の喧噪を離れて小説世界にすっぽり入り込んでいたいという願望、というか楽しみからでもある。今年は、『わが復員わが戦後』（徳間文庫）を読んだ。大岡の「戦争小説」ものとしてはやや地味なものである。

巻頭の「わが復員」は、南方からの引き揚げ船がおぼろに日本の島影を見つけるところから始まる。列車に乗って神戸三宮、乗り換えて西灘、さらに妻や両親が疎開した明石の大久保へとたどり着く。ほとんど実体験のこの小説の最終部は以下のように綴られている。食卓を囲んでもあまりうれしそうな顔も見せずにいた妻が、二階へ布団を敷きに上がったもののなかなか下りてこない。妻は、そこで声を押し殺して泣いていた。そしてこうつづく。

妻と入れ違いに私も上って大の字に寝た。畳の上へ寝るのは一年半ぶりである。背中に当たるのと同じ柔らかい感触の平面が、周りにずっとあるという感じは、まったくいいもんだ。

片づけをすませて上ってきた妻は、横になりながら

「せっかくもう帰って来んと諦めてたのに」と言った。

意味のないことをいいなさるな。久しぶりで妻を抱くのは、何となく勝手が悪かった。

「もし帰って来なんだら、どないするつもりやった」

私は今でも妻と話す時は関西弁を使う。友と東京弁で語り、横を向いて妻を関西弁で呼ぶ芸当を、友は珍しがる。

「そりゃ、ひとりで子供育てていくつもりやったけど、一度だけ好きな人こしらえて、抱いてもらうつもりやった」

「危険思想やな」

我々は笑った。

小説においてさえ論理が勝りがちの大岡の文章が、この作品ではまったく叙情的である。しみじみ、帰ってきてよかった、の思いがあふれている。と同時に、戦争が妻――おそらく女性たち――を変えたことを感じとってもいる。「危険思想」は自立的にものを考えようとする妻の断固たる気配でもあるだろう。大岡はたぶん、それを頼もしく、好ましく思ったにちがいない。

ここにえがかれた大岡であろう復員兵には、戦争という非人間の極地から生還して人間を取り戻した喜び、しみじみその実感を妻とともに味わう姿がとらえられている。戦争でさえ、終われば鬼畜の兵は人間に戻っていく、と言いたいのだが、しかしこれは正確でないかもしれない。戦争のそのときにおいてさえ、まちがいなく人間であった者もいたからだ。あとで述べるが、731部隊を率いた石井四郎陸軍軍医中将は、非人間になって人体実験をくり返したのではない。彼はきわめて人間的（俗人的でさえあった）動機から進んでその道をみずから切り拓いていった。彼が人間以外の存在になった形跡は、私が読んだかぎりない。彼のなかでは、医学を志した初発から戦後、開業医として貧しい人たちを無償で診療した晩年まで、「人間」としての生は間断なくつづいていたように思われる。

戦争でさえそうであるのに、新型コロナは「自分の何かを元へ戻れない形へと変質させてしまう」と言うロバート・キャンベルの不安――底知れないと言ってもいい――を、「精神的崩壊」「倫理の崩壊」と社会学者の大澤真幸は考えている。大澤は、コロナによるネガティブな影響が四つあると言い、健康、経済、政治とともに「精神的崩壊」をあげている（「東京」七月六日）。

人と人との距離を保つ新しい生活様式は、ユートピアとは対極のディストピア（絶望郷）に近い気がします。チンパンジーは鏡に映った自分を自分だと認識できる動物ですが、孤立して育つとそれができません。人間も、直接触れないまでも息づかいをおたがいに感じられる距離で交流することが感覚の基礎になっている可能性がある。人同士の接触を避ける社会は、精神にネガティブな影響を与えそうです。

大澤はさらに、これを「倫理の崩壊」から考える。コロナが命の選択を医療現場に迫り（コロナ患者を受け容れるために通常患者を受け容れない、手術をのばす……など）、それがくり返されるとき、「人間の倫理のベース」を切り崩すと大澤は指摘する。

人間の倫理の原点は、最も弱いものをこそ救済する、ということにあります。語弊がありますが、あえて言えば、普通の意味では役にはたたない者こそ、救済されるに値するのです。この弱い者こそ優先されるという考え方は、生命の論理、進化の論理、遺伝子の適応度の論理には、むしろ反しています。しかし、そこにこそ、人間に固有の論理の端緒があります。

…（略）…ほかの動物では、集団で生きていて特別弱った個体を優先させて、生き延びさせる、などということは絶対にしません。衰弱した者は見捨てた方が、遺伝子の適応度は上がりますから。しかし、人間の場合は、最も脆弱な人を助けたい、という独特な感覚があって、そこに人間の倫理や仲間を愛することの原点がありました。
　戦争のときでさえ次のような不文律があるのですよ。戦いの最中は、兵士で怪我をしてすぐ治せそうな人は治すし、この人は死んでしまうなと思ったら仕方がなく見捨てるということはやるんですけども、戦争が終わった直後から、最も死にそうな人からまずは治療していくという不文律です。もう助かりそうもないというほどの重傷であっても、最も脆弱な人から優先的に治療していく。
　しかし、いま、起きていることの渦中では、僕らの倫理の一番ベースのところにあったこの感覚を繰りかえし蹂躙しなければならなくなります。一回一回は苦渋の決断でたいへんな苦悩をされると思います。しかし、こうしたことを僕らは、集団として容認し承認せざるをえない。その繰り返しの中で僕らの倫理的なベースが著しく蔑ろにされてくる可能性がある。それは非常に大きな精神的な崩壊になる気がいたします。

（「不可能なことだけが危機をこえる　連帯・人新世・倫理・神的暴力」、『思想としての〈新型コロナウイルス禍〉』所収、河出書房新社）

「倫理の崩壊」はそこに立ち合った人にだけ起きるのではない。コロナ禍で生きるすべての人に起きうる。たとえば、「どこまで高齢者を長生きさせるために若者たちの時間を使うのか。真剣に議論する必要があると思います。こういう話、政治家は怖くて出来ないと思うんですよ。命の選別するのか、といわれるでしょ。命選別しないとダメだと思いますよ」と、れいわ新選組の党員で、昨夏の参院選に立候補した大西つねきは動画投稿サイトで発言した。

金曜日の居酒屋（大声で話しているがほとんど意味がない）ではない。コロナ禍で誰もが命の不安を思っているときに、堂々と不特定多数に向けて発信したのである。こうもあからさまに言われると、誰もが眉をひそめる。けれども、「新型コロナウイルス感染症対策分科会」が八月、ワクチン接種について、医療従事者、高齢者、基礎疾患を持つ人を優先すべきだとの見解で一致した、と報じられたことについては誰もが当然のように受けとめている。東京新聞の朝刊一面コラム「筆洗」氏も「異論はない」とし、「重症化の危険が高い人と、治療によって感染リスクの高い医療従事者にまず接種してもらうのは当然で、命を落とすケースは最小限に抑えられるだろう」とつづける。

「最小限」ではあっても命がなくなることを想定しているのに、それでいいのか、という異見は聞かれない。そもそも、分科会の検討課題としてこれがいま優先される問題なのかはともかく、市中感染がこれだけ広まり、感染源が特定できないケースが増えているときに、この優先順位の付け方は妥当なのか。また、倫理を専門とする人がひとりもいない「分科会」で、命にかかわる優先順位をほんの数時間で合意するなどとは、私は疑問である。筆洗氏の言う「社会に必要な存在」を並べ立てたいわけではない。私が言いたいのは、「分科会」の提起を当然と思うその心の底に、なんだかおかしな空気が流れていないかということなのである。「異論はない」「当然」と同じる前に、ちょっと立ち止まって、それでいいのかとなぜ問いを立てないのか。答えを求めるに性急になりすぎていないだろうか。ワクチンが実用化されるのがいつなのか明確ではなく、仮に来春だとしてもまだ半年以上先の話である。半年などすぐ来るとはいえ、三・一一のときに次々と被災者が搬送されてくる病院の様ではいまはない。助ける命と断念せざるを得ない命を分けなければ、助かる命を捨ててしまうことになるという切所に立たされているわけでもない。

まだ考えていい時間はある。多角度から検討すべき課題のはずである。少なくとも、感染症と経済の「専門家」の集まりだけで答えを出していい問題とは思わない。ドイツが三・一一後に原発廃止を決めるとき、そこに倫理学者が加わって検討したことを思い出してもいいのではないか。問いを忘れることを、私は恐れる。問いを許容、共有することは、民主主義の原点であり、人間が個として尊重される基本でもあろう。現代社会は、〝あなたの意見は私と違うが、あなたがそれを主張するのを私は尊重する〟ことで成り立つ。危機にあればあるほど、命の侵犯に脅かされればされるほど、私たちはそこにしっかりと立たなくてはいけないのではないだろうか。

私は、私たちのうちで知らず知らずに崩されているものがあるような気がする。人間としてだいじなものを一つひとつ剝ぎ取られていっているような感じがする。新型コロナというのは、もしかするとそれへの非情な問いかけであるかもしれない。人間どもよ、どこまで人間でいられるか、答えを出せるなら出してみろ、とでも言うような……。

＊　＊　＊

ジュリエットが死んだと知らされたロミオが、毒をあおってみずからの命を絶ったのはジュリエットの手紙が届かなかったからである。手紙を託された修道僧ジョンが伝染病患者の家にいた疑いをかけられて戸に封印され、足留めされてしまったためだった。

十四世紀のイタリアの都市ヴェローナを舞台に、代々対立しているモンタギュー家（モンテッキ家）とキャピュレット家（カプレーティ家）のそれぞれひとり息子・娘であるロミオとジュリエットは、偶然パーティで出会い恋に落ちる。二人は修道僧ロレンスの立ち会いのもとに秘かに結婚する。両家の争いもこれで終止符を打つかに思われたが、街頭で親友が殺されたことから、ロミオは犯人であるキャピュレット夫人の甥を殺してしまう。ヴェローナの大公はロミオを追放し、ジュリエットは悲しみに暮れる。キャピュレットはジュリエットに大公の親戚のパリスと結婚することを命じる。

悲劇がここから始まる。ジュリエットはロレンスに助けを求め、仮死状態になる毒を飲んで死んだふりをすることにし、そのことをロミオに知らせるが、手紙は届かなかった。ロミオは息をしていないと見えるジュリエットの横たわる姿に絶望し、自殺する。目ざめたジュリエットは、息絶えたロミオを見て驚き悲しみ、ロミオの短剣で胸を刺す。二人の死のあと両家は和解する。

これまで「ロミオとジュリエット」を解説するとき、ジュリエットの手紙が届かなかった理由に注目するものはほとんどなかったが、今回のコロナ禍で、それが疫病（当時はペストと分からなかった）の蔓延のためだったとあらためて議論されている。

シェイクスピアが劇作家として活動したのは一五九〇年から一六一三年頃までとされているが、ヨーロッパ、イギリスでペストが流行った時期と重なっている。「ロミオとジュリエット」の初演は一五九五年だが、ロンドンで二万人が死んだと言われる一五九三年〜四年の直後である。「ハムレット」（一六〇〇〜〇二）初演直後の一六〇三年には、三万人のロンドン市民が亡くなっており、「オセロ」（一六〇四〜〇五）、「リア王」（一六〇五〜六）、「マクベス」（同）と、四代悲劇はまさにペスト渦中の作と言ってよい。ロンドンではさらに一六六五年、清教徒革命を経て王政復古後に大流行し、およそ七万人が亡くなったと言われている。一六〇〇年当時のロンドンの人口は十八万七千人、一六五〇年は四十一万人と推定されているが、その一割から二割近くが死亡したことになる。いまの東京で言えば、百五十〜二百万人以上が死亡したことになる。

シェイクスピアはその恐怖というにも想像に余る状況下で劇作を始めた。一五九二年〜九四年、ペストの大流行でロンドンの劇場は一時閉鎖され、劇団は地方巡業に出かけざるを得なくなった。シェイクスピアはこの期間、「ヴィーナスとアドニス」「ルークリースの凌辱」という二つの長篇詩を書き、インテリ読者層（宮廷の家臣や学生、識者たち）に熱狂的な人気を得て版を重ねた。それによって強力なスポンサーに恵まれたと言われる。

ペスト禍の一連の劇作を見ていると、「ロミオとジュリエット」では、ペストはまだいわば一つの道具立てである。ジュリエットの手紙を届けさせないためには、ほかの手だてはいくらでも考えられる。たまたまペストが流行していたのでそれを使った、ほどの認識であったかもしれない。戯曲を書き出したシェイクスピアには、これがいったい何を人間にもたらすのか、まだつかめてはいなかったのだろう。

と言っても、私はシェイクスピアをよく読んでいるわけでも、芝居を十分見ているわけでもない。たまたま、今回の新型コロナ禍でカミュの「ペスト」が持ち切りだが、シェイクスピアにどうして注目しないのか、と言ってきた友人のおかげであらためて読む機会を得た。そして、シェイクスピアのすごさを遅ればせながら実感したという、杜撰で怠惰な情けない話なのである。それでも、四大悲劇はあきらかに「ロミオとジュリエット」と違っていることは分かる。ロミオもジュリエットも、嘆くのは、あなたはどうしてロミオなの、と二人が対立する両家にそれぞれ一人っ子として生まれたことにあるが、「ハムレット」が問うのは、「生きるべきか死ぬべきか」である。

デンマークの王である父を叔父に殺され、母を奪われたハムレットは、復讐を誓って狂人を装うものの誤って恋人オフィーリアの父を刺殺し、オフィーリアは正気を失い溺死する。その兄は王になった叔父と結託して毒剣と毒酒を用意し、ハムレットに剣の試合を申しこむ。暗殺を企てたものの、毒酒は母の王妃が知らずに飲み、二人とも毒剣で傷つく。ハムレットはオフィーリアの兄から真相を聞き、叔父を殺し、親友にあとを託して死んでいく。

登場する主要人物がすべて死んでいく、あまり例を見ないこの物語の背景に、ペストの流行、その不気味さを感じとることができる。その不安は､弟が兄を殺す､兄の子は叔父に復讐する……、誰もその行為の前に、これでいいのか、とは問わない。すべてが終わったとき、生きている人間は誰もいない。シェイクスピアは、ひたひたと迫る死の不安に引きずり込まれ、薄皮を剝ぐように「人間」が削がれ、肉親・近親者同士が殺し合い、奪い合う人間の醜悪、無惨をえがきながら、だからこそ問うのである。

To be , or not to be : that is the question

「オセロ」は、たしかに戦争のこと以外は幼い少年のようなオセロの、妻デズデモーナを愛するあまりに嫉妬に狂う結果の悲劇だが、オセロを嫉妬の狂気に追い込んだ部下イエーゴの妻エミリアの次のようなセリフはどう聞けばよいのか。

オセロは妻に贈ったハンカチが副官キャシオの部屋から見つかったことに怒り、イエーゴにキャシオの殺害を命じるとともに、みずからはデスデモーナを殺してしまう。しかし、エミリアからハンカチを盗んだのが夫であることを聞き、イアーゴを逮捕するとともに、デスデモーナに口づけしながら自殺する。そのときのセリフである。「世界中全部やると言われても不貞などしない」というデスデモーナに対して、エミリアは、大きな見返りがあるなら「地獄の苦しみぐらい、喜んで我慢するわよ」と言う。

ペストで次々と倒れる人々を目の当たりにしながら、なお、「地獄の苦しみぐらい」と言わせるそこに、欲にとらわれた人間の業の深さをつく作者の心があるように思われる。

しかし、「リア王」はこれに立ち向かおうとする。立ち向かおうとする存在をえがき出す。

人は熊から逃げるが、行く手に荒れ狂う海が待ち受けるなら、翻って熊の牙に立ち向かうだろう。

このセリフの「熊」を、蔓延するペストの不安から本来の人間が持つ倫理を崩し、父を父とも思わぬ娘やそれにつながる者たちの所業と読むなら、「荒れ狂う海」はペストである。

「リア王」が前二作と違っているのは、娘たちに裏切られて荒野をさまよい、狂乱していくリア王を救うために夫のフランス王とともにイギリスに上陸してたたかう末娘コーディリアがいることである。残念ながらフランス軍は敗れ二人とも捕虜になる。王は救出されたもののコーディリアは殺され、リア王は娘の遺体に絶叫し果てる。コーディリアの姉二人もまた憎しみのうちに相手を毒殺し自殺する。

この作品もまたことごとくに死に絶える。ときあたかもエリザベス一世の時代。処女王は高齢にもかかわらず後継を示さず、イギリス王家の存在そのものが危ぶまれていた。そこにペストの蔓延である。

この世に生まれてくるのも、この世をおさらばするのも、人間の自由にはならない。覚悟を決めて待つことだ。

いったい何を待つのか。救われるのをか、死をか。

「マクベス」には、ペストの恐怖を下敷きにしているとも受け取れるセリフがいくつもある。た

とえば（木下順二訳、岩波文庫。以下同じ）、

ゆうべはただならぬ夜でしたな。われわれの宿舎の煙突はみな吹き倒されて、噂によると泣き声が空中に聞え、息絶えるような奇怪な叫びが恐ろしい調子で、目も当てられぬ惨事や混乱をはらむ悲惨な時代の到来を予言したそうで、ふくろうは長い夜じゅう不吉な声を放っていました。大地までがおこりにかかって震えたという者もいます。

誰ひとり、頭うつろになった者のほかは、笑顔を見せる者はいない。／溜息、うめき、空を引き裂く叫びが聞こえても、気にとめる者すらいません。／激しい悲嘆もありふれた興奮ぐらいに見られ、／弔いの鐘が鳴っても、誰が死んだと聞く者もいない。

あんたがだな、ドクター、この国の小水を検査して病原を突きとめて、もとの元気なからだにしてくれたらばだな、おれは大声を放ってその木霊《こだま》がまた揺り返して誉めるほど褒めあげてやるぞ。

など。なにより、マクベスが王を殺害した夜、居城の門を激しく叩く音。門番が独白する。

よく叩きゃがるね、まったく！　これじゃ地獄の門番、鍵ァ回しっ放しでいなきゃならん。（叩

く音）どん、どん、どんと来た。いってえ誰だい？　地獄の大将が聞きてえとよ。――百姓だな。天気模様が豊作飢饉なんで首ィくくっちまったって？　へえんなよ、お天気屋、ハンカチたんと持ってな。汗かくぞ、地獄じゃあ。（叩く音）どん、どん、か。いってえ誰だよ？　地獄の、誰だっけ、も一人の大将が聞きてえとよ。――なに、二枚舌？　天秤の皿のどっちが重くっても言いくるめてごらんに入れますか。神様が何でえと思って謀反起こしたけれども、天国入りにゃ通用せんかった、か。おっほ！　へえんなよ、二枚舌。（後略）

間断なく戸を叩く音は、まるでひたひた押し寄せる疫病のようである。どん、どん、どん……当時のロンドン市民はそのような感じだったのではないだろうか。

ところで、マクベスに王の暗殺を使嗾するのは魔女である。

「輝く光は深い闇よ、深い闇は輝く光よ、／浮かんで行こう、汚れた霧の中をよ」という魔女は、マクベスに、「めでたいよのう、マクベス！　やがては王になる人よのう！」とささやきかける。心乱れるマクベスを決断させるのは妻。忠臣はやがて逆臣になり、みずからの地位と身を守るために殺害の手を伸ばす……。

スコットランドの王になったマクベスの胸に去来するものは何か。妻の死を告げられたとき、それが噴出する。以下のセリフこそ「マクベス」の真髄とされているものだが、これほどの虚無を語りながら、私にはそれほど暗くない印象である。

Tomorrow, and tomorrow, and tomorrow,
Creeps in this petty pace from day to day
To the last syllable of recorded time,
And all our yesterdays have lighted fools
The way to dusty death.
Out, out, brief candle!
Life's but a walking shadow, a poor player
That struts and frets his hour upon the stage
And then is heard no more

明日、また明日、また明日と、
小刻みに一日が過ぎ去って行き、
定められた時の最後の一行にたどり着く。
昨日という日々はいつも馬鹿者どもに、
塵泥《ちりひじ》の死への道を照らしてきただけだ。
消えろ、消えろ、つかの間の灯火！
人生はただ影法師の歩みだ。
哀れな役者が短い持ち時間を舞台のうえで
　派手に動いて声張り上げて、
あとは誰ひとり知る者もない。

　妻の死を悼む場面であるにもかかわらず、一つひとつの言葉に力がある。ニーチェではないが、「これが人生か、さればもう一度！」と、過ぎ去る日は死への道、どうせつまらぬ人生、やけ酒飲んで喚いても、誰もお前なんか気にもとめない……、それがどうした、それのどこが悪い、生きてやろうじゃないか、のたうち回ってやろうじゃないか、と塵泥の「五分の魂」を言うようなのである。

　人生が一場の物語に過ぎなく、何の意味もないとしても（このセリフが前記につづく）、それでも生きてあることはだいじなことだ――マクベスは虚無と無常を切りつけるように喚きながら、そ

の裏で「生」の愛おしさを胸奥で叫んでいる、と私には聞こえる。しかし、「生」を「生」として
あらしめ生きるためには、魔女に踊らされてはいけない。
マクベスが籠もるダンシネーンの城に押し寄せるバーナムの森（実は兵士が枝を切って掲げている）は、あたかもペストをまといつかせたネズミの進軍である。それを前に、シェイクスピアは生を歌わない。死を語る。死は誰もに訪れる、恐れることはないのだと説く。にもかかわらず、人は疫病が蔓延し、明日はわが身かと思った刹那、自分ひとりは生きたいと願う。その心が倫を踏み外させる。魔女のささやきを引き寄せる。しかし、疫病にかかろうがかかるまいが人はやがていつか死ぬ。死は恐れるものではない。魔女の言葉に乗るな。最後の一瞬まで一場の舞台で踊ろう、それが人間だ、たとえ影法師の歩みだとしても、人は人間として生きなくてはならない
——シェイクスピアが、歴史事実に材を得ながらそれを翻案し、こんなにも不条理で、次々に登場人物を死なせる物語をつくってなお現代に訴求する力を持つのは、その点にあると私は思う。パンデミックにどうすればいいのかと嘆くことなく、また、劇場封鎖や都市ロックダウンを創作の阻害要因にせず、どう生きるか、人間とは、と問いかけたのである。

＊　＊　＊

ところで、先に述べた石井四郎軍医中将である。彼もまたペストと深い因縁を持つ。吉村昭『蚤と爆弾』（文春文庫）にそって、彼がどのような人物だったのかを考えてみたい。私が読んだか

ぎりでは、この小説が石井の像を最もよくえがき出していると思う。淡々、坦々と彼のやったことを追う。その筆調が本書の解説を書いた保阪正康の言うように、かえって不気味である。

小説で曾根二郎としてえがかれる彼は、多くの人を病魔から救いたいという純粋な願いから医学を志し、京都帝国大学医学部に進む。軍医となった彼は伝染病で倒れる将兵の治療にあたり、その予防法について寸暇を惜しんで研究実験に没頭した。防疫学の分野で頭角をあらわした彼は、無菌濾水機を発明し、名声を不動のものにした。ひとりでも多くの人間を病原菌の浸食から護りたいという彼の悲願はかなりの成果をおさめ、「かれは、まさしくその点では良医であった」。

彼の心を何かがゆがめたとしたら、一つは、二年間にわたる欧米の軍事医学の視察旅行で、伝染病の病原となる細菌が有力な兵器になる可能性に気づいたことである。もう一つは、陸軍軍医としての自分の前途がけっして輝かしいものではなく、陸軍軍医のなかにも学閥が厳としてあり、優遇されるのは東京帝国大学医学部出身者のみで、彼がいかに群を抜く業績をあげようとも中央の要職につけないと分かったことであった。

彼は、細菌を兵器として活用すべきだと陸軍中枢に強く進言し、やがて、突然のように細菌戦用兵器研究を命じられる。一九三六年、関東防疫給水部が創設され、初代部長に就任した。細菌戦用兵器に使う細菌として、猛烈な伝染力を持ち、人畜を確実に死に追いやるペストが最も有効と判断され、危険に満ちたその培養や接種作業を完全になしとげる要員の確保と養成、指導する軍医の確保……など、かなりの人員と資金、大規模な設備が必要だった。彼の要請に、関東軍はハルビン南方の草原に突貫工事で巨大な建物をつくり、関東軍防疫給水本部を完成させた。彼は、爆弾にペスト菌を含んだ蚤を詰め込んで投下し、上空で炸裂させることが最も有効と考え、ネズミの捕獲と蚤の採集に全力をあげた。

一九三九年六月、中支那方面軍防疫給水部長、つまり中国大陸の第一戦で細菌使用の戦法を指導する責任者に彼はついた。彼は、南京駐屯の特殊部隊の部隊長として諜報員千五百名を指揮し、ペスト菌などの培養と大量の蚤とネズミの飼育を開始した。彼はこの特殊部隊を中国軍統治地域に潜入させ、ペストに汚染された蚤を兵舎や人家に放ち、また、河川、井戸等にチフス菌などを投入する細菌戦の実践部隊にしようとした。

彼の心をさらにゆがめさせたとすれば、細菌戦用の兵器研究という国防上重要なものに取り組んでいるのだから、それを達成するためにはたいていのことは許されると考えたことだろう。彼は、動物を使った実験をくり返すよりも、直接、人体を使用して実験する方がはるかに効果的であると考えた。幸い、というか、まったく不幸なことに、戦場では連日のように多くの俘虜たちが処刑されている。ある者は銃殺され、ある者は首をたたき落とされて、土中に埋められていく。彼が常人と違ったのは、それらの死体を〝惜しい〟と思ったことだ。

どうせ死んでゆくものなら、実験動物代りに使用して軍事医学の研究に役立ててる方が軍にとって有益だと思った。が、それは、自分の願いを正当化しようとする口実であることを、彼自身も充分に知っていた。かれは、医学者として果たせぬ夢を実現してみたかった。生きた人間を実験動物の代りに使用するという想像もできないことを、自分の手で満足のゆくかぎり実行してみたい。幸いにも戦時という環境は、それを許す可能性を秘めている。祖国のために……という大前提が、彼の希望を満たしてくれるはずだった。

彼を狂わせゆがめていくのは、与《あずか》った細菌戦用兵器の研究開発という命題と、それを許容する「〈アジア解放〉〈「八紘一宇〉の聖戦」という名目である。研究意欲が大義によって保障され、ますますのめり込んでいく。無能でないから始末に悪い。彼は、独創的なものを次々につくり出していった。

まず投下爆弾。通常の爆弾では炸裂時の熱でペスト菌とそれを保有した蚤が死滅することから陶器製爆弾を開発した。彼の頭脳は悪魔のように未開拓の世界へ足を踏み入れていった。敵地に潜入する者に携行させた細菌を注入したチョコレート、細菌を霧のように発射する万年筆型拳銃、ステッキ型細菌銃……と、とどまるところを知らなかった。究極は風船を使用したソ連領土上空への侵入と散布計画だったが、途中でこれは武装兵運搬に転用され、奇襲挺進攻撃部隊を編成することになった。陸軍ではさらにこれをアメリカ本土攻撃への活用を考え、登戸の陸軍技術研究所が風船爆弾を研究し、完成させた。

彼のこうした独創性に富んだ研究は、豊富に提供される多くの囚人たちを使った人体実験によって可能となったものだが、その事情を知る内地の医学研究者たちは、どうせ殺されるものなら医学の進歩に供されるべきだと考え、彼に便宜を求めた。医の倫理が倒錯する。

医学という科学の一分野の開拓に専念するかれらは、人間であるより以前に科学者として生きていた。医学の進歩という命題がかれらのすべてであり、そのためには多くの犠牲があってもやむを得ないと確信していた。

曾根二郎が、戦時という環境を利用して人体実験を企てたのと同じように、一部の医学研究者たちは、硝煙のただよう中国大陸、満洲で禿鷹《はげたか》の群のように死を運命づけられた人体を求めて歩き回っていたのだ。

このような背景のもとで、曾根の撒いた餌は、多くの医学者たちに魅力に満ちたものとして受けいれられた。

戦後、アメリカ側は彼の細菌戦用兵器研究の到達、実践兵器の発明に驚嘆し、それら一切の提供と引き換えに彼の戦争犯罪を不問にした。『戦争』という軍事空間のなかにもち込まれた日本の軍医中将の人体実験は、戦争の論理の前にすべてが免罪されたと、著者はとくに興奮するでもなく書いている」と保阪正康は述べる。「この筆調こそが本書の持つ怖さを浮かび上がらせる卓抜な手法」とも言う。

幼いころの両親の離婚、嫌われているのを知りつつそれでも慕った母に捨てられ、といって新しい母にはなじめず、親類の手で育てられた少年が、医者になって多くの命を救おうと京都帝国大学医学部に進み軍医になれば、そこにあったのは陰湿な学閥と上ばかり見て未熟な技術を恥じない医師という名の出世主義者。彼の反骨が侵略戦争を聖戦とする拗くれにからめとられていくのに時間はかからなかった。だからといって彼の選択が許容されるわけではない。アジア太平洋戦争に巻き込まれて人間を捨てさせられた者は多くいる。が、俘虜、匪賊、囚人たちの命はどうせ土中に入るもの、自分の研究に使う方が役に立つと考えた者は、ほとんどいない。彼はなぜそう考えたのか、なぜそれが許されたのか。

おそらく、彼はほかの者と自分は違うと思ったのだろう。才に長け知が回り、自分こそが戦争をたたかう国家に貢献できる最上級の医師、研究者と考えたのだ。俘虜、匪賊、囚人たちの命が自分と同じ重さと意味があるとは思いもしなかったにちがいない。多くの命を救いたいと医師を志した少年の心がそこまで捻れていったのを、個人の責任にだけ帰すのは正しくないだろう。天皇制下の軍国主義教育や社会風潮、また軍隊教育の影響を見逃すこともできない。その意味では誰もが歩む可能性のある道でもあった。とはいえ、それは彼だけが進んで歩いた道であることもたしかである。

そこに、保阪も言うようにこれを「たんにヒューマニズムの視点で批判するだけでは包括できえない問題」がある。〝倫理の崩壊〟などと言うと何か高尚なものが崩れるように思うが、そうではないのだろう。人を思いやる気持ちが薄れ、悲しみに共感しなくなる。ささくれ立ち、何かしらイライラし、咳やくしゃみにビクッとしたり、その方向をにらみつけたり……。今回のコロナ禍で経験するそのような些細な一事に、どこかしら自分を特別なところに置きたい心理が反映しているとしたら、魔女はその隙間をついてささやくのではないだろうか。あなたは王になる、お前の発明は日本を救う……。

そのときに何が歯止めになるのか。私は文学を専らとするから、それが批評だと思う。批評は、つまりは問いである。文学も芸術も創作物だけでは自立し得ない。読者、観客、聴衆……、評者でもある彼や彼女ら受け手が必要である。いい受け手に恵まれると、音は冴え、演技は光る。作者が思う以上の広く遠い世界へ読む者を歩ませる。問いかけられ、問い返し……それらの総合が芸術である。

同時に、芸術の主眼は人間である。社会関係の総和としての人間をとらえるのに、三密回避などと言われ、握手することもハグすることも憚られ、肌身の温もりを感得できないのは創造活動の全き障害である。文学・芸術だけでなく、およそ人間にかかわる人文・社会科学などの学問研究にとっても痛手であろう。創造団体のなかには、ズームなどを使ってリモートで会合をやって何の支障も問題もない、と胸を張る人がいるが、私にはどこかずれているとしか思えない。

いま絶ち切られているのはソーシャル・ディスタンスでなくフィジカル・ディスタンス、つまり物理的距離であると経済学者の浜矩子が言う。その通りだと思う。人間をとらえ、えがくことにとっては、このフィジカル・ディスタンスが大きな壁になる。リモートで人間をとらえることなどそもそもできようがないからである。感染予防しながら、何とか工夫してこれを保持しないといけない。グー・タッチで儀礼は交わせても、握りあう手の温もりや強さが伝える意志に勝ることはない。「リモート飲み会」は金曜日の酒場ほどにも心を伝えることはないのである。

よく行く書店のレジ前の床に、足形マークのシールが貼ってある。赤字で「社会的距離をとってください」とある。つらつら眺めながら、こうやって「物理的距離」が「社会的距離」にすり替えられ、「会うこと」は「見ること」に置き替えられ、いつしかそれに馴らされ、人と人との関係が薄っぺらいものになっていくのか、と思う。そうであるなら、ここは人間が人間でいられるかどうかの切所である。たたかわなくてはいけない。〝それでいいのか〟と問い、さらに問い、問いつづけなくてはいけない。そこでこそ、あなたと私のあいだに肝胆相照らす濃密な関係も生まれるだろう。

誰もがシェイクスピアになれるわけでないことはもちろんのことだ。けれども、日本で言えば関ヶ原の戦いから江戸幕府開闢というときに、三十代前半でペストのパンデミックなどものともせずに代表作をものにした彼の、人間を底の底まで見抜かずにはおかないという気組みを、おたがいに持ちたいものだと思う。なにより、人間のために。人間であるために。

（『季論21』50号、二〇二〇年秋号）

〝馬のションベン〟と軍歌までの距離

「新型コロナパンデミックと文学」と題をつけて考えようとしているのだが、その前に述べておきたいことが多すぎて、どうにもまとまらない。

ひとつは、「それでいいのか」が「仕方ない」に変わり、世上の空気のようになっていること。昨年（二〇二〇年）末からの新型コロナ第三波は、政府の無策、というよりGo Toなんとやらの余計な手出しによって、感染爆発と言われるような広がりをみせている。一月上旬には、世界の感染者は一億六百万人を超え、死者は二百三十万人になっている。日本でも感染者は四十万人、死者は六千五百人を超え、阪神淡路大震災の死者数を上回った。

このもとで、トリアージ、命の選別が起きている。長崎大学熱帯医学研究所の山本太郎教授が「感染症と生きる」というインタビュー記事（「朝日」二〇二一年一月十五日）で、こんなことを言っている。

80歳と60歳の患者さんがいて、だれをICU（集中治療室）に入れ、誰に人工呼吸器をつけるのか。医療現場で命の選別がおき、仕方ないという状況に追い込まれるのは非常にまずい。2010年、首都直下型地震があったハイチに入りました。島国で患者の広域搬送はできません。起きたのはまさに命の選別でした。自分のなかで「これでいいのか」という思いがやがて「仕方ない」に変わっていく。弱い立場の人を守っていくという基本的な倫理観を失っていく、その怖さを感じました。

医療の最前線でのそれがいま、そのもっと手前で、たとえば、コロナ陽性患者が入院先が見つからずに自宅療養中に亡くなるなどの事態として起きている。保健所の職員は、懸命に入院先を探したであろうと思うが、これがくり返されて、所員も役所の担当課員も、ときに家族も、「仕方ない」となってはいないだろうか。昨年、コロナ感染の目安として示された事項を守って死去した遺族が怒りの抗議をすると、当時の厚労相・加藤某は「それは誤解」だと言ったが（こういうことを平気で言えるから官房長官になるのだろうが）、世論はそれを見のがさなかった。しかしいま、入院を待って自宅で死去する事態に怒りの声は報じられないか、報じられても小さく低い。遺族の胸中はともあれ、メディアも「仕方ない」となって、憤りを伝えることに飽きているように見える。しかし、そうなっていることに気づいている人は、たぶん多くない。そこにも、「仕方ない」が広がっている。

旅行業者にか、そのボスの幹事長にか知らないが、そういう気遣いだけは十分な首相もついに

「緊急事態宣言」を都府県を限定して出した。気になるのは、これを「遅い」と八〇％の人が見ていること。確かに遅い、と私も思う。が、同調する気分を私は自戒する。だから、八〇％を無下に批判はしないが、気になることは隠さない。昨年末あたりから、早く、早く、とせっつくように言い募っていた人たちに対してはもっと気にかかる。

気にかかるというのは、誰がどこに行くか、どこで誰と会うか、どんな商売をするか……は、基本的な自由であって、それを制限することには、我々はもっと慎重に、思慮深くなければならないと思うからだ。昨年の第一波のときにはそういう議論があったと思うが、いまはまったく聞かれない。それがさらに気になる。

私権が制限されることに、慣れてはいけないと思う。どんな危機的事態であっても、その慣れは国家、強権への批判を失わせる。戦前では「隣組」、いまは「自粛警察」の横行を許してしまい、監視社会を招きかねないからだ。案の定、政府は、入院しないコロナ患者に刑事罰、営業時間などの命令に従わない業者には行政罰を与えるなどの法改正案を出してきた。いくらか修正されたが、本質は変わらない。気にかかるというのは、こういう恐ろしい発想をためらいなくできる内閣が私たちの頭上に君臨していることを、パンデミック、大危機にさいしてうっかり忘れていないかと思うからだ。

患者も業者も、また医療機関もいわばコロナの「被害者」だが、この内閣は、「被害者」に罰則を与えるという本末転倒を平然とおこなう。それを「正義」として、異論異物を社会から排除しようとする。だいたい、たとえば午後八時を過ぎて営業をしているのを監視する部署も決まっていないし、それほどの手が空いているとも思えないから、畢竟これは相互監視の下におかれるだろう。「隣組」が復活し、「密告」社会になるのもそう遠くない。そういう社会の仕組みになりつつある。「非国民」という言葉が茫々たる過去からいまに呼び出されている観さえある。

少し気持ちを静めて周りを見回してほしい。いまや、マスクをしないで町を歩く人はまったくといっていいほどいなくなった。少し前には聞かれた、マスクが出来ない事情、などといったことについては、ほとんどいわれない。こんなことを書くと、お前はマスクをしないで出歩いてもいいというのか、などの声が聞こえてきそうで躊躇うのだけれども、なんかおかしくはないか。マスクをしていない人や鼻を出している人を見つけると批判や叱声が先に来る。そういう勝手をやるからコロナが広がるのだ、といわんばかりの視線を向け、ときに罵声を浴びせる。

どうしたのか、事情があるのだろう、という心が働かなくなっている。心はむしろ、全体に同調している。そこから、異論異物を排除するところへの距離はいくらもない。「全体主義的心性」という言葉を思う。それが、このコロナ禍であぶり出されているのだろうか。そんなことを思って、愕然とする。

＊　＊　＊

カミュが『ペスト』で追求したのは、言い知れぬ不安と恐怖に立ち向かい、人々よ共同の努力を惜しむな、共感と連帯を結べということだった。まったくその通りだが、この「連帯」は実はくせ者だと思う。「連帯」は全体への同調にすり替えられやすい。一人ひとりが自立、確立していない、もしくは認められにくい日本ではとくにそうである。そのうえやっかいなことには、「全体主義的心性」はイデオロギーを選ばないときている。どんなイデオロギーともくっついてしまう。「非常事態宣言」を早く出せとせっついたのは、菅政権の支持者たちではない。真っ向から政権批判をくり返している人の口からも出ていた。イデオロギーでは測れない最近の一例である。

西條八十が戦時下に軍歌を旺盛に作ったことは知られている。戦後、息子の八束からどうしてそんなに軍歌を作ったのかと問われて、八十は「馬のションベン渡し船だからなぁ」と語ったという。昔は、渡し船には馬も人といっしょに乗り、途中で馬がションベンをしても乗客は避けられず、飛沫を浴びるしかない、ということを言ったものである。この時代に行き遇わせた不運、「仕方ない」ということだろう。

西條が作った歌に「若鷲の歌」がある。戦局が悪化してくる一九四三年に映画主題歌として発表された。「若い血潮の　予科練の」と歌い出される。これを作るとき、八十は作曲する古関裕而と茨城県土浦の航空隊に出向いたことは知られている。若い学徒たちの真剣さに打たれたという。そういうこともあるのか、これを、「いわば寮歌みたいなもの」、「青春の謳歌」とする向きがある。果たしてどうか。

二番の歌詞は、

燃える元気な　予科練の／腕はくろがね　心は火玉／さっと巣立てば荒海越えて／行くぞ敵

陣なぐり込み
となっていて、つづく三、四番は、
仰ぐ先輩　予科練の／手柄聞くたび　血潮が疼く／ぐんと練れ練れ攻撃精神／大和魂にゃ敵はない
生命惜しまぬ　予科練の／意気の翼は　勝利の翼／見事轟沈した敵艦を／母へ写真で送りたい

である。分かるように、この歌が醸成するのは「敵愾心」「攻撃精神」以外の何ものでもない。一番の歌詞が広く歌われ記憶にも残っているから、「青春賛歌」のように思うのも無理からぬところがあるが、当時この歌は、一番だけが歌われたのではない。四番まであって「若鷲の歌」が成立しており、それによって「敵」をやっつける同じ心が育つことになっている。「七つボタンは桜に錨　今日も飛ぶ飛ぶ霞ヶ浦にゃ　でっかい希望の　雲が湧く」と、一番で希望に満ちた予科練生を歌い、二番で鍛錬の美しさ、三番で先輩に続く気概と「大和魂」、四番で撃って倒して親孝行……と、歌いながら情動が引きあげられ、まず同期生たちとの友情、先立つ者への敬慕、国家への貢献、それに重ねる孝行と、個は横へひろがり縦につながり、最後は国家という最大規模のものへ列するようになっていく。この「連帯」感こそ「全体主義的心性」にほかならない。個はもはや個ではなく、国家という全体のなかの一個にすぎなくなる。

歌が作られた一九四三年ごろには、かつて少数精鋭だった予科練生も同期入学生は三万人を超え、選抜されてやがて特攻兵として出撃していくようになる。戦死率が九〇％を超えるのもこの直後からである。この歌にはそういう背景がある。何が何でも敵を討つ、この精神を植え付ける以外のなにものでもなかったのである。

つまり、当時の学徒にとって、連帯感はただ茫漠とした青春の同質性に広がるのではなく、国のため、天皇のため、敵をやっつけるため、にこそ広がるように仕組まれ、作られていたのである。当時の教育、社会状況そのものが全体主義への「帰依」といってよいものであったが、それをさらに醸成、攪拌し、情動としても心底に降りたつようにしたのである。

この歌を、西條八十は「仕方なく」作ったのかもしれない。しかし、それを歌った若ものは「仕方なく」戦地に赴いたのではない。西條八十は「若鷲の歌」の少し前に「同期の桜」の原詩となった「二輪の桜」を少女雑誌に発表している。そこでは、

君と僕とは二輪のさくら／積んだ土嚢の陰に咲く／どうせ花なら散らなきゃならぬ／見事散りましょ皇國《くに》のため
君と僕とは二輪のさくら／同じ部隊の枝に咲く／もとは兄でも弟《おとと》でもないが／なぜか気が合うて忘られぬ

君と僕とは二輪のさくら／共に皇國《みくに》のために咲く／昼は並んで　夜は抱き合うて／弾丸《たま》の衾《ふすま》で結ぶ夢

君と僕とは二輪のさくら／別れ別れに散ろうとも／花の都の靖國神社／春の梢で咲いて会う

と、戦争に駆り立てられた若ものたちが肩組み合いながら死地に赴く、その健気な美しさを謳歌させているのである。彼らは歌に踊らされたわけではない。使命感に燃えて巣立っていった。そこに、「仕方ない」の罪の大きさがある。連帯感を歌わせながら俺も続いてゆくぞと決心させていく、それは作詞者の意図した手練手管である。「仕方ない」ではけっして生まれてこない情動操作である。

「連帯感」は、こうしてかくも無惨に「全体主義的心性」と重ねられる。

少し別の話をするが、今日、「ソーシャルディスタンス」という言葉に異を唱える人はいない。当初はそれでも「ソーシャルディスタンシング」と、「社会的距離拡大戦略」、つまり、医薬品を伴わない感染抑制の手段をいう正しい言い方をしていたのが、長いので面倒になったのだろう、ここがいかにも日本的なのだが、短く言われるようになった。言われ出した直後には、「ソーシャルディスタンス」ではなく「フィジカルディスタンス」つまり「肉体的・身体的距離」だろうという人もいたが、もはやその声も聞かれなくなった。

聞かれなくなって、「ソーシャルディスタンス」という言葉が本来、「社会的距離（心理的なものも含む人と人との距離）」を言い表し、社会的孤立や民族・集団の違いによる距離感を示す際に使用されてきたことが隠されてしまった。誰かが意図して言い換えたとは思わない。日本社会がそもそもそういうあいまいな柔構造のものだとしか言いようのないことだろう。「ま、ええやないか」となる。ほんとにそれでいいのか、と言うと、「そんな堅いこと言うな」となる。

しかし、社会的分断や格差、差別を言い表す言葉の本来の意味を隠して、ＢＬＭやＭｅ Ｔｏｏにはたして真から共感出来るのだろうか。

テニスの大坂なおみが昨年八月、全米オープンの前哨戦と言われたウェスタン＆サザン・オープンの準決勝を欠場すると表明したことは、私には衝撃だった。黒人男性殺害事件への抗議、自分もまたＢＬＭを主張する、その怒りと悲しみの深さは、私などがちょっと想像してみる以上にはるか大きなものだったことへの、浅薄なわが身の不甲斐なさへの衝撃でもあった。そこまでのものだったのか……、黒人差別をアメリカ社会の「仕方ない」ものとすっと流していた自分がほんとに恥ずかしくなった。

思えば、スポーツ選手として、競技への参加を拒否するとはどういうことなのか。私が記憶するかぎり、そういう事例はなかったように思う。スポーツ選手の黒人差別への抗議では一九六八年のメキシコシティオリンピック男子二百メートルの表彰式がよく話題になる。金、銅メダリストのアフリカ系アメリカ人のトミー・スミスとジョン・カーロスは、靴を脱ぎ黒靴下で表彰台にのぼり、アメリカ国歌が流れるや下を向き、黒手袋をはめた拳を突き上げた。銀メダリストのピーター・ノーマン（オーストラリア人）も二人に賛同し、胸にＯＰＨＲ（人権を求めるオリンピック・プロジェクト）のバッジをつけた。

当時のブランデージＩＯＣ会長はスミスとカーロスをアメリカ・ナショナルチームから除名、オリンピック村から追放する命令を下し、アメリカオリンピック委員会はこれを一度は拒否したものの、ナショナルチーム全体の追放をちらつかせたため受け入れた。スミスとカーロスは出場停止となり、オリンピックから追放された。ノーマンもまたオーストラリアチームから批判され、選手村から追い出された。三人の名誉が回復するのは二〇一九年、半世紀後のことになる。

大坂なおみが彼らと違うのは、競技を拒否したところにある。主催者の配慮で一日おいて準決勝はおこなわれた。つづく全米オープンでは、理由なく殺害された黒人の名前をマスクにプリントし、日替わりで決勝戦までつけてアピールした。その緊張が彼女を後押ししたのか、見事に優勝した。スポーツ選手が身体の故障以外で競技を拒否することは、選手生命にもかかわることである。いうなら、大坂なおみは差別ゆえのいわれなき殺害に対して、命がけの抗議をしたのである。それほどのこととして、想像力をひろげてあの事件を私は受けとめたか。ひどいことをする、程度にしていたのではないか。それでいて、ＢＬＭに何とはない「連帯」を覚えようとする。まったく欺瞞に近い。

＊　＊　＊

別の話にいきすぎたが、要するに「全体主義的心性」と「連帯」とを取り違えてはいけないということだ。この二つを分けるキーワードをあげるなら、違いを認める、異論異物を排除しない、ということだろう。しかし、理屈では分かっていても実際にはこれも難しい。「連帯」が目的を共有するからだ。目的に向かって心を一つにする、と当たり前のように言われるとき、差異が見えなくされ、主張が遮られる。異論は不同調の現れとされて排除される。「民主」を掲げる組織にもつねに起きる。考えが違うなら出て行けばよい、となる。

だいじなのは、多様なままで一つになり、目的に向かうことだ。多様を認めることは「民主」の大前提、あるいは「民主」を支える基礎である。それを自覚し、意識にして心性に降りたつように努力を怠らないことだと思う。しかし、無意識になるほどの心性に定着させるのも、これまた難しい。成育過程の教育、経験、環境が意識下には抜きがたく沈殿しているからだ。

今年(二〇二一年)正月三日の箱根駅伝復路最終区で、駒澤大学が創価大学を追い抜くとき、駒澤の大八木監督が「男だろ!」「男なら行け!」と檄を飛ばした。これがいろいろと取り沙汰されて議論になっている。仮にこれが会社なら、一発アウトであることは見えやすい。私にとっての問題は、テレビ中継を見ながら、これに違和感を持たなかったことにある。絶対と思える三分以上のリードを覆す快走の、劇的一瞬にどう声をかけるか。男だろ、ここで行かないでどうする、と出てしまうことに心が同調した。

冷静になれば分かる。これが他の競技をふくむ男子選手への、男ならやれるだろう、にもなっていて、その反面では、女には出来ないことだ、となっていることが。しかし、私の心性は無意識、感情的に大八木監督の檄を容認していた。一事が万事とは思わないが、私の意識下にどういう澱が積もっているのか、私にも分からないところがある。だから、それらが不意に暴れ出さないように、澱の上に新鮮な知識や感覚といったものを降り積もらせて浄化しようとしている。七〇をいくつか超えてなおこれまでの人生に自信をもてずに、不安だらけで必死で新鮮なものを飲み込もうとしている、まったく情けない話である。

ジャーナリストの安田浩一が一年ほど前、「コロナ禍は未知のウイルスに対する恐怖をもたらしただけではない。日本社会に溶け込んだ差別と偏見を〝非常時レイシズム〟といったわかりやすい形で表出させている」（「非常時があぶり出す差別」、「東京新聞」二〇二〇年三月二十七日）と言ったが、私の場合は、私のなかのそれと真剣に向き合わなければいけない事態に遭遇している。

コロナ禍、新型コロナパンデミックが提起しているのは、私にとってはそういうことになる。倫理の問題である。人としてどうあるのか、の問題である。社会や国家や政治のことにしない目線で、自分のこととして問題を考えるということである。

私は、日本で在日朝鮮人や部落差別がなくならない根本のところに、国連人権委員会がくり返し日本政府に求めている、包括的な差別禁止法を日本政府が制定しようとしないことがあると言ってきた。制定されないために、「社会正義」が普遍化されず、差別かそうでないかは差別を受けた側に委ねることになっている、とも言ってきた。まちがってはいないと思う。思うけれども、そこに「私」はいるか、曖昧である。私の心性のどこかには先に述べたようなことがあるにもかかわらず、在日朝鮮人のことや部落、さらに身体障害者差別のことになると、ふいと「私」を隠して社会だの、政治だの、国だのへと問題を持っていく。そういう「私」、つまり、心のない言葉は、はたして信頼に足るか。

私はそこに、私も倫理崩壊を来しているのではないかと思ってしまう。危機の大きさを個で受けとめようとしないで、大きさに見合うと思われるものを借りてきてしたり顔になる。この世で何が大きいか、何がコロナパンデミックに対峙・対抗できるか。概念的な国家や社会ではない。人間である。それも個としての人間であり、多様な個と個が柔軟に、それでいてもっとも強固に心を添わせる「連帯」である。

新型コロナパンデミックは、みっともないことながらそういうことを私に気づかせてくれた。これを文学批評の課題としてどうするか。わたしも命がけにならなくてはいけない。

＊　＊　＊

シェイクスピアが一六〇〇年前後のイギリス・ロンドンを襲った疫病（ペスト）の恐ろしさを四大悲劇——「ハムレット」、「オセロ」、「マクベス」、「リア王」で追求したことは、昨秋の『季論21』最終号（50号）に書いた（本書一三八頁）。劇作家を志した若きシェイクスピアがペスト禍に見たのは、親子、兄弟（姉妹）、忠臣……の裏切り、殺害、騙し合いなどといった人間倫理の崩壊だった。「ハムレット」は、デンマーク王子ハムレットが、父を殺し母を奪い王位を簒奪した叔父を討って復讐を果たす話だが、なかの有名なセリフ「To be, or not to be : that is the question」は、古今、訳者それぞれに腕のふるい所とばかりに言葉を競い合ってきた。しかしこれを、襲い来るペストによる死の恐怖と、それとどうたたかうかの人間的な在り所を問う言葉と聞くなら、印象はずいぶん変わってくる。

シェイクスピアは、ただどう生きるか、どうするか、と問いかけたのではないだろう。人間としてどう生きるか、どうあるべきかを投げかけたのだと私は思う。下敷きにした歴史事実はそれとしてあるだろうが、それをなぞって舞台に乗せたわけではなかろう。すでに「ロミオとジュリエット」で、使いの者がペストの感染を疑われて城内に足留めされ、ジュリエットの手紙が届けられず、ロミオはジュリエットの仮死をほんとうの死と間違えて自死し、それを見てジュリエットもまた命を絶つという、悲劇の直接の原因をペストに負わせる芝居づくりをしたシェイクスピアは、ペストがもたらすものが単にそういうことだけではないと受けとめていたに違いない。四大悲劇はそこから出発している。

あれから四百数十年のちの現代にも、倫理崩壊が人間をいかに変容させるかは重要な文学的テーマである。ふり返れば、戦争文学もまた倫理崩壊する人間を様々にえがこうとしたが、しかし、たとえば西條八十はなぜ戦争協力に手を染めたのかという、平時ならランボーを語り、フランス文学の魅力を伝え、気軽に「昔恋しい銀座の柳……」と詩を作る少しきどった知識人が、なぜかくも無惨に変わったのかは追求、解明しきれずにいる。

西條八十は反省したのだろう。が、どこまでのものだったか。戦犯リストから外された安堵感が、「青い山脈」を書かせたのではないか、とも思ってしまう。戦争が終わるほんの数年前に「いざ来いニミッツ、マッカーサー、出てくりゃ地獄へ逆落とし」と詩作した者が、さっと手のひらを返して「古い上着よさようなら、さみしい夢よさようなら」とどうして書けるのか。そのあいだに西條八十という人間は変わったのか、変わっていないのか。

ここでいう西條八十は、もちろんふつうの日本人という意味でもある。〝コロナ自警団〟は隣のおっちゃんが作っている。そこに何が流れているのか。この新型コロナパンデミックのなかで、そこをしっかりと腰をすえて追求する文学が出てきてもよさそうに思う。が、無理だろうなと呟いてしまう自分がさびしい。

このコロナ禍で私が文学に期待するもう一つは、資本主義そのものとの格闘である。

新型コロナの一気の感染拡大のもっとも大きな要因がグローバル社会であることは誰もが認める。なぜこんなにも世界を近づけないといけないのか。簡単なことである。グローバル・ノースによるグローバル・サウスの収奪のより効率化のためである。北は南の廉価な労働力を搾取し、その生産物を買いたたくことでより大きな利潤を得る。イギリス産業革命以来二百五十年、資本家はそうやって利潤を上げ、資本を蓄積し、成長を遂げてきた。しかしいまや、それは限界に達している。資本主義のグローバル化が地球の隅々にまで及んだために、収奪の対象となる「フロンティア」(新天地)が消滅してしまったのである。資本主義は、いまや終焉が謳われ、それがこのコロナ禍で一気に噴き出している。

資本主義の弊害はさらに、地球環境にとって抜き差しならないところまできている。資源、エネルギー、食糧などあらゆるものを、「不等価交換」によってグローバル・ノースが奪いとっている。世界二六人の大富豪たちの資産が三三億人の貧困層のそれと同じ社会をつくったのは、資本主義である。この「成長」を続けて富が貧困層に回る保障はない。それどころか、資本主義がつづくかぎり、格差はさらに拡大するだろう。

昨年秋の発売以来二十万部を突破したという斎藤幸平の『人新世《ひとしんせい》の「資本論」』（集英社新書）はこんな事例を紹介している。前後ごちゃ混ぜにつまみ食いで引いてみる。

……日本人の食生活に欠かせないパーム油（廉価であるだけでなく酸化しにくいために加工食品やお菓子などに利用されている）は、インドネシアやマレーシアで生産されているが、その原料となるアブラヤシの栽培面積は二一世紀に入って倍増し、熱帯雨林の乱開発による森林破壊が急速に進んでいる。それは、熱帯雨林の自然に依存してきた人々の暮らしにも破壊的な影響を与えており、たとえば、熱帯雨林を農園にしたために土壌浸食がおき、肥料・農薬が河川に流出し川魚が減少している。

川魚を蛋白源としていたこの地域の人々はそれができなくなって、金銭を稼がなければならなくなった。蛋白源を買い求めるためだ。その結果、野生動物、とりわけオランウータンやトラなど絶滅危惧種の違法取引に手を染めるようになった。

グローバル・ノースの廉価で便利な生活の背後には、グローバル・サウスの労働力の搾取だけでなく、資源の収奪とそれに伴う環境負荷の押しつけが欠かせない一例である。

それだけではない。気候だ。

異常気象、百年に一度……、近年いくども聞かされる。二〇一六年のパリ協定は二一〇〇年までの気温上昇を産業革命以前と比較して二℃未満に抑えこむとしている。しかしこれに対して、それでは地球が持たないという意見が出ている。逆に、あまりに高い目標を設定すると経済成長を阻害するとして、このままの成長を保ち、そこから生まれる新技術によって気候変動に対処した方がよいという意見もある。これによれば、二一〇〇年の地球の平均気温は三・五℃あがるという。いまから四百万年前の地球とほぼ同じ気温である。このとき、南極やグリーンランドの氷床は融解し、海面は最低でもいまより六メートル高かったといわれる。もしこのようなことになれば、永久凍土の融解によってメタンガスが放出され、気候変動はさらに進む。水銀が流れ出し、炭疽菌のような細菌やウイルスが解き放たれる。ホッキョクグマは行き場を失う……。

私は、こういうことを著者の妄想とは思わない。現に日本でも、千葉や茨城、岡山、熊本、和歌山、その他その他で、強風と河川氾濫、山崩れが過去の経験と想定を超えて起きている。いままでこんなことなかった、と誰もが言う。

その無惨な、なすすべない近年のくり返しに、資本主義の終焉を見る人は少なくない。政治学者も経済学者も哲学者も、気象研究者も地質研究者も、山林従事者もエコロジストも、口を揃えて、資本主義からの転換が差し迫った問題と言う。グレタ・トゥーンベリのような年少の若ものたちは自身の未来のこととして世界中で声をあげている。もちろんまだ多数ではないが、彼らは警告と啓発をなんどもくり返す。「資本主義」という最大巨悪とがっぷり組み合って一歩も引いていない。ここで転換しなければ人類といわず地球そのものが消滅の危機にあるからだ。資本主義の枠内でぼちぼち改革をやっていこうなどとしたり顔の「革命家」はここにはいない。

その光景を前に、私の心はざわつく。文学だけがカヤの外であるように見えるからだ。毎月の文芸誌には数だけは従前と変わらず新作が発表されている。しかし、どれ一つとして資本主義そのものを主題として描くものはない。新型コロナはどうなるかとオロオロ心配はしても、それを生み出す仕組み、必然、元凶に敢然と向かう文学精神は見られないのである。

文学はいまや資本主義の弔鐘を打ち鳴らすときである。まごころを籠め心身すべてを奮い立たせて、それを書くべきときに来ている。

（『白桃』14号、二〇二一年三月、「蟬の歯ぎしりに似て」改題）

文学が障害者の「障壁」になるとき

ずいぶん前になるが、『ダウン症の子供たち』（大月書店、一九九八年）という本を読んではっとさせられたことがある。「障害を知る本」というシリーズのひとつで、文章を担当したのは稲沢潤子である。そこに、ダウン症の子どもは「がんばって生まれた子」とあった。

私は、弟がダウン症で、高校生のころまでずっといっしょにいたし、ひとつ布団にくるまって寝ていたから、ダウン症についてはある程度のことは分かっていたつもりだったが、「がんばって生まれた子」という意識はなかった。何度もその一文に目を落とした。もっと早くにこの文章に出逢っていたら、あるいは弟を見る目ももっと違っていたかもしれないと思った。出版されたのは弟が死んで二十年近く経ってだから、とてもかなわないことだけれど、こんなにもやさしい目を自分も持ちたいと思ったのだった。

稲沢がどれくらい意識したかは知らないが、赤ちゃんはみんながんばって生まれてくる。それを、障害を持って生まれる児にあえてそういうのは、その後のことを思ってのことでもあるだろう。稲沢にも障害を持つ弟がいたから、「社会の障壁」を経験しただろう。私の弟も例に漏れず、好奇と侮蔑の目がいつも降り注がれた。あからさまな差別的な言葉に、たまらずむしゃぶりついて抗議したことも、私も一再ならずあった。

その余計な（としか私には思いようがない）苦難を、この子らに与えないで欲しい、染色体異常という本人にも母親にもどうしようもない症候を抱えて、それでもがんばって生まれてくるのだから、その命の生きるために、あなたは何ができるかを考えて欲しい、というようなやさしい心がこの言葉にはある。

障害を持つ者が身近にいるからといって、問題がよく分かっているというわけではない。「がんばって生まれた子」とは思わなかった私は、弟のことでは無性に反発しても、ほかの障害者へのそれは見ぬふりをすることがあった。そこが、私という人間の悲しいところである。

つい最近も、川内有緒著『目の見えない白鳥さんとアートを見にいく』（集英社インターナショナル）という本を読んで、そのことを痛感させられた。私は、与っている出版社のホームページに週替わりで「新船海三郎の気ままな読書」を載せているが、そこに以下のように書いた。

（この本は）自分のなかの障害者観が揺すぶられる。見えないことは不自由で、見えることが普通と思っていたことがまず壊される。その考えは、言葉を代えると目に見えることが人間にとって普通の状態、基準線で、見えないことはそれ以下、と思うところにある。だから、普通ではないから気の毒、助けなければ……となる。しかし、それは根本のところでまちがっている。

この本は、東京・丸の内の三菱一号館美術館、「フィリップス・コレクション」に全盲の白鳥建二さんと行くところから始まる。ピエール・ボナールの《イヌを抱く女》を見る。アテンドする著者が絵の説明をはじめる。

「ひとりの女性がイヌを抱いて座っているんだけど、イヌの後頭部をやたらと見ています。イヌにシラミがいるかどうかを見ているのかな」

友人のマイティ（佐藤麻衣子さん）と白鳥さんが、「えー、シラミ？」と声をあげる。動物にたかるのはノミで、著者は勘違いしていたらしい。そこから話が進む。マイティは、女性は何も見ていない気がする、と言う。視点が定まっていないし、食事中に考え事をはじめたのではないか、とつづける。

絵はどんな形かと白鳥さんが聞く。

絵のなかの女性のセーターの色など絵の輪郭を二人がなぞる。絵に描かれていないが、窓があるのかもしれない、と目が広がっていく。壁が少し黄色がかっている。女性はきっと窓辺にいるんだ……。著者は、自分たちが色の話をしていることに、白鳥さんを気遣う。

白鳥さんは生まれつきの極度の弱視で、色を見た記憶はほとんどない。「色は概念で理解している」「色は視覚の問題だと思われるんだけど、白とか茶とか青とか、色に名前があるという時点で概念的でもあるんです。それぞれの色に特定のイメージがあって。それを理解している」という。

三人は十分ほどかけて《犬を抱く女》を鑑賞する。その間何人もが行き過ぎた。三人ほど時間をじっくりと絵を見る人はいなかった。見れば見るほど絵の印象は変化し、哀しげに食事をしている様に見えた女性は、やがてゆったりと午後のティータイムを楽しんでいるようにも見えてきた、と著者は綴る。

目の見えない白鳥さんとアートを見に行くとは、そういうことなのである。目の開いている人が見ていると思っているほどには何も見ておらず、見えないと思われている人が、たとえば色なら概念を駆使して見ていること、そして、言葉を交わしながらアートの深さを探っていく……。美術館を白鳥さんと回っていくうちに、著者は、「障害者」とは何なのか、「健常者」とは何なのかを考えていく。たとえば、目の見ないことを体験するといってアイマスクをして時間を過ごし、マスクをとったあとでいう言葉。

「やっぱり見えるってありがたい」

しかし、その言葉の裏には、見えないことはありがたくないことだという意識がある。それでいいのか。そこがそもそも間違いの元ではないか。白鳥さんが仮に目が見えるようになったとして、それははたして白鳥さんなのか。見えない白鳥さんは見える白鳥さんで代替できるのか。できるはずがない。人はそれぞれ誰かによって代替可能なのではなく、それ自身が個としてかけがえない存在としてあるからである。

この本は、白鳥さんや著者たちの人生も垣間見せてくれながら、じつは、障害者などをふくむ日本社会の構造的差別の問題と人の意識をほんとに深く考えさせてくれる。

自分の文章を読み返しながら、私は、差別する意識というものはいよいよ厄介だと思っている。どういうことかというと、「やっぱり見えるってありがたい」とアイマスクを外して漏らす言葉が、ある意味で間違っていないからだ。それでいて、そこには無意識の差別感が潜んでいる。

つまり、健常者（これもいやな言葉だが、代替の言葉も思いつかないので使う）であることを優位に置き、そうでない者を劣位に置く言葉が、手を変え品を変え、臨機応変に出てくるのである。しかも無意識に、何のわだかまりもなく自然に。そしてそれは、たんに障害者へのそれにとどまらず、肌の色や民族、習俗・文化、宗教をふくめて自分と違っている存在への差別に行き着く。

これをどう考えればよいのか。どうすればこれを変えることが出来るのか。

＊　＊　＊

先日、友人から電話がかかってきた。『民主文学』の「じいちゃんが死んだ」（二〇二〇年十二月号、支部誌・同人誌推薦作優秀作）を読んだかという。九頁にこんなところがあるが、どう思うかと訊ねる。私は、慌てて本棚から抜き出し開いてみた。電話主が指摘したのは以下のくだりである。

体はくの字に固まってしまった。マネキン人形のよう。足は右足と左足が交差してしまっている。全力をあげて交差させているような感じだ。右足の指先が右、しかも真右を向いている。左足の指先が左、しかも真左を向いている。ありえない角度に曲がり固まるじいちゃんの足は、ホラー映画のようでかなり怖い。

ひじは曲がり、腕の前で抱え込む形になっている。手は握り、手首が反り返り、どこかに変な力が入っている感じだ。

テレビで見た脳性麻痺の人を思い出す。そっくりだ。脳のどこかがどうかなると、皆同じようにこんなになるのか。

人間かと思う。かわいそうというより、とにかく恐ろしい。

そしていつも、あーとか、うーとか、言っている。

ここの「脳性麻痺の人」はいいのか、作者にも選者にも編集者にも、意識下に「差別」があるのではないか、と電話主はいう。私は、同感だ、よくない、と返事した。

九十五歳になった祖父の姿態を見て高校二年生が思った場面である。意をふくんで言ったのではないのかもしれない。かつて都知事時代に石原慎太郎が重度障害者が治療を受けている病院を視察して、「ああいう人ってのは、人格があるのかね」と語ったのとは違う。石原はそのとき、「人間として生まれてきたけれど、ああいう障害で、ああいう状況になって……」とも発言した。言外に、もはや人間じゃない、と言おうとしているようだが、さすがにそこまでは言わなかった。

ところが小説の十六か十七の少年は、ほとんど小学校低学年のような認識で（この小説全体がとても高校生から大学生の目とは思われず、これくらいだろうという作者の、人間を見くびった作為を感じるものだが）、意はふくんでいないとしても、このような姿態の祖父は「人間か」と思っている。「かわいそうというより、とにかく恐ろしい」と思っている。祖父の姿態から連想した「脳性麻痺の人」に対してそう思っている。「そしていつも、あーとか、うーとか、言っている」、まったくの痴呆状態のようにいう。

もちろん小説だから、そのときそう思ったことが、やがてとんでもない誤解で、認識不足、間違いだったと気づけば、あるいはこの少年の一つの成長を記したかもしれない。が、祖父への思いは変化するのに、「脳性麻痺の人」へのそれはどうしたことか、一顧だにされない。

小説世界は、寝たきりになった祖父の介護を頼まれ、「ウンチとの格闘」を嫌悪していた少年が、面倒を見るうちに、父と叔母の関係など家庭の事情をはじめ、この国の医療の現実、家族に重い負担を強いる「介護」の実態を知っていく話である。高齢者が倒れたら、もはや「人間」として扱うことを拒否され、ただベッドで生かされるだけになることを目の当たりにする彼は、この国の「現実」こそが「恐ろしいもの」と気づいていく。「人間」をキーワードに、その蹂躙と復権を認識する少年の成長をえがこうとしている。好意的に読めばそのように読める。それなのに、と思ってしまう。

念のために言えば、脳性麻痺者はおしなべて手足に硬直を来しているかのようにここで書かれているが、出産前後に脳に傷がついて運動機能に障害をもつ脳性麻痺の現れ方は、手足がこわばって硬くなる【痙直《けいちょく》型】だけでなく、手足が余分に動きすぎる【アテトーゼ型】、バランスがとりにくい【失調型】などがあるといわれている。知能への障害もそれぞれで、それを「脳性麻痺の人」で一括りにするのは、いささか荒っぽい捉え方である。一人ひとりの人間と正対するのが少なくとも文学の第一歩であるなら、祖父の姿態からめぐらせた「テレビで見た脳性麻痺の人」という連想は、およそ文学のものではないと私は思う。

それにしても、作者にはこの後、いっさいふり返られることのない「脳性麻痺の人」が、なぜここで必要とされたのだろうか。

文章の構造からいえば、「脳性麻痺の人……」以下の一文は、祖父の姿態をより具体的に読者に分からせるために、そして、「人間かと思う」以下の文言をより強調するためにだけ、ここに置かれている。作品上は、何の必然性もない。なくて十分、理解できる。

にもかかわらず、書いた。ここには、作者の「脳性麻痺の人」への認識が反映されているし、そう書けば読者も理解しやすいだろうという、読者への傲慢な見くびりがある。重大だと私が思うのは、つい思いついて、という感じでこれが書かれていることだ。呻くように、絞り出すように、格闘して言葉を選び出して書いたものではないということだ。

自分の体を自分の意思でコントロールできない「気の毒な人」とも思っていない、「脳のどこかがどうかな」って、体が硬直し、脳の発達も遅れてしまって、「あーとか、うーとか、言っている」ばかりの、「人間かと思う」、「かわいそうというより、とにかく恐ろしい」、と潜在意識として持っているそれが、ひょんと飛び出してきたのだ。それが、とんでもない誤解で、偏見、差別に満ちたものだということに、作者も、これを優秀作に選んだ人たちも、あえて言えばこれを「民主」と名のつく雑誌に掲載した人たちも、誰も気づかず、悲しいことにむしろ推奨し、何らの痛痒も感じなかったということだ。

＊　＊　＊

田辺聖子に「ジョゼと虎と魚たち」という、脳性麻痺者を主人公にした短編がある。映画にもアニメ作品にもなった。物語は、ジョゼと恒夫の「新婚旅行」の場面から始まる。「わっ。橋だあ」「わっ。海だ」と車の中で叫ぶジョゼ。ジョゼは愛称である。「子供のころから『脳性麻痺』と診断されていたが、『全く違う。特有の症状が見られない』という医師もいて、結局のところ不明のまま『脳性麻痺』で片付けられて、もう二十五歳になる」

とジョゼの障害が紹介される。

「ああ、はじめてやなァ…」と満足げにつぶやくジョゼに、「僕かてここは、はじめてや」と恒夫が返すと、「あんたのはじめてと、アタイのはじめてとは質がちがう。アタイのはじめては中身濃いのんや。アタイが海見たん、これが二度目やもん」

なぜ「質」がちがうのか、なぜ二度目なのか、ジョゼって何？　障害と関係があるのか……小さな疑問がいくつも湧いてきて、それを抱えながら読みすすめる。そもそも、小説のタイトルがよく分からない。ジョゼと虎と魚たち、いったいどういう関係なのか。興味をかき立てられる。

ジョゼは本名を山村クミ子といい、その障害のためだろう、母親は赤ん坊のときに家を出て行き、父親はしばらくして連れ子のある女性と再婚した。新しい母親は、「車椅子が要って生理がはじまっているという『ややこしい』ジョゼ」を煩わしく思い、施設に入れた。

十七歳のとき、父方の祖母に引き取られて二人で暮らすが、祖母はジョゼを人に見せるのをいやがる。夜、「裏木戸を開けて外へそっと出る」ことがジョゼの唯一の外出だった。ある日の外出の折、祖母が買い物でちょっと目を離したすきに、通りすがりの男がジョゼの車椅子を力を込めて押した。車椅子は勾配のある坂を加速していく。

「がらがらと転げてくる車椅子に気付き、とびついてくれた」男が恒夫であった。恒夫は近くの学生アパートに住む大学生で、その後、「ちょいちょい、体の空いているときはやって来て、車椅子を押してくれるようになった」。が、障害者問題にも福祉などにもまったく関心を持たず、ときどきふるまわれる祖母の手づくりの食事にひかれるように、足繁く通うようになった。

ジョゼの障害はけっして軽くない。過去もそして現在の暮らしも、重い。そこに、ふとしたことから、どこにでもいる現代青年が入り込んでくる。彼には、「人間なのか」という目も、「かわいそう」という気持ちもない。ごくごく普通に、市松人形のようなジョゼを見、言葉を交わし、心を通わせていく。その過程では、「うち、脳性麻痺やねん」ぐらいは言われたろうが、恒男がそれを気にしたふうはない。ジョゼにいたってはなおさらで、わがまま、気ままである。

たとえば、ジョゼが入ることを黙認してくれる銭湯がある。少し遠いが、終い湯に二人で行く。ところが、恒男の出てくるのがちょっと遅れると、「寒いのに待たせて。また冷えたやないの」とジョゼは恒夫をしかりつける。恒夫は「何でこない、ボロクソに言われんならんねン」とこぼしながら車椅子を押す。ジョゼは、怒りだすと「うるさい。死ね！　阿呆！」と罵声を浴びせ、呼吸困難になるほど興奮する。一方、恒夫は、ジョゼの「いばり」を「甘えの裏返しなのじゃないか」と「カン」を働かせている。

恒夫は、ブツブツ言いながらもやさしい。ジョゼの家のトイレの改修を市役所とかけあったり、手すりをつけたり、室内移動の道具をつくったり……と、ジョゼの無茶苦茶な注文にあきれながら、バリアフリー化をはかる。ジョゼの心には、障害者とボランティアなどというものではない感情が芽生えており、それがわがままぶりに現れている。しかし恒夫はそれに気づいているのかいないのか、就職が決まらないことに焦り、しばらく足が遠のく。ようやく市役所に就職が決まってたずねると、「家」にはジョゼも祖母もおらず、知らされたのは祖母の死と引っ越しだった。慌てて恒夫は探し回り、訪ねていく。駆けつけた恒夫とジョゼの再会、さぞかしと思いきや、そうはいかない。その後を語らった時間が過ぎ、また来る、という恒夫に、「来ていらん！」とジョゼ。「……ほな、……さいなら」、「何で帰るのんや！」「どないせえ、ちゅうねん」……。こういうふうにしか表現できない愛もある。かくして二人は結ばれ、冒頭の「新婚旅行」となる。

ところで、タイトルのことである。

〈ジョゼ〉は、フランソワーズ・サガンの小説の主人公の名で、クミ子は小説を読んで「たちまち心を奪われ」、ジョゼと名のると何かいいことが起こりそうに思う。じっさい、恒夫という男が自分の前に現れるという、「いいことが起こった」。

〈虎〉はこう説明される。ある日、動物園に「虎」を見に行ったときである。檻の向こうで行ったり来たりする虎を失神寸前になるほどの恐怖で見つめながら、ジョゼはこう言う。

「一ばん怖いものを見たかったんや。好きな男の人が出来たときに。怖うてもすがれるから。……そんな人ができたら虎見たい、と思てた。もし出来へんかったら一生、ほんものの虎は見られへん、それでもしょうがない、思うてたんや」

〈魚〉は、「人形のように繊《ほそ》い、美しいが力のない脚」でもそれを気にせず自由に泳ぐことができることへの憧れである。泳ぎ疲れて海底に恒夫と二人、魚になって〈死んだモン〉になる――その幸福に浸りながら、「ジョゼは恒夫に指をからませ、体をゆだね」、その脚を二本ならべてやすらかにもういちど眠る。

わかるように、〈ジョゼ〉も〈虎〉も〈魚〉も、脳性麻痺者（ジョゼが本当にそうであるかどうかは不明だとしても）が、人間として幸福に生きる、愛することと同義のものとして選ばれている。作者は、脳性麻痺者にはそのように求めて生きる権利があると、この小説に込めている。

田辺聖子がこの作品を発表したのは『月刊カドカワ』一九八四年六月号で、「完全参加と平等」をテーマとした国際障害者年（一九八一）や、障害者に関する世界行動計画（八二）、さらに国連・障害者の一〇年（八三～一九九二）など、障害者に大きな光の当たっていたときである。ノーマライゼーション、つまり、障害者と健常者とが区別されることなく、社会生活を共にするのが本来の望ましい姿であるとする考え方が普及し、施設入所中心の施策からの転換がはかられだしてもいた。それらがモチーフを醸成したのかもしれない。

いや、それほど複雑にではなく、足の悪かった田辺だから、仮託するモデルになる人たちがごく身近にいたと考えるほうが素直かもしれない。いずれにせよ田辺聖子は、脳性麻痺者を「人間なのか」などと見下していない。それどころか、その人間として生きることへの希求の素晴らしさに感嘆し、美しい物語に紡いでいる。

＊　＊　＊

私はそれが文学だと思う。それが、田辺の作品からでも三十七年経って、どうして、脳性麻痺者を「人間なのか」などという小説が書かれ、発表されなくてはいけないのか。

だいたい、脳性麻痺者を手足が硬直し、言葉も満足に発せられない、知能にも障害を持った、人間とは思えない存在、などとと思っている人が、六〇年代ならいざ知らず、現代日本にどれくらいいると思っているのだろうか。七〇年代半ばから、とくに国際障害者年を転機として八〇年代以降の障害者問題についての日本の学校教育は、軽んずることのできない内容をもっている。認識も以前とは大きく変化している。

もちろん、とはいえ相模原市の津久井やまゆり園の事件や障害者への虐待はあとを絶たない現実はある。潜在・沈殿する差別意識は頭で理解するほどには払拭できないものである。だからこそ、私たちは障害者問題をつねに自分の問題として問い返し、差別意識が芽を出すことへの警戒を怠ってはいけないと思う。ジョゼをメルヘンの主人公にして、訳知り顔で自分には縁のない話にしてはいけないのである。

つぎのような詩がある。

ぼくは生まれるとき
ついうっかりと人間をおいてきてしまった
母の子宮の中に──
だから今でも僕は歩くことができない

だが
僕がおいてきた人間は
今も子宮の中で生きているはずだ
永遠の「生」をめざして

重度の脳性麻痺者・宮尾修の「人間」と題された一九五八年の作品である。文芸同人誌『しののめ』に発表された。『しののめ』は、一九三二年に日本初の公立肢体不自由学校として設立された光明学校の、「研究科」卒業生らによって一九四七年に創刊された。研究科というのは、同校を卒業した後も進学を希望する者のために一九三九年に便宜的に設けられた学科で、四三年に戦局の悪化によって閉鎖されている（荒井裕樹『障害と文学』参照）。

『しののめ』は戦後の患者運動（傷痍軍人・結核・ハンセン病の療養所から起きた）から生まれた『療養文芸』からもつよい影響を受けたといわれる。創刊を呼びかけ、長く主宰したのは重度脳性麻痺者で俳人、障害者運動の中心をになってきた花田春兆である。

それはともあれ、詩の主題は「母」、その存在である。「歩くことができない」という現実、その挫折感を、神秘的な「母の子宮」のなかにはもうひとりの自分がいて、彼は「永遠の『生』をめざして」生きているはずだ、と思うことによって乗り越えようとしている。

これは悲しい。詩人である「ぼく」が、「ついうっかりと」「母の子宮の中に」おいてきてしまい、そのままそこで生きているはずのものが「人間」だからである。自分には「人間」がなく、それは母が子宮の中に、宿している。自分が人間になる、人間として生きるためには、母からそれを奪い取らなければならない。障害を持つ身にとって、母は絶対の庇護者である。あって欲しい存在である。しかしここでは、母は敵である。敵に見える。

実母に裏切られたジョゼの悲しみは複雑で、安易な「理解」を拒んでいるが、この詩のモチーフは理解できる。〝母よ、あなたはどうしてそれを子宮に残したのか〟の慟哭、痛憤である。重要なことは、そう叫ばせているのが、「お前は人間か」「人間なのか」という、存在そのものを否定する外からの言葉、視線であることだ。人間を求める内なる叫びと、それを否定する外からの暴圧。この関係こそが差別を生み、温存させてきているものなのだ。

後者がなければ、詩人はもっとちがう母を詩《うた》い、語ることができたろう。「がんばって生まれた子」は、そのことをことさら意識することなくその後の人生を歩み、ふつうに母への感謝をことばにしたかもしれない。だが、それは拒まれている。

近年、「障害学」が日本でも定着しつつあるといわれている（前出、荒井）。障害学とは、「障害を個人の身体的な欠損や機能不全（impairment）と見なす従来の視点（医療モデル・個人モデル）を相対化し、むしろ障害を社会的・文化的に構築された障壁（disability）として捉え直す視点（社会モデル）から、障害者を無力化する政治学について検討するものである。つまり、障害とは動かない特定の身体のことを指すのではなく、その身体を持つ人々の存在を考慮せず、また排除する形で構築された制度であり、文化であるとするのである」（同前）。「障害」は障害者の側にではなく、彼らを「人間なのか」と思う側にあるのである。そのことを学術研究として成立させようというこころみを軽視してはいけない。文学もまたその列にいるべきだからである。

ふと口をついて出る言葉、そこにこそ障害者問題を包摂した社会と、そこに生きる個人の問題の根があると言っていいだろう。文学、とりわけ民主なる文学は、表出したその言葉をこそ追求し、「障壁」を一つひとつ丹念に打ち毀していかなければならない。

文学という人間解放の賛歌は、そのときもっとも美しく奏でられるだろう。自戒をこめて、あらためてそう思う。

（『白桃』16号、二〇二一年三月）

Ⅲ
「新しい戦前」に戦争を読む

夏に読む大岡昇平

夏には大岡昇平を読む。今年（二〇一五年）は、塚本晋也監督の映画「野火」を見た後、『俘虜記』（新潮文庫）を開く。えがかれている戦争の時期は『野火』（同）が前だが、大岡の思考は発表順に『俘虜記』の最初の章「捉《つか》まるまで」からたどるのが穏当だろう。としても、主題である「なぜ射たなかったのか」は、やはり難解。「生」を諦めたからか、一人だったからか、敵兵の美しさか。省察の末に、「子を思う父親の感情」に行き着くが、それも途上。彼が、常に死を控えて生きてきた「奇怪」に気づくのは、捕らわれて後。

戦場には、七十年抱えて生きる回答不能の問いが散乱すると、あらためて知る。

被爆を含む戦争、戦場がこれまでになく語られ、想起されたのは、戦後七十年の特徴か。そのなかで、野呂邦暢『失われた兵士たち　戦争文学試論』（文春学藝ライブラリー）を文庫で読めるようになったのが嬉《うれ》しい。収集した五百を超える有名無名の戦記を丹念に読み解き、あの戦争は何だったのか、無謀の悲劇に諾々然と従った日本人とは誰なのかを、ときに怒り、涙しながら問う。野呂の痛憤が胸に響き、読み進むほどに気が沈む。

兵士たちにとっては死が必然であり、生は偶然でしかないとつくづく思わされる。命の重みを一顧だにせず、「大和魂」で突入を命じた指導層は、今もこの国に生きているようだ。何が何でも戦場に行かせようとする安保法制に懸念が増す。

『戦争小説短篇名作選』（講談社文芸文庫）に佐藤泰志「青春の記憶」がある。十七歳（一九六六年）で書いたこの小説は、中国人少年を刺殺する若い兵士をえがく。生きて帰られたらまず本を読もうと、それほど活字（言葉）に飢えていた彼は、上官の命令に抗《あらが》うことなく少年を刺した己を一塊の土器になったと恥じ、自らを銃で撃ち抜く。

言葉は、戦場の「虚」に対する「真」。「虚」を生きる土器はもろくて軽く、言葉は魂を宿して重い。人はその重さに堪えられるか。

四十一で自死する作者、高校生時の問いに、五十年後の私たちは、小さな声でも答えたい。大丈夫、一人じゃないと。

（「昨日読んだ文庫」、「毎日新聞」二〇一五年八月三十日、題をつけた）

日中戦争と五味川純平

ことし（二〇一七年）は、日中戦争が本格化する契機となった盧溝橋事件（一九三七年七月七日）から八十年になる。しかし、ほとんどのメディアはことさらに特集を組むわけでもなく、たんたんとその日は過ぎた。半月ほど前の沖縄の「慰霊の日」（六月二十三日）やひと月ほどあとの広島・長崎の「原爆忌」、終戦記念日（日本政府は「戦没者を追悼し平和を祈念する日」としている）と比べるべくもなかった。この分では、南京事件から八十年だといっても十二月にはおそらくなにもないことだろう。

ただ、今年はいくぶん、戦争をくり返してはならないというトーンがつよかったとは思う。特定秘密保護法から集団的自衛権行使の容認、そのための安保法や国内治安法といえる共謀罪の強行成立など、安倍自公政権のもとで「戦争する国」へしゃにむに突き進む気配を強烈に感じるからにちがいない。

戦争になればどれほどひどいことが起きるかは、語って過ぎることはない。沖縄戦は、米軍による「鉄の暴風」と呼ばれた艦砲射撃、日本軍による「自決」強要など、日本人の死者約十九万人の半数以上が沖縄県民だった。人類史上初の原爆投下地となった広島は、市の中心部が壊滅し、当時三十五万といわれた人口の三分の一を超える十四万人がその年のうちに被爆死した。長崎もまた、死者は九万人を数える（人口二十四万。死者は被爆五年後で広島二十万、長崎十四万、今日までに広島四十万、長崎二十万といわれる）。三月十日の東京大空襲では十万人……と、戦争に巻き込まれた人の数だけ悲劇がある。

戦地においても、アッツ島に始まるサイパン、グアム、硫黄島などの「玉砕」。「白骨街道」と称されたインパール作戦とそれ以上の死者を出したその後のビルマ戦線、ほぼ全滅の拉孟・騰越・龍陵など中国・雲南戦線、ニューギニアやルソン・レイテなどフィリピン、南方戦線における飢餓、戦争終結後にも樺太・千島の惨劇……数えだしたらきりがない。無謀無能のうえに官僚化した軍上層部の戦争計画、食糧・労力は現地確保などという計画ともいえない机上の兵站戦略に兵士たちは翻弄された。

十五年におよんだアジア太平洋戦争で戦没した軍人・軍属は約二百三十万人といわれるが、連合軍の銃砲弾にあたって死んだ兵士より餓死したほうが多かったというのはいまや常識である（日本近現代史研究者の故・藤原彰は、餓死者を百二十七万六千二百四十人と計算している）。それは、死を「散華」といいかえて美化しようとした戦争指導者たちの思惑を皮相なものとし、戦争の無残をあまるほど語ることになった。くり返せば、これら骨髄にまで染み渡った無念、悲しみ、怒りは、もっと語られなくてはいけない。

とはいえ、戦後七十二年も経ってなお、「被害者」であることだけを語るばかりでいいのかは、考えてみないといけないだろう。一九三一年の「満洲事変」を契機として日中戦争からアジア太平洋戦争の全期間を通じて、日本が侵略者であり、加害者であったことは疑いのない事実である。戦闘における殺戮ではなく、捕虜への刺突き訓練と称する殺害・虐待、住民殺傷、食糧や金品の掠奪、強姦……は目にあまった。「平頂山事件」、「南京事件」、華北における「燼滅作戦」、七三一部隊による細菌戦のための人体実験、重慶爆撃……。これらをなかったことにすることはできない。

もちろん、語りたくない気持ちが分からないわけではない。人は多く、自分の犯した失敗、それも頭を掻きながら笑い話にしてしまうわけにはいかないことであればあるほど、黙っていたいものである。なかったことにし、記憶からも消してしまいたいと思ううち、ほんとに忘れ去った人もいる。

＊　＊　＊

戦争加害を語らないのは日本文学もまた同様である。「戦争文学」や「原爆文学」などという独特のジャンルを成立させながら、わが国の戦後文学は明確な「加害意識」を背景にした作品や、戦場における捕虜虐待・虐殺、住民殺害、略奪、強姦のリアルな再現を積極的には評価してこなかった。

石川達三「生きてゐる兵隊」は戦時下の一九三八年に発表された。南京に進軍した部隊の非道な蛮行をえがき、戦争の実相を伝えようとしたが、掲載雑誌は発禁処分となり、石川自身も禁固四ヶ月（執行猶予三年）の刑を受けた。戦後、伏字部分などを復元して出版され、僧侶兵のシャベルによる撲殺場面など読者に大きな衝撃をあたえた。

しかし文学関係者の多くは、この作品が戦争の性格を明確には認識せず、中国民衆への視線がないことなどを指摘し、功名をねらった作者の野心を非文学的と批判した。作品の弱点を指摘して過大な声は、この作品が「盧溝橋事件」から「南京事件」に至る日本軍の蛮行、兵士の退廃を切り取っていることを見えなくさせた。

「兵隊作家」と呼ばれた火野葦平は、軍役中に芥川賞を受賞して報道部門に転属し、取材・記録と小説執筆を任務とされた。兵士の生々しい姿とともに塗炭の苦しみを味わう中国農民への同情、いたわりを隠さず、部隊の進軍と同時進行的な従軍記「麦と兵隊」は大きな話題となった。捕虜惨殺場面は検閲で削除されたが、火野は戦後、単行本にするときに復元した。その点では、ひとりの作家として事実と作品に誠実であろうとした火野だったが、「戦犯作家」として戦争責任が追及され、作品よりもむしろそのことがきびしく問われることになった。

戦時下の二人の作品への批評は主として敗戦直後のことであり、当然、戦争に向き合う基本態度が問われた。それは二人に限らなかった。

武田泰淳「審判」は、兵隊上がりの一青年が敗戦後、中国人の老農夫を殺したことを悔い、その重荷を負って中国で生きる決心をする話である。青年は、日本へ帰りまた昔のような生活に戻れば、自覚を失ってしまうかもしれないから、そうやったからといって罪がつぐなえるとは思えないが、絶えず裁きの場に身を置く、というのである。敗戦から一年半ほどしか経たない時期に発表されたこの作品への評価は高かった。日本と日本人が戦後出発におく基点、原点がしみじみ示され、共感を呼んだからだ。

しかし、日本がアメリカのアジア戦略に沿って、民主・平和から再軍備への「逆コース」を歩み出すと、事情が変わってくる。大元帥として戦争指揮のトップにあった昭和天皇を、新憲法が「象徴」として温存したこともあって、戦争責任追及、つまり戦争加害にかかわる文学作品の評価に消極的になっていった。

たとえば、中国・山西省における燼滅作戦（住民みな殺し）にたずさわる部隊をえがいた田村泰次郎「裸女のいる隊列」、南京事件を中国人知識人の目からえがいた堀田善衞「時間」、あるいは、「従軍慰安婦」と最初に名づけた千田夏光の一連の仕事など、一部で話題になってもだれが押しとどめるのか、ひろがりそうでひろがらなかった。田村泰次郎は最後まで「肉体派」に押し込められ、従軍慰安婦をえがいた「蝗」など戦争・戦場ものが彼の業績の中心になることはなかった。

「時間」もまた、「南京事件」がどれほど世上を賑わそうとも、この作品が俎上にのぼって検討、話題にされた形跡はない。小説通からは〝思想小説〟と揶揄された。千田夏光の仕事は取材当時の資料の限界もあって小さな誤認がある。それを針小棒大にあげて「従軍慰安婦」の存在そのものを否定する議論のなかでとりあげられることはあったが、千田の先駆的で血のにじむ思いを真撃に受けとめる意見はほとんどないままに過ぎている。

　文学もまた、日本社会の流れと無関係でないといえばその通りだが、文学や思想はそれでも屹立して絶えず問題提起するものであってほしいと思うのは、無理なのだろうか。

＊　＊　＊

　五味川純平という作家がいる。一九一六（大正五）年に中国東北部（旧満洲）で生まれ（一九九五年死去）、戦争末期に徴兵されて進入してきたソ連軍とたたかった。百五十八名の部隊が四名になったほどの激戦を生きぬき、その体験などをもとに戦後の一九五六年から五八年にかけて『人間の條件』（三一書房、全六巻。のち文春文庫、岩波現代文庫）を書き下ろしで発表した。この大長編小説は、のべ千三百万部というベストセラーになり、一躍人気作家となった。小説は読んでいなくても、一九五九年から一九六一年にかけて公開され、その後何度かテレビでも放映された仲代達矢と新珠三千代主演の映画（監督・小林正樹、全三部）を観た人は多い。

　この長編小説はちょっと不思議なところがあって、主人公には姓だけがあって名がなく、彼の妻になるヒロインは名はあるが姓がない。どうしてこうしたのか、私には分からない。

　ともあれ、梶は戦争に批判的で、「召集免除」の保証を取りつけて満洲・老虎嶺の鉱山に労務主任として行く。そこが美千子との新婚生活の場となるのだが、採鉱成績を上げて「聖戦完遂」の国策に協力することと、劣悪な労働条件で働く中国人労働者を何とか助けたいという思いとのあいだで苦しむ。あるとき、軍から捕虜を「特殊工人」として無給で酷使することを強制される。中国人捕虜にヒューマンに接する梶の対応は、彼らに集団脱走を計画させ、発覚して首謀者は処刑されるが、梶はそれを不当として抗議する。その結果、梶は憲兵と対立、拷問を受けたのち一兵卒として召集され、ソ満国境の警備につく。

敗戦直前、進入してきたソ連軍との戦いで部隊は壊滅、梶は数名の兵と満州の曠野をさまよう。何度か死地を切り抜けるもののとらえられて捕虜となるが、脱走し、妻の美千子がいるはずの老虎嶺へ向かう。降りしきる雪のなかを、遠い山麓まで点々とつづく電信柱の一本一本を道しるべに、根株だけが残った高粱畑を進むが、ついに力尽きて倒れる。「雪は無心に舞い続け、降り積もり、やがて、人の寝た形の、低い小さな丘を作った」と作品は結ばれる。

小説「人間の條件」は、侵略戦争というものの実態、満洲国が掲げた「五族協和」の欺瞞、残虐で狂気じみた軍隊生活などをえがきながら、その極限状況のもとでいかにすれば人間的であり得るのかを問いかけた。問いは人々の胸底にひびいた。戦争が終わったある瞬間に、人々は多かれ少なかれ、それを自らに問うたことがあるからだ。だが多く、飢えを逃れ、暮らしを成り立たせ、日本という国の復興に追われた。朝鮮戦争の勃発に悪夢をよみがえらせたが、特需で景気がよくなると隣国の悲劇を好機と思った。折しも、「もはや戦後ではない」（一九五六年、「経済白書」）と喧伝された。「戦争」の日は遠くなり、いつの間にか忘れ（忘れさせられ）てしまっていた。

それでも人々は、なんとはない違和感を感じないわけではなかった。大事なものを置き忘れてきたような気もしていた。『人間の條件』は、あるいは苦い薬として、人々にそのことを気づかせたのかもしれない。とすれば、この大長編小説をベストセラーに押し上げた人々の〝感覚〟は案外、健全だったともいえる。

しかし、文学の世界はちがった。「五味川純平が『人間の條件』でデビューした時（それはベストセラーとして華々しいものだったが）、純文学はもちろん、大衆文学、中間小説といわれる文芸分野の主要なメディアである文芸雑誌、小説雑誌は、ほぼ完全にこの作品を排除した」（川村湊「『人間の條件』語り継がれた植民地と戦争の〈記憶〉」、『現代思想』二〇〇五年六月臨時増刊号）。エンターテインメントというだけで一段価値低くみるこの国の文学界は、それが国民の意識形成にあたえる影響も、また、それを求める国民意識の底にあるものも、深く考えようとはしてこなかった。毎月出版される『人間の條件』を待ち望むようにして読む人々の、一九五〇年代半ばの時代感覚を自らの文学上の課題として引き受ける作家は、悲しいかなほとんどいなかった。

五味川はしかし、文学世界からの冷笑にめげなかった。「ぼくらの人間形成は、どうしても戦争とは無関係でありえないどころか、戦争そのものと切り離しがたく結ばれている。言い換えれば、戦争に対してどういう態度をとったかが、ぼくらの〝人間〟を決定したのだ。ぼくが小説を書こうとするとき、この問題が基本的テーマになるのは、むしろ当たり前ではないだろうか」（「戦争と人間と」、『春秋』一九六三年九月号、『極限状況における人間』所収＝三一書房、一九七三年五月）と、そのテーマをどこまでも追求した。それは、あるいは五味川一人の課題ではなく、あの戦争を生きたこの国と作家たちにも共通するはずのものだった。五味川が揺るがなかったのは、その確信だろう。

五味川は『人間の条件』について、できる限り歴史的背景に目をくばり、視野ひろく保ったつもりだったが、「結果はやはり消耗品＝人間しか描けなかったように思う。言い直すと、戦闘と人間との関係は、ほぼ書き得たかもしれないが、戦争と人間との関係は書かれていない」（同前）と自己分析し、今度こそそれを書いてみたいと、『戦争と人間』に立ち向かった。「満州事変」へ向かうところから始まり敗戦までの十五年戦争の全過程をえがき、『人間の條件』以上の大長編になった（一九六五―八二年、三一新書、全一八巻。のち光文社文庫、全九巻）。

こちらも映画化され（山本薩夫監督）、一九七〇（昭和四五）年から七三（昭和四八）年にかけて公開された。『人間の條件』の九時間三十一分に負けず九時間二十三分の三部作だが、予算の関係でノモンハン事件あたりで終わっている。単行本では十一巻、まだ三分の一ほど残っている。

小説作品は、関東軍の強硬派と通じ、大陸進出を画策する新興財閥・伍代家を軸に、政財官界の動きや日本の左翼、満洲における抗日勢力のたたかいなども交え、スケール大きく展開する。「満洲事変」勃発までをえがいた「運命の序曲」（一～三巻）、満洲国建設の強行と国際社会からの孤立、ファシズムの台頭、二・二六事件を頂点とした「髑髏の舞踏」（四～八巻）、「盧溝橋事件」から日中全面戦争へ、長期化し泥沼の様相をえがき出した「劫火の狩人」（九～十二巻）、そしてアジア太平洋戦争に突入、滅亡へと急坂を転げ落ちていく日本の、軍と経済界を含む錯乱ぶり、そしてついに、満洲国の崩壊、敗戦を迎える「裁かれる魂」（十三～十八巻）の四部からなっている。それぞれの巻末には資料収集の助手を務めた澤地久枝との共同制作といっていい詳細な「註の部」が書かれている。貴重な戦史でもある。

五味川は、『人間の條件』で作家として歩み出し、そして亡くなるまで、戦争とは何か、人間とは何か、戦争という極限状況のなかでいかに人間としてあり得るか、を問い続けた。日米安保体制が強化され、戦争へと傾斜していく世情に警鐘を鳴らし、吼えるように言葉を発し続けた。それは、おそらく自身の体験に根ざしている。

満洲の巨大製鉄会社の調査部に勤務した五味川は、十二月八日の真珠湾奇襲の成功に大興奮する同僚たちに、彼我の生産量比較の数字をあげ、勝った、勝ったの戦勝ムードに水を差した。すると、たちまち上司に呼ばれ、訓戒をうけた。上司の訓戒だけならまだ抗弁したかもしれないが、課員同僚たちの白眼視に包囲され、五味川は沈黙した。

五味川は後年、私は屈せずに開戦の非を唱えつづけるべきだった、すれば獄につながれたろう、しかし私にはそんな勇気はなかった、それまで自分は非戦論者のつもりだったが、その日、私は軍国主義に決定的な敗北を喫した、と語っている（「軍国主義の悪霊」、『潮』一九七一年五月号）。

五味川の胸に去来するのは、なぜあのとき、軍国主義に膝を屈したのか、かなわぬまでも、なぜ釘の一本ぐらい打たなかったのか、の思いである。軍部のプロパガンダに騙されていたのなら、それほどの自責は必要でなかったろう。しかし、五味川はこの戦争がまったく義のない侵略戦争であり、力関係からは無謀きわまりないものであることを知っていた。なのに、斜に構えたような抗いはみせたが、正面から堂々の批判はおこなわなかったし、できなかった。

なぜか。理知への不信か、勇気の不足か、弾圧・拷問への恐怖か。それらすべてであったろう。が、彼を絶望させたものは、それら以上に周囲の白眼視だった。総がかりで疎外・排除し、押しつぶしにかかる「空気」であった。

それでも、何かはできたのでは……行ったり来たりの、反復する思いのなかで、五味川は、「圧搾空気」のようなそれがいったいどこから来るのか、なぜ人間はそうなってしまうのかを小説世界から問おうとした。答えは、現代に至るまでまだ出ていない。

『戦争と人間』に、南京に侵入した日本軍をえがいた場面がある。のちの極東軍事法廷などの証言や将兵らの日記をもとに再現し、その非道ぶりに思わず読むのを止めてしまうほどだが、そのまとめのように五味川は以下を綴っている。

火の手が、遠く近く、街じゅう至るところに上っていた。

風が街のなかで気ままに向きを変えて、煙の臭と生き物を焼き焦がすような異様な臭気を運んでいた。

機関銃の射撃音が、さまざまな方角から、連日連夜聞こえていた。

男たちの群が、ときには女も混って、密集した家屋のあちこちから狩り出され、空き地に追い立てられた。恐怖と哀願の声が地を蔽った。白刃と銃剣が一つずつその声を潰していった。

空地という空地には血の沼ができていた。

河岸では、何百何千という単位の集団の射殺が、えんえんと繰り返された。

折り重なった死体には石油をかけられ、火をつけられ、死者は河に投げ込まれた。

悠々と流れる大河は血で染まった。

河面を黒々と蔽って対岸へ泳ぎ逃れようとするところでは、艦艇が来て機銃弾の雨を降らせ、水面がささくれ立った。

城壁の外では、大量の生き埋めが行なわれた。

難民が密集している建物は、容赦なく銃弾が撃ち込まれ、むし焼きにされた。

女たちは、みつかったら助からなかった。それが路上であろうと、屋内であろうと、強姦が反復され、襤褸屑のようになるまで弄ばれた。

冬の太陽は煙にむせて、黄色の顔を歪めて視ていた。

夜空の星は凍った眸に惨劇を映していた。


私たちは、もちろん「冬の太陽」でも、「夜空の星」でもない。ならば、あの戦争に何を見るのか、何を映しとるのか。五味川が日中戦争とアジア太平洋戦争を背景にえがいた二つの超大作は、ただ、それを読み切る体力ばかりを求めているのではない。

（『リーラー「游」』10号、二〇一八年四月）

戦争加害をえがくということ

――洲之内徹とその小説の評価をめぐって

本稿は、『民主文学』二〇二一年八月号に掲載された北村隆志の論考「忘れられた加害の文学・洲之内徹」の批判を主眼としている。が、その前に、「戦争加害」をえがくということをどう考えるのかについて、とりとめなく浮かぶいくつかを書いておきたいと思う。

アジア太平洋戦争における日本は、いうまでもなく戦争加害者であるが、それを文学にえがきだすことは難しい。体験・実行者が語りたがらないからある。兵士たちの多くが、ごく普通の善良な市民・農漁民たちであれば、つらい、惨めな軍隊生活は語っても、殺し、奪い、犯したことは黙っていたいものであろう。加害は沈黙に代わり、被害は多弁になる。それを物語るように、被害の記録や証言集は山ほどあるが、加害は戦時記録としてもほとんど残されていない。そもそも、戦後、国挙げてまとめようとした気配もない。

私が重大だと思うのは、被害を前面に出すその国民的雰囲気が、「加害」を消していっていることである。
森達也が『すべての戦争は自衛からはじまる』（二〇一九年、講談社文庫、初版は二〇一五年、ダイヤモンド社『すべての戦争は自衛意識からはじまる』）のなかで、二〇一三年にベルリン自由大学の学生たちと話し合ったことを紹介している。日本の首相の靖国参拝に話題がおよんだときに、一人の学生が八月十五日は日本の戦争におけるメモリアルデーかと質問した。森は、そう言える、それと八月六日と九日もと答え、ドイツのメモリアルデーはいつか、ベルリンの陥落は五月だが、と逆に問うと、学生たちは首を横に振った。

「その日はドイツにとって重要な日ではありません」と口を揃えた。それなら重要な日はいつですかと訊ねれば、数人の学生が、「一月二十七日」と答える。でもそれが何の日かわからない。首をかしげる僕に、「アウシュヴィッツが連合国によって解放された日です」と彼らは説明した。「それと一月三〇日も。この日はヒトラーがヒンデンブルクから首相に任命されてナチス内閣が発足した日です」

マイクを手にしながら、僕はしばらく絶句した。この違いは大きい。日本のメモリアルは被害の記憶と終わった日。そしてドイツのメモリアルは加害の記憶と始まった日。どちらを記憶すべきなのか。どちらを起点に考えるべきなのか。

このくだりを読みながら、私もしばし考え込んだ。

戦時中、台湾で生活した婦人は晩年、こんなことを言ったそうだ。洪郁如『誰の日本時代　ジェンダー・回想・帝国の台湾史』（法政大学出版局）に紹介されている。

さも不思議そうに「あんだけ長いこと台湾におったのに、なんで台湾語を勉強しょうと思わんかったかなぁ」とつぶやいた。戦後教育を受けた娘の裕子はすぐさま「あんときの日本人は、台湾を統治する人じゃけえ、勉強しょう思うはずがないじゃろう」と返した。

女性は共立女子専門学校を出て地元広島県の高等技芸女学校で教鞭をとった、高学歴、知識層の一人である。一九三六年に結婚して台湾に渡り、夫が応召されたのを機に一旦、本土へ戻るものの再び渡台、そのまま敗戦まで台湾で暮らした。ピーフン炒めが彼女の得意料理だったという。

彼女のなかには、そこが日本の侵略地であったことがすっぽり抜けおちている。いや、平場で話をすればそういうことはないだろう。よその国を占領していたことぐらい学歴を問わずともわかることだ。だが、生活の実感となるとそうではなくなる。抑圧・差別的でなく、隣人として親近した人ほど「侵略」感が薄れる。

この婦人に私はどう応援すればいいのか。批判することは容易だが、はたしてそれだけでいいか。私は頭を抱えながら、アジア太平洋戦争で日本が加害者であったということを、たんに被害の対義語としてだけで考えることを戒めなければいけないと思った。あの戦争の性格についての大枠の基本線は保持しながらも、ことに個人の体験を基礎に置く文学という言語表現においては、トレーラーのように、侵略・加害・侵略・加害……と押しつけ貼り付けてはいけない。あの戦争をとらえるときに、加害――被害という単純な線引きに陥るのでなく、そこにもう一本、「抵抗」という補助線を入れてみることも必要だと思う。「抵抗」には、そこまでいかない厭戦気分なども場合によっては勘案すべきだと思うが、あまりに広げてゆるくするのは危険でもある。

「抵抗」の線を引いてみると、加害・被害のなかに苦悶、苦闘が見えてくる。一色に塗りつぶしてはいけない戦時・戦中・戦後が浮き出てくる。それらを戦争の諸相として受けとめていくことは、思うほど容易なことではない。なぜなら、あの戦争は日・独・伊の枢軸国が引き起こした侵略戦争であり、それを主導した悪い奴等と、巻き込まれた善良な市民がおり、被害を受けたアジア諸国の人たちがいると、出来れば単純に割り切りたい自分がいるからである。その方が、戦争世代の直系である自分には都合がいい。あの戦争は親たちのやったことで、自分には関係のないことだと割り切り、戦争責任からも戦後責任からも逃れられる。

だが、それでいいはずはない。冒頭に紹介したドイツの学生たちは、この二つの責任から逃げてはいない。それは、戦争を単色にせず、また、戦争の対義語を「平和」だけに単純化していないからだと思う。ドイツのすべてがとはいえないにしても、人が人として生きる権利を守ること、レイシズムやホロコーストの拒否など、さまざまな「抵抗」という補助線を引き、それは戦時中だけではなく戦後もずっと引き続け、アイヒマンの逮捕に象徴的な戦争犯罪者への断罪を時効なく追及し、現在もなお、各層各分野ごとの総括をつづけている。ナチスの復興・再現を警戒するだけでなく、教育を重視し、難民の受け入れにも寛大である。排斥が何をもたらすかを彼らは知っている。それでも、大ドイツ主義は頭をもたげてくる。だから、さらに線を引き続ける。ドイツの戦後史は、大筋この太い流れにあるといえるだろう。

だから、ヒトラーとナチスにだけ罪を負わせることなく、ドイツ国民・民族としてその責任に向き合おうとしている。「抵抗」線とは、そういう侵略戦争とそれをもたらすあらゆる予兆を拒否する思想といってもいい。思想とはややオーバーかもしれないが、戦争はイヤだという素朴なところから反戦平和の確固とした立場のものまであっていいと思う。しかしそれが根本から揺らいでいるのが今日の日本であることは悲しい。

そのうえで、加害をえがくときには、その非道・残虐に曝され絶望を知る被害の側から照射する視点・視線を持たなければならないだろう。補助線は大事だが、後知恵の補助線は、往々にして真実を探る目の邪魔になるからである。

さらに、「記憶」がある。私は戦後生まれで戦争体験を持たないが、私たち戦後第一世代、「団塊の世代」は、「戦争」に囲まれて育ったといっていい。私の父は障害を持っていたので出征はしなかったが、父のすぐ上の兄、私の伯父は海軍将校で広島県呉市で敗戦を迎えている。戦艦大和をどのように作ったかは自慢話の一つだった。近所には南方帰りのおじさんがいた。足の銃創を見せながら、こうやって敵陣地に夜襲をかけたと語った。中学校では、授業の終わりにいつも、「はい、ごきげんよう」と深々と頭を下げる国語教師がいた。卒業前に、特攻に出向く戦友と別れが言えなかった思い出を語り、君たちとはそういう別れをしないですむようにと願いつつ頭を下げていたと話してくれた。私の母は、大阪空襲を語った。「奥さん早よ逃げなはれ」といわれて私の兄と姉の手を引いて防空壕に飛び込んだら、持っていたのは一升瓶だったと、笑うしかない話をした。

戦争は、私たちにとっては、そのようにまだ地続きのこととしてあった。落ちてくる焼夷弾や燃えさかる真っ赤な炎を目に焼き付けた、やや上の世代とは違うけれども、何とはなく自分も「実感」している感覚を持ったとはいえる。しかしそれは、私たちの子ども世代とは決定的に違うとは言えるけれども、どこまでも近似感であって、戦争というものを肌身に感じてわかっているわけではない。

にもかかわらず、ついそのことを忘れてしまう。あとから仕入れたいろんな知識を「実感」のように思ってしまい、ほんとのような嘘をつく。だが、嘘はしょせん嘘であって、実体験を上回ることはない。それに加えて、聞かされた戦争の「記憶」が過去のものではなく、語り手のそのときの思いが付加されて、つねに新しいものであったということがある。「記憶」にとって時間は、過去から未来へと流れているのではなく、つねに未来から過去へと流れている。未来に意味づけられてはじめて過去、「記憶」になる。

私たちの聞いたのがそれだということを軽視してはいけないだろう。私たちは、過去にあった「戦争」をそのまま聞いたのではなく、語り手たちのそのときの思いをも聞いたのである。私たちが戦争加害を考え、戦争体験を継承していくとはそういうことなのだと思う。であるなら、私たちが継承する「戦争」もまた、私たちの今の思いをのせていなければいけない。戦争を体験せず、「近似」の私たちの「戦争」は、そのときようやく「戦争のリアル」を獲得するだろうからである。

＊　＊　＊

さて、北村論考である。北村は、洲之内徹を「戦争の『魅惑と快楽』を描いた非常に先駆的な作家であった」と評価し、洲之内の「砂」を「特別の迫力があり、戦争を知る上での特別の値打ちがある」と高く持ち上げている。「民主」を掲げた本誌でこう語られるのには、驚きというよりももはや慨嘆しかなかった。

私は、この評価に違和感を持つ。洲之内作品はそのように評価されるべきではないと思う。なるほど須之内は、「鳶」「流氓」「棗の木の下」といういわゆる「洲之内公館三部作」と「砂」で、日中戦争における日本軍、というより、ほぼ洲之内その人といっていい人物がとくに中国人女性に働いた卑劣非道な強姦をはじめ、くり返す殺人、強奪など戦争加害の場面をこれでもかとえがいている。戦時暴力とくに性暴力については一九九〇年代以降、被害女性からの告発や聞きとりなどがおこなわれて明るみに出てきたが、加害の側からのものは皆無に近かったことを思えば、特筆していいし、田村泰次郎の「裸女のいる隊列」「蝗」と並べることも可能だろう。

だが、とくに「砂」は、くり返し読むのをためらわせるもので、私がこの稿を書くのに時間がかかったのも、それが一因である。洲之内の小説は一度読めばそれで結構と思ってしまうもので、もう一度読むとなると、その気をおこさせるのにとんでもなくエネルギーが必要だった。おぞましいという言葉でさえきれいに響く、戦場のなせることとして読むには、あまりに人間を蔑ろにしているからである。えがかれているのが殺人や強姦であるから、そもそも爽やかな気分などになれるわけがないのだが、その場面もさることながら、どうしても入っていけないのは主人公・世古の思想というか、心理である。

「砂」の作中、世古が最初の強姦を回想する場面がある。

その後、世古はなんどもそのようにして女を犯したが、最初のその女の躰のうちに、彼はもう長い間忘れていた、あの兵隊相手の慰安婦たちの手摺れた肉体にはない、ある感覚を探りだした。その感覚は、その瞬間に、唐突に彼に甦った。女とはこういうものだった。恐怖と敵意に硬ばり、屍体のように彼の下に投げ出されているが、やはりこの肉体は新鮮であった。…（略）…

最初の凌辱で彼の官能に灼きついた感覚を再現しようとして、宿営地に入ると、世古は女を狙った。いまでは、討伐に出る彼の目的は、もうひとりの新しい女である。

北村は、世古が強姦の常習者になり、諧謔をおぼえるのを〝戦場の異常〟がもたらすものと好意的に「理解」し、それをえがいたことに洲之内の「先駆」を見ている。しかし、世古がここで述べているのは、「兵隊相手の慰安婦たちの手摺れた肉体」と強姦被害者である若い人妻の肉体とを比較して、後者に「長い間忘れていた…（略）…ある感覚」を思い出させたということである。

それは、新鮮な肉体をもつ、「女とはこういうものだ」という感覚であるが、それを、「恐怖と敵意に硬ばり、屍体のように投げ出されている」姿に見出したのである。絶対権力を持った〝鬼〟の前に投げ出された生贄を睨め回す無頼。これは、もはや倒錯した性犯罪者のそれだろう。

これを〝戦場の異常〟がもたらしたと解釈することでいいのだろうか。

よくない。なぜなら、世古は〝戦場の異常〟などに浸ってはいないからだ。彼は「日本軍兵士としては異色の、大連生まれの満洲育ちで、中国語に堪能なところを買われて班長を命じられた」人物であり、召集され内務班生活を経て兵士になったわけではない。つまり、彼は日本軍特有の上官や古兵の陰湿極まりないいじめに遭ってはいないのである。「陛下」の銃床で殴られ、馬グソを食わされ、鉄鋲のついた編上靴で張り倒され、歯を折られ、耳を聾されたりはしていないのである。

戦争や戦争体験などを考えるときに最も基本的な文献の一つだと私などが思っている安田武の『戦争体験』(つい最近、ちくま文庫になった)には、こんなくだりがある。

学業半ばで、軍隊という「実社会」に突如抛りこまれたぼくが、内務班という「死の家」の中で見たものは、猿のごとく猥雑で悪がしこく、惨虐なまでに非人間的な人々の群であった。たとえば南京虐殺事件という事があったから、日本兵が惨虐であったのではない。それは、兵営のなかの、内務班のなかの、日常の生活のくりかえしのなかで、日々そうだったのである。

殺し、奪い、犯すことに嗜虐的なまでに狂う日本兵はこうしてつくられたといってもいい。北村は詩人・井上俊夫の『八十歳の戦争論』から、井上が戦争のもつ「魅惑と快楽」にも目を向けなければ戦争の実態が見えてこない、と言っていることを引いて洲之内評価の言葉にしているが、どうも井上の本意を読み違えているようだ。

二十歳で応召し、いきなり見知った中国人青年を刺突させられた井上は、その犯罪意識を生涯背負って詩を書いた。井上は北村のあげた『八十歳の戦争論』と『従軍慰安婦だったあなたへ』（両著ともかもがわ出版）の主要作品をまとめて『初めて人を殺す　老日本兵の戦争論』（岩波現代文庫）を出し、そこで大要こう言っている。

――「熾烈凄惨な戦場」に立つと異常心理に取り憑かれ、狂気に近い状態になって残虐行為を働く、とよく言われるが、自分はそういう解釈を全面的に拒否する。日本人は兵士になってもどこまでいっても善良な市民であった。それが証拠に上官に反抗して殺傷におよんだ者はごく少数の例外だし、大規模な軍隊内反乱など一度も起こらなかった。なぜ兵士が残虐行為を働けたのか。兵士の背後に「大日本帝国」があったからだ、兵士の所属する帝国が敵兵を殲滅せよと命じていたからだ、「恐ろしいことだが、兵士は一連の残虐行為がもたらす愉楽を覚えてしまうと、もう病みつきになり、何度でもやりたくなってくるのだ。殺人だけではない、略奪然り、放火然り、強姦然りである」――

井上が伝えようとした、戦争の「魅惑とか快楽とか」というのは、天皇の股肱である大日本帝国兵士であることによって保証されたものなのである。問題の根は兵士にあらず、天皇とその権威・権力を笠に着た軍首脳にこそあると、井上は指弾しているのである。戦争の「魅惑とか快楽とか」を書けと井上が言うのは、そこにまで突き刺さるものを書けと言っているのである。北村のように表面の薄皮のように言葉を捉えていては、井上も浮かばれまい。その帝国兵士がどのようにつくられるかは、前述したとおりである。

話を戻すと、「砂」の主人公・世古は、そういう善良な兵たちの「快楽」から距離を置いて身を遊ばせている。内務班生活を送っていないことに加えて、彼が大隊本部直属の工作隊の班長であることも、彼を特別の存在にさせている。彼は、「作戦中には便衣隊として使われる」一隊を率いている。便衣隊とは、侵攻する村民たちと同じ服装をしてスパイ活動をはじめ各種工作をおこなう者たちで、当然、軍服など着ていない。

世古もまた、戦場で軍服を着ずに作戦行動に参加しているところに、ある意味で特権的である。服装は意識形成に重要な意味を持つ。軍服を着ない彼の意識は、軍の一員でありながらそうではない意識を持つ。むしろそれを自覚させられる。彼が日本軍兵士や慰安婦を平然と蔑むのは、その意識である。日本軍から浮遊し、〝戦場〟から離れた彼の意識は、むしろ素に近いのかもしれない。だが、そう考えるのはおぞましい。偏執的な色情狂としか言いようがなくなるからだ。

世古が拳銃を抜いていとも簡単に中国人を射殺するのにもその意識の無意識性がある。世古は、日本軍が占領した地域で軍の目的や方針などを知らせ、人心を安定させる宣撫にあたったり、情報蒐集の任にあたっている。同様の任務には軍属としての宣撫官などもあたっているが、彼らは軍兵ではないので小銃は持たない。代わりに拳銃を持つ。その正体がばれたときに自決、自裁用として使うが、人を射殺するためには使わないのが原則である（青江舜二郎『大日本軍　宣撫官　ある青春の記録〜』など）。この小説がまだ一九三九年初頭であればなおさらである。工作隊の班長が村民と同じような服を着て村に入っていって、好みの女性を見つけてそばに気に入らない老婆がいたから射殺するなどということは、その任務からいってあり得ないことなのである。

だが、世古は平然とそれをおこなう。彼の意識が、軍からも〝戦場〟からも離れているからである。くり返すが、世古の凌辱行為は、〝戦場〟という「異常」が引き起こしたものなどでは断じてない。彼には、〝戦場の異常〟のもとで女性を襲う日本軍兵士の〝狂乱〟はなく、きわめて冷静に、いや、冷血なまでに行動し行為におよんでいる。一度ならずくり返すそれは、変質的である。本性とでもいうほかないように思える。

しかしこの作品の最も大きな問題は、作者が戦後にこれを書くときに、世古のこの行為をどう考えたのか、がないことである。

「慰安婦」の肉体を「手摺れた」と嫌悪・侮蔑する心理については、日本軍兵士たちの精神の荒廃を映し出しているとも読めなくはないが、気持ちのいいものではない。ましてそれを、強姦する肉体の新鮮さと対比させるのは、仮にそれが世古の心理だとしたら、作者はどう考えるのか、である。北村は、加害は戦後にこそどうえがくかが問われると指摘しているが、北村の論述とは逆の意味でまったくその通りである。別の言葉でいえば、補助線の引きようであり、また、冒頭に述べた過去の体験、記憶の現在性、えがく今における「過去」の意味づけである。

しかし残念ながら、この作品には作者の主人公・世古に対する、その行為と心理あるいは思想についての批評はない。この点は、秋山洋子（中国女性史、故人）が指摘しているところでもある（「洲之内徹の書いた日中戦争」、『フェミ私史ノート　歴史をみなおす視線』＝インパクト出版＝所収）。秋山は、作中の次の箇所に注目する。先の引用につづくところである。

最初の凌辱で彼の官能に灼きついた感覚を再現しようとして、宿営地に入ると、世古は女を狙った。いままでは、討伐に出る彼の目的は、もうひとりの新しい女である。…（略）…だが、心のうちでは、この行為を恥じねばならぬ理由を見出しかねていた。女を凌辱するのに何をこだわることがあろう。人間そのものが気紛れに、くだらなく浪費されているときに、その中のひとりが、他のひとりを辱めるとか、辱められるということに果たして意味があるだろうか。

…（略）…女を辱めることが依然として破廉恥なことに思えるなら、更に女を犯すまでのことである。非人間的な所業に馴れ、自分を常習的な凌辱者にまで落とすことで、凌辱の欲望を当然のものにすることができるからだ。むしろ自己を含めて、人間を辱めることとそのことが、次第に彼の偏執的な動機になっていった。

戦争という、命はもとより人間そのものが気紛れに浪費されているときに、なるほど正義や倫理に何の意味があるかという世古の問いかけにはもっともなところがある。しかし、問題はその立ち位置である。「その中のひとりが、他のひとりを辱めるとか、辱められるということ」と世古がいうとき、世古は自分が辱める側にいることをみごとなまでに抜かしてしまっている、と秋山は指摘する。その通りだと思う。絶対優位の辱める側に舌なめずりでもするように立って、「辱めるとか、辱められるということに果たして意味があるか」などとよくぞ言えたものである。辱められる側になれば、恐怖と絶望に追い詰められているのである。世古の論理は、捕らえたネズミをいたぶる猫のそれでしかない。

秋山はさらに、世古が凌辱を「自己を含めて、人間を辱めること」だと強弁することも強く批判する。「卑劣な犯罪を起こす自分とその犠牲者とを、人間の卑小さのなかに一律に落とし込む」と厳しく断罪する。

私も同感する。世古には、あるいは作者の洲之内には、人間を浪費する戦争を批判する意図を持って、戦争を引き起こすのは人間だという意味で、その人間の愚かさを嗤い、「辱め」てやろうとでも思ったのかもしれない。だが、加害者も被害者もおしなべて人間、とするのは、加害者の傲岸不遜だろう。この戦争を引き起こし、中国の地を侵略しているのは日本である。であれば、世古が人間なんてどうせこんなものだ、ならば落ちるところまで引き落としてやれ、という相手は、日本(軍)でなければならない。中国人、まして婦人や老人、子供たちは、庇護と救出の対象にならなければ、世古の論理は一貫しない。それがすっぽり抜け落ち、それどころか倒錯してしまっている。秋山はそこを指摘する。そして、作者はどうしたのだ、と続ける。

しかし、ひとたび戦場を離れてその体験を文学にするとき、そのような世古の論理は検証され、批判される必要がある。それには、世古を分身としてその悪行を共に生きるのか、あるいは突き放して描くのか、作者の位置を決める必要がある。

洲之内にはそれがない。秋山の言うとおりである。被害者の視線——絶望を感じとり、その心から加害を凝視する視線がない。文学らしさを装ってはいるが、文学へのまごころはないのである。

車谷長吉が「洲之内徹の狷介」(洲之内のエッセイ集『絵のなかの散歩』新潮文庫「解説」、のちに車谷エッセイ集『銭金について』に収載)で、

通常はここまで「悪」の姿を突き詰めて行けば、その文章の彼方に、彼岸の「浄土の光」が射してくるものだが、併し洲之内の「砂」では射して来なかった。…(略)…ただ坦々と客観性の壁に「悪」の姿を塗り込めるように、醜い欲望に蠢くままの「日本人の悪」が書かれているだけなのである。そこには「悪」の自覚によって当然生ずるであろう、人間内面の倫理的・宗教的葛藤が皆無なのである。いや、戦争とはそのような倫理的・宗教的葛藤を、底浚《そこざら》い麻痺させてしまうものだ、と洲之内は言いたかったのかも知れない。そうであるならば、その謎を主題とすべきではなかったか。

こう指摘している。戦争(戦場)と洲之内との距離は議論のあるところだとしても、私も秋山

同様、この指摘に納得する。車谷は、洲之内がその「謎」と本気で取り組むようになるのは、小説を断念して美術エッセイを書くようになってからだとしている。この点も私は疑問を持つが、それは本稿のテーマではないので措く。

「砂」については、芥川賞の選考でずいぶんと話題、議論になったようで、北村も紹介しているように委員諸氏の選評で多く触れられている。宇野浩二は、「作者が、世古という主人公だけをよい子にした、一人よがりの小説」とのべているが（北村はなぜか「主人公だけをよい子にした」を引用から落としている）、宇野は、前作の「棗の木の下」でも「自分一人を大切にしすぎ」と指摘していて、これは洲之内の戦争物の本質的な欠陥と言っていいものかもしれない。自分と等身大の主人公を設定しても、あるいは、少し距離を置くかのように設定しても、結局は、自己弁明の代物にしかならなかったのである。

私は、宇野の言葉に文学を心底愛してやまない者が放つ憤怒を聞く。声の小さい私小説作家の胸の内を代弁すれば、文学は自分の身を切り刻んでこそのものであって、自己の正当化をはかる手段などでは断じてない、というところだろう。松川事件について、「当て事と褌」を書き、ウソや作りごとは必ずばれると権力側を批判した宇野である。美しく見せたい意匠のほどはすぐに見て取ったろうし、それが文学と最も遠いものであることも感じたことだろう。

「砂」の発表は一九五〇年秋だが、その前年に起きた松川事件に、宇野は広津和郎に先んじて事件のひどさを言い、被告たちの無罪を彼らの「澄んだ目」に見た。政治的社会的な問題にほとんど関わらなかった宇野が、生涯唯一と言っていいほど懸命に、病軀を押して「世にも奇病な物語」

を書き、事件の真実を語った。宇野に師事した水上勉は、広津は喀血して倒れた宇野に代わって奔走するようだったとも書いている（『宇野浩二伝』）。私は、そういう宇野の人間観、文学観を信じる。

＊　＊　＊

洲之内徹は、北村が紹介しているように一九一三年に愛媛県松山市で生まれた。以下、『洲之内徹文学集成』巻末の「解説ノート」などによって経歴を略記してみると、松山中学を卒業後一九三〇年、東京美術学校（現東京芸術大学）建築科に進む。在学中にマルクス主義に共感して校内にプロレタリア美術家同盟の支部を結成し、実践活動に入った。三年生のときに特高に検挙され、退学となる。釈放されて郷里に戻った洲之内は、プロレタリア文化連盟愛媛支部を結成して活動を続けるが一九三三年秋に再検挙され、十五ヶ月間、松山刑務所で獄中生活を送る。一九三四年末、洲之内は「マルクス主義は捨てないが実践運動はしないと誓約」し、当局からは「準転向」として懲役二年執行猶予五年の判決を受け釈放された。

釈放された洲之内は松山で元左翼の仲間たち（転向者）と文学同人をつくり、『記録』を発刊して文芸評論を書いた。同人に大原富枝も加わり、以後、長く洲之内と交友を重ねてきた。

洲之内が中国へ渡ったのは、一九三八年の秋、宣撫官募集に応募する形だった。「釈放後の洲之内には特高警察の監視が続いており、いずれ召集されれば軍隊内で過酷な扱いを受けることは目に見えていたので、いっそ軍の懐中に活路をみいだそうという選択だった」(秋山、前出)。こうして中国に渡った洲之内は、その経歴が重宝がられて北支派遣軍宣撫官(軍嘱託)となり、保定につづいて河北省大名県で特務機関員として約一年間活動する。一九四〇年には北京の方面軍参謀部に勤務し、共産軍の情報収集にあたった。この年に部下の情報部員だった女性と結婚するが、ほかに「情婦」がいたともいわれる(前出『大日本軍 宣撫官』)。

その後洲之内は、各地の兵団での共産軍調査班の立ち上げを任され、保定、石家荘と順次つくっていき、一九四一年に山西省太原に設置すると、班長として主に中国人捕虜(中国共産党八路軍=華北で活動した中国共産党の正規軍=からの脱出、転向者を含む)を配下とする公館(洲之内公館と呼ばれた)を与えられる。戦争末期の四四年、元左翼の活動家を使ってはならない(八路軍との二重スパイを警戒したもの)という通達によっていったん解雇されるが、それは形だけで、洲之内は軍の援助を受けながら中国の農村についての民間調査所を立ち上げて中国共産党の動静を中心にスパイ活動を継続した。この間に洲之内は教育召集を受けて運城の輜重部隊に短期間入っているが、そのときだけが本物の兵隊で、あとは軍属だった。

洲之内は敗戦後も太原に残った。重慶の国民政府当局から太原の日本軍司令部へ、洲之内公館を閻錫山(国民党軍指導者)の部隊に引き継ぐよう命令が来て、国民革命軍第二戦区(閻錫山部)政治部下将参議という肩書きをもらった。洲之内の中国共産党に対するスパイ活動がどれほどのものであったかがうかがわれる一事だが、半年ほどでやめ、一九四六年春、妻と二人の子供とともに日本に帰国した。アメリカ軍の戦犯諮問委員会から呼び出しを受けるが、どう言い逃れたのか、無事に切り抜けて郷里にもどり、貸本屋や古本屋、お汁粉屋などを開く（みんなうまくいかなかった）一方で小説を書き始めた。芥川賞に三度候補になるが受賞にいたらず、田村泰次郎の世話で「現代画廊の番頭」となり、餅は餅屋というか、水を得た魚というか、絵の世界で生きていくことになる。

洲之内が関与した日本軍の北支方面の情報調査は、一九三六年の共産党軍の山西省進入の頃から始まっており、三八年頃までは、「将来に対する潜在的脅威」として調べる程度のものであった。三八年末頃から単なる軍事力でなく、党と政治と軍が一体となって地域社会に浸透していっていることを重視し、「滅共委員会」を立ち上げて対策をとるようになった。方面軍参謀長を委員長として参謀部各課課長、憲兵隊司令部総務部長、警務部長はじめ、領事館、内務省警保局、司法省北京公館、朝鮮総督府警務部、興亜院、満州国政府治安部、さらに民間会社をも含めた総力体制をとるようになる。一九四〇年の百団作戦（八〜十二月、八路軍が華北の日本軍に対して行った抗日戦争中最大規模の作戦）で中国共産党軍の実力を痛感させられた日本軍は、いっそう体制の強化をはかり、太原、済南、石家荘に滅共委員会の分室を設けるようになった（岩谷將「河北における日本陸軍の中国共産党（軍）調査目録」）。

この渦中に洲之内はいたのである。戦後、洲之内はこう書いている。

昭和十八年といえば、現地軍が「十八春大行作戦」「十八夏大行作戦」というふうに、続けざまに、大行山脈の共産軍の根拠地に対する、いわゆる殲滅作戦を強行していた年で、共産軍が日本軍の「三光作戦――殺光、焼光、滅光（殺し尽し、焼き尽し、滅ぼし尽す）と呼んだ作戦であるが、その作戦のための作戦資料を作るのも私の任務のひとつで、それは憂鬱とも何とも言いようのない、厭な仕事であった。

厭な仕事だったが、厭だと思いながら、私はそれをやった。ということは、つまり、私は抵抗などしなかった。同時に私は便乗もできなかった。なんとかしてこの戦争の意味を是認し、自分の心の負い目を軽くしようと思って…（略）…

（「海老原喜之助『ポアソニエール』」、『絵のなかの散歩』＝一九七三年、新潮社＝所収）

洲之内は当てになるだろう書物を読んでみたが、どれも得るところはなかった、という。それはそうだろう。「是認」も心の負担を軽んじることも、できない相談である。じっさい、日本軍の三光作戦に洲之内の寄与したところは大きく、洲之内なくしては難しかったとも言われるほどであった。しかしここでも問題は、当時はそうであったとして、戦後のいまはどうなのかということだろう。だが、この問いはむなしい。答える気配すら感じさせないからである。

大原富枝がこう書いている。

彼にもし戦争犯罪に値するものがあったとしたら、それは討伐軍に随行させられた場合の、中国の女性への性的残虐行為であったろう、と確信している友人たちは多いのである。また、彼自身、決してそれを秘匿しようとはしなかった。もっとも心を開いていた男同士の酒の入った席では、拳銃を使う場合での、もっとも効果的な女の殺し方、などという話を彼は披瀝したりしている。
…（略）…こと、女に関しては、洲之内徹のなかには、悪魔的と言っていい、救いのない地獄があった、とわたしは思う。

（『彼もまた神の愛でし子か　洲之内徹の生涯』、一九八九年、講談社）

大原は、若い日から彼を知る友人として、同じ文学者として、なにより洲之内の性被害に遭った同じ女性として、彼のアン・ヒューマン、人間的な欠陥、「ある種の残虐性、サディズムのようなもの」（秋山、前出）を見抜いている。私生活上の女性遍歴は、そのことを考える上で意味のないこととは思われない。結婚当初にも「情婦」のいたことは先に触れたが、帰国後も妻子を措いて女性遍歴を重ね、生涯に少なくとも四人の女性に子を産ませている。
親しかった男同士の酒席で、殺害や強姦話を平然と口にし、また女性遍歴を重ねるという洲之内の「人間性」は、戦争・戦場で壊れたものではなかろうと思う。大原は哀しみを込めてこう綴っている。

才能にも知性にも、他人にすぐれて恵まれていながら、洲之内徹には、人間性において微量ながら、無視できない不具性があった、と私は考えている。

それは、たとえば、北大路魯山人に見られたという非人間性と比較するとしたら、まったく異質の、検量計の針の振れもずっと少ないものであり、永続性の微弱な、瞬時性とも、発作的ともいえる場合も多かったかも知れない。しかし、永続的な点線であり、確実に相手を傷つけた。

相手だけではない。それは両刃の剣であって、彼自身をも傷つけた。彼があれほど愛好し、執着し続けた文学をさえ虐殺した。そのことにわたしは哀しみをおぼえつづけている。

（同前）

洲之内は、悲しい男である。時代と状況が違っておれば、あるいはその才能は輝いたかもしれない。しかし彼は、思想を選び、転向し、さらに進んで権力の走狗になって戦争に塗れ、生涯、それを恥辱として省みることは公的にはなく、ただ悶えた。その胸中を憶測で語るのは愚であろうが、その彼にも、ふり返るほどの青春はあった。重松鶴之助と彼の絵「閑々亭肖像」を語るときである。

「閑々亭肖像」は、「唐桟のきものに藍縞の角帯を締めた、写楽のような大きい顔」（大原、前出）の絵である。私は愛媛・松山で民主主義文学運動を懸命に推し進めた敷村寛治の『風の碑　白川晴一とその友人たち』（民主文学館）を編集するときにこの絵を見ている。敷村のこの長編は、日本共産党員として戦前戦後を生き抜き、病軀を押して東奔西走したことがもとで死去した白川晴一の生涯を追ったものだが、松山中学の同人誌『楽天』に拠った重松、伊丹万作、伊藤大輔、中村草田男たちのグループとの交遊が一つのエポックとなっている。

松山中学時代に白川と知り合った重松は、彼を慕い、後を追うように上京して二十歳のとき（一九二三年）、当時唯一の在野展であった「春陽展」に二点同時に入選して天才画家と言われた。やがて日本共産党に入党し（一九三一年）、三三年、壊滅した関西地方委員会の再建のために大阪に出向き、責任者として活動中に逮捕された。四年の独房生活から自由の身となったその日の朝、堺刑務所で自死した。

洲之内が、重松と「閑々亭肖像」に出会ったのは、映画監督・山本薩夫の兄、山本克巳の東京での下宿である。克巳は重松の兄と松山中学で同級だった。そこへ、逃げ疲れた重松が潜り込むことがあり、洲之内も頻繁に訪れていた。そこでこの絵を見ていっぺんに惹き込まれた洲之内は、どうしても手許に置きたいと思った。戦後、画廊をまかされるとどういう手を使ったのか、「閑々亭肖像」は洲之内の手にするところとなった。洲之内の死後、手紙を整理していると絵の返済を求める催促はがきが何通もあったという。

松山中学のずっと後輩の敷村もまた重松に惹かれ、彼の作品を探して油絵十数点、デッサン三点、スケッチブック一冊を発見した。洲之内を訪ね、これだけでは寂しいので伊丹万作との二人展をやろうと話し合った。洲之内は、敷村の白川などへの探求が早く一冊にまとまるのを待ちかねていたという。

人生の歩み来しはまったく違う二人だが、重松を語る口調は熱かった。二人にとって重松は永遠の青春だった。

私は、洲之内徹を北村の言うように評価してはいけないと書いた。加害の場面をえがいたからと言って（そのグロテスクな描写に記録的価値を認めたとしても）、戦争をえがいたことにも、ましてや加害の文学にもならないからである。

加害の文学になるには、日本がアジア太平洋戦争の加害者であったという認識だけでなく、文学思想として真摯にそれと対峙することが求められる。補助線を一本引き、文学に携わる者としてあの戦争に責任を負うとともに、被害者の「絶望」を胸中ふかく鎮めないといけない。責任を負うとは、「戦争」を批判的に継承しつづける意志であり、つねに今に意味づけてえがく、あるいは問いを持続することである。

北村は、洲之内のえがく戦争加害を武田泰淳の「審判」などと同じだとするが、見当違いだろう。武田には、あのとき中国戦線に狩り出されていた者としての自己断罪と責任を背負う覚悟がある。武田が「審判」で問いかけたのは、日本の侵略責任であり、そのひとつの創造的形象として、行きずりの中国の農民をただ上官の命令というだけで狙撃した日本の青年兵をえがき、苦悩を見つめさせ、ついに彼を日本に帰国させなかったのである。

その決然とした作家の意志があるからこそ、武田は戦後、中国の地を幾度か訪れた。しかし洲之内は、武田を含めて幾人もから何度も訪中を誘われたものの、ついに足を踏み入れることはなかった。その胸中は分からないが、酒飲み話にどうやって殺したかを語るのでは、足を向けられなかったのが本音だったろう。武田泰淳と洲之内徹とでは、文学者としての出来はまったく違うのである。

＊　＊　＊

本稿の冒頭、私は「戦争加害」を小説世界にえがきだすことは難しいと書いた。それは、読む場合も同様である。現在性と人生性が問われるとでも言えばいいか、耳慣れない言葉を使って申し訳ないが、現在性とは、たとえばこういうことである。

小説の題材は一九三〇年代末〜四〇年代の中国戦線で起きたことであり、それを小説世界にえがいたのは戦後の一九五〇年前後、読んでいるのは二〇二一年の現在である。この「現在」は、小説の読みに何を求めるか。後知恵で解釈する愚は避けるとしても、それでも、「現在」から逃れていいわけではない。現在（過去にとっては未来）が過去を意味づけるからである。

本稿に即して言えば、現在は、男性の性暴力を問い、セクハラや女性差別反対、ジェンダー平等を求める声と運動が世界中で渦巻いている。現在性とは、つまりＭｅ Ｔｏｏが、男たちの「男性性」を問うているなかで洲之内作品を読むということである。こういうことを言うと、分かりきった話で、差別意識など持たない自分には関係ないと叱られそうだが、そうではあろうが、足を地に着けてそこのところをじっと見つめて欲しい。小説、文学はつねに現在を問うのであれば、この小説は現在のあなたに何を語りかけ、それを現在のあなたはどう受けとめたのか、なのである。Ｍｅ Ｔｏｏが女性存在のすべてを込めて訴えているとするなら、「男」にはそれを全身全体重で受けとめる責任がある。

北村はこの現在性を軽んじているように私には思える。当然のこととしてすっとやり過ごしているような、ちょっと目を上に置いて訳知り顔になっている、いやな感じなのである。

論考によれば、北村は洲之内と初めて接したらしい。であるなら、常識的にはいろいろと調べるだろう。ネット社会の今は、検索すればいろいろと分かる。スパイ活動をして三光作戦の資料提供をした人物と知れば、それが書いた小説に当然の警戒心は働くだろう。もし小説世界がそれを打ち消したとなれば、一体そこに何があったか、考えるだろう。「現在性」とは、それを求めるものなのである。省略しても適当にあしらってもいけないものだ。

人生性とは生き方が反映されるということである。自覚的に生きている人はもうそれだけで差別意識から解放されたように思い込みがちである。が、日本という世界に希な男社会が形成した女性蔑視と差別意識の沈殿は、生やさしいものではない。意識して振りほどかないと簡単には出て行ってくれないものである。ジェンダーギャップ指数が調査一五六カ国中一二〇位の日本という数字を見ると、政治が悪い、政権党の問題、で片付けて高踏し、何か言った気になっていてはいけないのである。

どこへ行っても、駅前や町の中心地には必ずと言っていいほど女性の裸像が、なぜか平和のシンボルとして立っていて、誰も異様に思わない国で育ったことを軽視してはいけない。自覚しなくともその澱は体中に染みついている。それぐらいに考えた方がいい。

私にもある。二〇二一年正月の箱根駅伝最終区で、三分以上あった差を縮めてトップを追い抜かすとき、監督から発せられた「行け、男だろ」の言葉を、そのときはなんとも思わず、そうだと同意した私であるから、「男」むき出しの洲之内作品などを読むときは、気をつける。沈殿している意識に声をかけて読む。強姦する男と被害に遭う女性とを同じ人間などと理屈ばって書いてあれば、ウッと目を留める。男と作者はその行為をどう意味づけようとしているのか、それはどう表現されているか、あるいは紙背にひそんでいるか、あるのか、ないのか、目を凝らし耳を欹《そばだ》てて読む。こういうものだと割り切ろうとする囁きを遮断する。

読みは人生以上にも以下にもならない、とは竹西寛子さんがよく口にした言葉だが、私はいまになってようやくその意味が分かるようになった。読みは、それまで生きて得た思想や人生観などの嵩が反映されるだけでなく、五臓六腑に降り積もった恥辱、差別心などを引きずり出して、懸命に向き合うことでもあるのだ。それでようやく読めたといえるのだ、と。

私は、ふとしたおりにひょいと顔を出してくるその「沈殿している無意識」が恐ろしいと思っているのである。

（『民主文学』二〇二二年一月号、「戦争加害をえがくということ」に副題をつけた）

早乙女勝元と東京大空襲

私は、自衛隊入間基地（埼玉県）そばに住んでいる。自衛隊の兵站拠点で、全国航空輸送網の中枢ターミナルである。戦争法＝集団的自衛権行使のための関連法が強行採決されたころから拡張計画が持ちあがり、公園にすると約束していた米軍基地跡地に自衛隊病院を建設・開院したのをはじめ、首都圏直下地震への対応と称した拠点施設の建設もすすんでいる。

一九六四年十二月七日、一人の米軍人がここを訪れた。米空軍参謀総長カーチス・ルメイ大将である。航空自衛隊創設十周年を記念して招かれたのだが、そのさいもう一つ重要な行事があった。「戦後、日本の航空自衛隊の育成に協力した」という理由で、日本政府は彼に勲一等旭日大綬章を授与したのである。

このカーチス・ルメイこそ、本稿の主題である一九四五年三月十日未明の東京大空襲を指揮した人物である。永井荷風が『罹災日録』に、昨夜の猛火は殆東京全市を灰になしたり。北は千住より南は芝田町に及べり。浅草観音堂、五層塔、吉原遊郭焼亡、芝増上寺及び霊廟も烏有に帰す。明治座に避難せしもの悉く焼死す。本所深川の町々、亀戸天神、向島一帯、玉の井の色里凡て烏有となれり

と記したとおり、空襲は、当時の東京三十五区のうち二十九区にまで被害を及ぼし（大部分を焼失したのが五区、半分が六区）、百万人をこえる罹災者と十万人に及ぶ死者を生んだ。理不尽なのは、空襲したらたまたまそうなったのではなくて、それくらいの被害が出るだろうと予測し、否、それくらいの被害を与えようと計算して、空襲したことである。

ルメイは、前任のハンセル少将が軍事施設を標的に精密爆撃を指揮していたやり方を手ぬるいと批判して交替し、地域群の一般市民への無差別絨毯爆撃、いわゆる火攻め作戦を指揮した。その最初が三月九日夜半過ぎの東京下町への攻撃だった。早乙女勝元の『東京大空襲―昭和20年3月10日の記録―』（岩波新書）はこう記している。

絨毯爆撃あるいは飽和爆撃方式といわれる米空軍の「あたらしい、もっとも恐ろしい爆撃方法」は、一定の地域を完全に余すことなく圧倒的な密度で爆撃することをいうが、これを具体的に書けば、目標地区を縦四マイル（六・四キロ）横三マイル（四・八キロ）の矩形地域にきめ、先導の中隊が一〇〇フィート（三三メートル）間隔で一列にならび、高性能ナパーム性油脂焼夷弾で準備火災を起こさせる。…（略）…ナパーム性焼夷弾は、油脂に水素を添加して固形

油にしたもので、これは長時間燃焼していることと、非常に点火しやすく、高温を発するところに、他の焼夷弾と異なる特徴があるが、爆発した瞬間、内容物の固形油が細かい破片になって四方に飛び散り、へばりついて燃えはじめたらさいご、手に負えないほど強烈な火災になる。このナパーム性油脂焼夷弾によって、まず火の壁を目標地域の周囲にぐるりと作っておいてから、こんどはM69型といわれる普通の焼夷弾を、低空からぶちまけていく。

その結果、目標の一地区である浅草区は「旱魃のときの柴の火のように」燃えた。米空軍情報部はこの作戦のために米本土の飛行場に実際に日本家屋を建てて実験し、火攻めの有効性を結論していた。それを確かめるために一月、二月に名古屋と神戸でテストし、そのうえで、東京に襲いかかったのである。早乙女の書くところをつづける。

……M69弾は、三月一〇日だけでも、実に四五キロ級のもの八五四八発と、二・八キロ級が一八万三〇五発と、合わせて二〇万発近い量が落とされたわけだが、これは、落下した瞬間、まっ赤な焔と、三―五メートルにも及ぶ黒煙を吹きあげる。もし水をかけようものなら、かえって火炎は散乱するので、砂、泥などをかぶせた上に、ぬれムシロで押しつぶすよりほかに手がなかった。非常に厄介なしろものである。なかでも、もっとも多く使用されたのが、〝モロトフのパンかご〟といわれる大型の焼夷弾で、親爆弾に三八本、または七二本の小型焼夷筒が収められている。空中で親爆弾が分解し、自動発火した三八本、七二本の小型焼夷弾が、目標に向かって、どっと殺到するしくみだ。

早乙女は当時十二歳、両親と二人の姉とともに荷物を積み込んだリヤカーを押しながら逃げ惑う。頭上に集中した焼夷弾の一発はすぐ横にいた女の肩をかすって電柱に突き刺さり、もう一発は、一歩前で空を振り仰いだ男のノドに突き刺さった。まさに、雨あられの驚異的な密度だった。早乙女は、「たまたま焼夷弾の落下する隙間の、ごくわずかのところに、私がいたのにすぎない。一歩前へ出ても、横へ出ても助からなかった。いまにして思えば、身の毛のよだつような恐ろしさである」（同）と書いている。

私がなにを言いたがっているかといえば、三月十日の「東京大空襲」が、アメリカによる用意周到な東京市民への無差別攻撃にほかならず、明らかな戦争犯罪だということである。一部に、広島・長崎への原爆投下を含めて（ついでながら、ルメイはこれにも関与し、広島への投下命令にサインをしている）、日本が戦争を起こしたのだから仕方がないという声があるが（たとえば、都市住民への無差別爆撃は日本が中国・重慶へ先におこなっている、などといって米軍の無差別爆撃を咎める声を低める意見など）、たとえそうであったとしても、非戦闘員への（無差別）攻撃はやってはならないものなのである。

戦争は、仮に言い分があるとして、合理的で正当な目的があって開始されるものであり、目的を遂げるうえで必要な攻撃だけが認められるもので、従って爆撃などは軍事目標に限定されなければならない。坊主憎けりゃ袈裟まで憎い、というわけにはいかない。国際法は、ハーグ陸戦条約（一八九九年）の付属書第一章の「軍事目的主義」で明確にしているように、絨毯爆撃による攻撃方法をはじめ、毒ガス使用など戦争手段についてもきびしく禁じ、制限している。でなければ、戦争の大義がなくなり、やられたからやり返すというだけの、野蛮以下に「近代戦争」を成り下げてしまうからだ。

だからアメリカは、東京をはじめ日本各都市への爆撃にさいして、日本は各戸で軍需企業の下請けをしているなどと、そこもまた軍事「生産点」として攻撃を正当化しようとしたのである。

第二次世界大戦、アジア太平洋戦争が、ファシズムと民族抑圧に対する民主主義と民族の自立自尊のたたかいであるなら、その大義は戦争のいかなる局面においても貫かれなかればならない。もちろんそれは「戦後」においてもそうなのであって、戦争に敗れた日本が、世界の民主主義国家の一員として国づくりをすすめるつもりであるなら、戦争犯罪人に勲章を贈って称えるなどというバカげたことはやるべきではなかったのである。それをあえておこなったところに、今日につながる自民党の政治志向（対米従属、軍国主義復活）が示されたと言えるだろう。

＊　＊　＊

早乙女勝元はこの東京大空襲を記録し、それを残して後世に伝えていくことに、執念を燃やし、生涯をかけた。アメリカとルメイの残虐、理不尽を告発するためである。「一歩前に出ても、横へ出ても助からなかった」、九死に一生を奇跡的に得た少年の戦後がそこから始まる。

東京大空襲との関連で早乙女の文業を見ていくと、いくつかの山があることに気づく。最初は「下町の故郷」。十八歳で書いた初めての小説である。一九五二年に葦書房から出版された。「じじい小僧」と呼ばれた幼い日から小学校（国民学校）の卒業の日までをたどった自伝的小説は、丈夫でない体をいといながら、それでも強圧的な教師の威嚇や暴力を嫌い、東京大空襲の火の海を逃げ惑いつつ戦争の理不尽を憤る、作家と等身大の「私＝勝元」を描いた。稚拙の言葉では片付けられない硬い芯のある小説世界である。

早乙女を急かすように背を押した背景に、朝鮮戦争の勃発があった。終わったと思った戦争がまた始まる、その腹立たしさ、胸をかきむしられる思いは、どう生きればよいかに悶々としていた青年の心を揺さぶった。書く――初一念はその後の彼の歩みを決めた。

第二の山は、『東京大空襲―昭和20年3月10日の記録―』と小説『わが街角』である。前者は一九七一年、岩波新書として出版され、後者は一九七二年から書きはじめ七六年に単行本五分冊（新潮社）として完結するまで四年の歳月を費やした。

三月十日未明の東京大空襲は、いまから思うとまったく不思議なくらい、人々の記憶・記録に残っていなかった。早乙女は、たまたま歴史家・家永三郎の講演会に参加し、終えてからの懇談の席上、ヒロシマ・ナガサキの被爆など戦争の記録は残さないといけないという家永の発言に触発され、三月十日の東京空襲もそれに加えて欲しい、たった二時間二十二分で十万もの人が殺された、と痛憤こめて発言した。それをきっかけに、記録する会を起ちあげ、足を棒にして証言の聞きとりに回った。

このときの早乙女の一歩がなかったら、三月十日の東京大空襲、さらに、各地方都市への無差別爆撃の記録が今日のように残されたかどうか分からない。

私がとりわけ重要だと思っているのは、早乙女が、書き記して残した文章だけでなく、そこには記せなかった言葉、あるいは口にするさえ拒んだ、文字にしたものに数倍する多くの被害者・遺族の心の底の底の思いを、あの小さな体ぜんぶで受けとめ、鎮めて抱えつづけたことだ。早乙女はそれを三千枚近い小説世界に込めた。初めての小説「下町の故郷」を発表して以後、フィクション世界にいささかたわむれ過ぎたことを自省し、主人公を早瀬勝平として、その幼少期から日本の敗戦を迎えた八月十五日までを、作家としての情熱を燃やして生き直した。「わが街角」である。

背景に、ベトナム戦争の本格化があった。アメリカは、東京の下町を焼き尽くす理由にそこが軍需工場の下請けだからとウソの口実を並べたが、ベトナムでも「トンキン湾事件」をでっちあげ、戦争介入の口実にしていた。ウソを並べ立てて人の命を弄ぶやり方、しかも、早乙女の頭に降ったのと同じナパーム弾がベトナムの人たちに降り注ぐ……、早乙女は居ても立ってもおられぬ歯ぎしりを鎮め、心を平らかにして、「街角。」と書きおこし、水たまりやおばけ煙突の思い出を綴っていった。大長編は三月十日の空襲が明けた朝をこうえがいている。駿之助は勝平の父である。

どんよりとけぶる対岸には、骨だけになった工場の残骸が、モルタルの一部をわずかにとどめており、黒焦げの電柱と樹木が棒くいでも立てたように残っている。散乱したトタンは木の葉のように折り重なって、無気味なほどに静かであった。なんの物音もない。…（略）…太いロープと、トビ口とが、男たちの手にそれぞれ握られていた。トビ口でぐいと引き寄せて、ロープで結んで堤防の上まで吊り上げられるのは、硬直したマネキン人形のようにも見えたが、それはことごとく水面と水中の死体なのであった。

…（略）…

「勝平」

駿之助が、重い瞼の目をこちらに向けていった。

「見ておけ、勝平、これが戦争の姿だぞ」

第三の山は、「炎のあとに君よ」、「戦争と青春」など、一九八〇年代半ば以降の、戦後四十年の節目を過ぎて、若い世代への継承を心がけた一連の作である。前者は「赤旗」の連載で、私が担当だった。専用の原稿箋に書かれた鉛筆の細く小さな文字を思い出す。締切を知らせるまでもなく、早め早めに原稿は届いた。べつの作家を担当したときの、原稿を受けとると駅前の文具店でコピーをとって画家のもとへ走り、時間のないときはできあがるのを待って編集局へ帰るくり返しの日を思うと、まったく天国のようだった。

この小説は、東京大空襲の全容をその後に判明したことなども交えて詳しくえがいたが、それ以上に、被害者たちの「戦後」をえがいたところに大きな特徴がある。

空襲被害者はただ被害者であったのではない。たとえば、語り手である早瀬勝平の恩師は、芋畑の見張り番だったとき、畑に入ってきた男を芋泥棒と間違えて撲殺し、それを乱暴者の生徒に押しつけていた。殺された男の娘は同じ小学校の卒業生で、給仕として学校に務めていた。三月十日、娘はまだ赤子の勝平の義妹を背に火の海を逃げ回った。赤子は苦しさのあまり娘の髪を摑み、バリバリと引きちぎった。娘は、赤子を殺してはいけないと足のあたりをつねり、泣き声で生きているのを確かめながら逃げた。ようやく学校の砂場にのがれ、負ぶい紐をほどいた瞬間、猛烈な火勢が赤子を攫っていった。

教師はその許されない所業のあまり酒に溺れて教職を放棄し、娘はその罪を一身に背負って生きている。戦争があったがゆえの「罪」、逆に言えば、戦争がなければ起こりえなかった「罪」が問われる。しかもその「罪」の意識が、それぞれの人生に重くのしかかって、戦後の自由な闊歩を阻止した。二人は命を絶つ。

はたして、彼や彼女に罪はあったのか、その自責から解放される道はなかったのか、彼や彼女をズタズタに切り裂いた「戦争」と、彼や彼女を救えない「戦後」とは、いったい何なのか。それよりも何よりも、戦争を引き起こしたもの、戦争とはいえむごく人殺しをかさねたものたちは、何も問われなくていいのか——。

早瀬勝平はすでに中学生ら三人の子を持つ父親だが、それらの出来事を追尋しつつ、息子・娘らに戦争とはいったい何であるかを語りかけるのである。東京大空襲はもちろん被害の象徴であるが、その残虐をいとわぬものこそ戦争の本質であることを、したがってそれをだんぜん峻拒するために何が求められるかを、問いかけたうえにさらに問いかけ、自分で自分らしい答えを見つけよと語りかけた。

そこには、戦争を始めた者たちへの、言葉を換えれば加害への、そしてそれを煽りまた踊った者たちへの厳しい目を求める思いが込められてもいた。

「戦争と青春」は女子高校生を主人公にし、今井正によって映画にもなった。夏休みの宿題として親たちの戦争体験のレポートを課せられた彼女が、父とその姉の戦時体験、東京大空襲の悲劇を聞きとる形で展開する。悲劇のひとつはおばの恋人に降りかかった。徴兵を逃れて北海道の鉱山に身を隠すものの、朝鮮人の徴用工がひどい目に遭うのを止めに入って見つかってしまい、射殺される。

おばは彼とのあいだにできた女児を難産の末に産み育てるが、二度目の悲劇が親子を襲う。今度は父も一緒だった。三月十日の火の海を逃げ回るうち、トタン張りの建物の二階の窓が開いているのを見つけた二人は、まだ火が回らないそこへ飛び込もうと電信柱をのぼった父に、一機のB29が赤黒い火焔の裂け目から電柱すれすれにのしかぶさってきた。おばが負ぶいひもをほどいて差し上げた赤子が、あっという間に消えた。爆風にさらわれたのだ。

空襲の夜が明け、戦争が終わり、苦難の日々がやがて落ち着くと、おばは公園になってしまった片隅に立つ煤けた電柱を訪ね、「ほぅ　ほぅ　蛍こい」とかすかな声でつぶやく。赤子の名は蛍子と名付けられていた。

この小説は、さらにそこから、螢子が徴用（強制連行）されて日本にきていた中国人に助けられ、中国で生きていた、という物語へと繋がり、日本の中国侵略へも目をひろげていく。

「戦争と青春」は、早乙女とは旧知の今井正のもとで映画化されたが、当時の高校生たちに知ってもらいたい作者の思いを、十代後半の少女の目の広がりに合わせて展開し、そのために、父親の体験手記の形で読みやすくする構成上の工夫も凝らした一編になっている。早瀬勝平は東京空襲を追い続ける作家として登場し、アドバイスをする役どころを引き受けた。

＊　＊　＊

こうやって三つの山を眺めるとき、私は、とりわけ最後の山のことを思わずにはいられない。両作品とも文章は遅滞なくなめらかで、テーマも明確、空襲時の逃避行にはまさに地べたを這うリアリズムが貫かれ、さりとて体験につきすぎず、社会的背景や戦争の仕組みなどへの目配りも行き届いている。にもかかわらず、いやそれだからか、作品はスーと私の頭のなかを流れていくのである。

それはたぶん、戦争や東京大空襲をできるだけ分かりやすく語ろうとしているからだろう。小説世界の早瀬勝平が、あの空襲がどんなものだったかを子や孫の世代に語って、聞かせているだけではない。作品そのものがそれを基調としている。

もちろん、それはけっして悪いことではない。小説が形式を問わない以上、そういうものがあって悪いはずがない。ましてやあの火の海を、死を何度も覚悟しながら逃げ回った体験を持つのであるから。

三月十日の空襲を受けたとき、早乙女一家は向島区寺島町一の一五五に住んでいた。向島百花園のそばだったが、逃げ通してたどり着いたのは白髭橋である。地図をひろげると分かるが、いくらもない距離である。

朝夕には秋を感じるとはいえ日中の日差しはまだ夏の名残がある一日、私はそこを歩いてみた。向島百花園から白鬚橋まで、明治通りだと信号で三つ、バス停なら一駅である。普通に歩いても十分はかからない。そこを、約二時間半、はじめに水戸街道を右にとって南下し、すぐに左折してさらに南へ、風下へ進んだが、先は本所、深川。真っ赤に燃えている。引き返そうとするが、もともと北に火の手が上がったのを見て南へ逃げたのである。黒いところは吾妻町か、ではそこへ。もう、冷静に考えるどころではない。とにかく、東西南北、炎に囲まれたなかを燃えていない黒いところを痛い目を凝らして見つけては進んだ（つもりだった）。

その地獄が戦争なのである。これを、あとの人たちに語らないでいられようか——私は戦争体験を持たないが、早乙女のその気持ちは分かる、気がする。否、分かりたいと思って小説を読み考えてきた。だから、私には語ることの出来ないことがそこにはある。

天空真っ青の秋空の下で、十分で行き着くところを必死で二時間半走り回る、その壮絶、気が狂いだしそうなそれを想像しつつ、それでも、文学はそれを、なめらかに、分かるように物語ってはいけないのではないかと思う。私は、それは文学、小説の仕事ではないと思うのだ。いや、そういうものもあっていいかもしれないが、早乙女のように焼夷弾の雨あられの隙間を縫って生き延びた人が小説世界にえがくことは、そういうものとはもっと違うものではないかという気がするのである。

広島の平和記念資料館でも沖縄のひめゆり平和祈念資料館でも、語る人の言葉はなめらかである。だれにも分かるように話してくれる。何年かおきにそれを聞いていると、もちろん語り手は変わっているのだが、上手になっているのが分かる。そしてそのぶん、その人のまったく個人としての体験が削られているように思うのだ。なめらかであることも、だれにも分かることも、大事なことだ。だけど、それならその人でなくてもいいことになってしまう。

体験は体験として個別であり、だから普遍なのである。先に書いたように、早乙女は自分のことだけではなく、三月十日、あるいはさらにひどかったという五月二十四日の城南空襲などを辛くも生きた人の、そして、その助かった命と引き換えのようにして燃やされ、消され、流された命を聞き、抱えてしまった。早乙女が書こうとすると、自分のことだけでは済まなかった。怨念のような声が体の底から突き上げてくるのだ。それを分かってもらうように書こうとすると、作家的修練を積んだうえでのことだから、なめらかにも、いい表現にもなってしまう。私には、そういうことをどうすればいいのか、答えがあるわけではない。

けれども、雨あられの焼夷弾の隙間に、この空襲はどれほどのものか、戦争とはどういうものか、などという「大きい物語」が入り込む余地はないと思うのだ。もしそれを可能にするとすれば、大岡昇平の「レイテ戦記」のように、作者はそれらの外に立たないといけない。そうでないと見えないものは見えず、聞こえない声は聞けないからだ。

しかし（と否定がつづいて申し訳ないが）、早乙女勝元は見て、聞いてしまった。阿鼻叫喚という言葉さえ美しく響く世界を命がけで走り回った。その体験から一瞬たりとも離れるわけにはいかなかった。

早乙女は、あるいは自分のやれることはここまで、と思ったのかもしれない。これ以後、早乙女がフィクションで東京大空襲をえがくことはなくなった。文学の世界からは、あれはドキュメント、読み物と軽く扱われ、歴史の世界の人たちからは、小説でしょ、とあしらわれる、何ともやらない人間が往々投げかける冷笑を気にすることもなくなった。

だから私は、あえて言いたいのだ。小説は、読んだ人が作者の思いのごく近くに来てくれればそれでよし、としてはどうか、と。同じように思ってもらうことは必ずしも必要なことではないと私は思う。

東京大空襲の小説を読んでつかんでほしいことは、「へえそうだったの」と空襲の規模や落ちてきた爆弾の性質、どこをどう逃げたのか、などを「理解」してもらうことではなくて、そのときの早瀬勝平の心だ。真っ黒な空を赤く染める火焔を「美しい」と見てしまう心理だ。好き放題をくり返し、ろくに口も聞かなかった父親だったのがいつのまにか力を合わせて窮地をしのぎ、母や姉たちとともに身と心を寄せ合って生きる命を守ろうとする、必死さ、人間としてのありようだ。

主人公や登場人物の、また作者早乙女勝元という、それぞれ代替不可な一人ひとりの人間のそれだ。小説でこそそこを掘らなければいけないし、小説だからこそそれが可能なのではないだろうか。

だから、読み返して思ったのは、最初の小説「下町の故郷」の、文章はたどたどしいものの、一字一字に込めた、これを書かずにはおれないという一途な力である。外連なく、歩いてきた道をたどりたどり刻んでいく、誠実さである。浅草を舞台にした小説で知られる浜本浩が一気に読み、不在であろう平日の昼間にわざわざ訪ねてきたり、直木賞に推薦したのも、そのまごころに触れたからだろう。いい編集者に恵まれたとはいえ、早乙女はそれを十八歳でやった。

東京大空襲をえがいた作家は他にもいる。だが、向田邦子が「ごはん」にあの夜をえがいたのは空襲から三十二年後、四十八歳のときだ。高木敏子も同じ一九七七年、両親と妹たちの三十三回忌にと『ガラスのウサギ』を自費出版した。四十五歳だった。空襲は小田原に疎開していて経験しなかったものの、浅草出身の山田太一が「終わりに見た街」でえがいてテレビに乗せたのは一九八二年、四十八歳のときだ。東京空襲ではないが、一九四五年六月五日の神戸大空襲を材にした野坂昭如「火垂るの墓」は一九六七年の発表、野坂三十七歳のときである。

もちろん、早いからいいというわけではない。文学になるには熟す時間もいる。それでも、十八歳で三百五十枚を超える長編世界に三月十日の東京大空襲を刻みつけたことを、私は特筆しておきたいのである。それほどの経験だったこと、そして、朝鮮戦争という「戦争」へのそれほどの怒りだったことを、刻んでおきたいのである。

作家は「処女作にすべてがある」とよく言われる。それが初心という意味でなら、早乙女は十八歳のときのそれを今年（二〇二二年）五月一〇日、九〇歳で没するその日まで貫いた作家だったといえる。くどいようだが、早乙女勝元にとって「戦争」はそれほどにたたかって悔いない「相手」だったのである。

引用は、『東京大空襲―昭和20年3月10日の記録―』（岩波新書）、『炎のあとに、君よ』（新潮社）、『戦争と青春』（講談社）、他は『早乙女勝元自選集　愛といのちの記録』（草の根出版会）による。

早乙女勝元『〈私の青春アルバム〉失職失恋、そして……』（草の根出版会）、川村湊他『戦争文学を読む』（朝日文庫）はじめ近刊の高橋源一郎『僕らの戦争なんだぜ』（朝日新書）、奥泉光・加藤陽子『この国の戦争　太平洋戦争をどう読むか』（河出新書）他種々の文献を参考にした。

（『民主文学』二〇二二年十二月号）

大江健三郎と天皇(制)、また「戦後民主主義」

——「セヴンティーン」から「晩年様式集《イン・レイト・スタイル》」までを考える

大江健三郎が「戦後民主主義」のきわめて積極的な擁護者、また実践者だったことは知られている。それが、戦時下の皇国民教育に由来していることも周知のことである。

大瀬国民学校のひにくれ者の生徒だったぼくは毎朝、校長から平手でなく、拳でなぐられていた。左手をほおにささえ、逆のほおを力まかせになぐるのだ。今もなお、ぼくの歯はそのためにゆがんでいる。

校長は、奉安殿礼拝のさいに、ぼくが不まじめであったといってなぐるのだ。奉安殿は、近隣まれにみるりっぱさで、校長自慢のものであった。日曜の夕暮れに、ぼくは玉砂利をふんでのぞきにいったが、金色につやのある木の台と紙箱と、天皇陛下、皇后陛下の写真が見えたのみであった、

そこで、ぼくは毎朝の礼拝にまじめになることができず、そこで校長に歯のゆがむほどなぐ

られた。日本の農村出の青年は天皇にかくべつ敬意をもってはいまいか？　とアメリカ人の二等書記官がたずねたとき、ぼくは答えたものだ。おれは校長と天皇とを最も恐れていた……

（傍点原文、「奉安殿と養雛温室」、一九六〇年、『厳粛な綱渡り』＝一九六五年、文藝春秋新社＝所収）

「國民學校ハ皇國ノ道ニ則リテ初等普通教育ヲ施シ國民ノ基礎的錬成ヲ為スヲ以テ目的トス」（国民学校令第一条）として一九四一年四月から実施された。一九三五年一月生まれの大江は、尋常小学校が国民学校へと変わり、少国民として天皇のために命を捧げることを厭わない教育を、一年生入学時から五年生の夏まで受けた。

引用した文書は一九六〇年、大江が二十五歳のときに書いたものだが、天皇を呼ぶのに「陛下」をつけたり外したりしていることに、私は作家の心中に刻まれているものの重さと深さを感じる。というのも、この当時のマスコミ界は「陛下」「殿下」の言葉をふだんのニュース報道などでは使わないと申し合わせており（これは現在も生きているはずだが）、市民生活においてもあらたまった席であればあるほど、意識して使わなかったからである。つまり、ここで大江が「陛下」の言葉を国民学校時代のこととして使い、戦後になるとアメリカの二等書記官ともども「天皇」と呼んでいるのは、現実にそうであっただろうが、叙述全体は天皇への大きな意識変化を反映している。戦時下の国民学校時代は、それほどひどかったともいえる。

本論とは関係のないことだが、「陛」という字は「きざはし」と読むとはいえ単独で使われることはほとんどなく、もっぱら「陛下」として使われる。この字は、学習指導要領が小学校課程で正規に実施された一九六一年から（それまでは各学校の裁量権が幾分認められてゆるやかであった）、六年生の学習漢字とされてきた。日本では、ただ一人の（ときにもう一人の）尊称を小学校教育から教えるシステムが、戦後もずっと保持されてきているのである。とはいえ、「天皇陛下のために……」などとは強制されない。しかし、大江の子ども時代はそれがつねに要求された。

大江は、「戦後世代のイメージ」（一九五九年、同前所収）の「天皇」の項でこんなことを書いている。

天皇は、小学生のぼくらにもおそれ多い、圧倒的な存在だったのだ。ぼくは教師たちから、天皇が死ねといったらどうするか、と質問されたときの、足が震えてくるような、はげしい緊張を思いだす。その質問にへまな答え方でもすれば、殺されそうな気がするほどだった。

おい、どうだ、天皇陛下が、おまえに死ねとおおせられたら、どうする？

死にます、切腹して死にます、青ざめた少年が答える。

よろしい、つぎとかわれ、と教師が叫び、そしてつぎの少年がふたたび、質問をうけるのだった。

おぞましい光景であるが、天皇のために死ねと教える他方では、早乙女勝元が『わが街角』でえがいたように、大詔奉戴日の毎月八日、集団登校してくる子どもたちはルーズベルト米大統領とチャーチル英首相の似顔を貼り付けたわら人形の心臓めがけ、竹ヤリで突く訓練を重ねた。天皇のためなら死ぬことも殺すことも厭わない――少国民への教育、というよりも強圧的な反復によって自ずとそうなっていく感化、がそこにあった。これに、疑問を抱くことは許されない。大江のように、ご真影はどんな顔をしているのだろうと奉安殿をのぞこうものなら、少年相手とは思えない鉄拳制裁が待っていることははじめに引用した。

だから大江は、その天皇が敗戦を告げる人間の声を発したことに驚いた。信じられなかった。心のかたすみには、なお神のようにおそれる気持ちがあった。やがて、そのおそれの感情の正しいことが明らかになる。ある日のこと、天皇制が廃止になると大人がいっているが、ほんとうかと大江は教師にたずねた。

　教師はものもいわず、ぼくを殴りつけ、倒れたぼくの背を、息が詰まるほど足蹴にした。そしてぼくの母親を教員室へよびつけて、じつに長いあいだ叱りつけたのである。

戦後になお、学校教育の場がこれである。

ヒトラーが日本の天皇を「彼らの宗教全体の支配者」（『ヒトラー語録』）として、ドイツもそうならないといけないと強調したのも理由のないことではない。ナチスのプロパガンダの指導者ゲッペルスもまた、「われわれが国民意識と宗教心とを完全に一致させるエネルギーを生み出さなかったことが、われわれの国民的不幸である。われわれの望むものが現実にどんなものかは、日本国民に見ることができる。そこでは、宗教的であることと日本的であることとは一致する。この国民的および宗教的な思考と感情との一体性から、巨大なダイナミズムをもった愛国のエネルギーが湧き上がってくる」と、自分たちに欠落しているものと羨望とを語っている（引用は宮田光雄『ボンヘッファー』、岩波現代文庫からの孫引き）。
日本の天皇（制）が、ナチスも羨むものであったことはあらためて記憶されていいだろう。
話はやや横にそれるが、私はこの夏、古山高麗雄の旧著『兵隊蟻が歩いた』（文春文庫）を読んだ。一九七五年から数年かけて、かつて陸軍一等兵として歩いた戦地を再訪した雑感である。右派系の雑誌『諸君！』に「一等兵の戦地再訪」として連載され、七七年に文藝春秋社から出版された。そこに、こんな記述があった。シンガポールを訪ねたときである。

　軍としては、占領後も抗日活動をする者がいれば、捕らえて、糾明しなければなるまいが、そういうことではなく、占領前に頑強に防戦したのがけしからん、という理由でやったのだという。かなしいことに、日本軍がそんなことをするはずがないと言うわけにはいかない。逆に、日本軍ならやりそうなことだと思う。ひどいことをしたものである。なにしろ手に余る群衆だから、インズウの検問や取り調べをやり、やたらに殺したようなものである。四、五日の間に、六千以上の死刑者を決定するのだから、やたらに、まるで手当たり次第のような殺し方でなければ殺せまい。

行く先々で虐殺や復讐の話を聞かなければならないとは、やりきれない話である。しかし、それもこれも戦争が悪いのだ、というようなことを言って逃げずに、日本軍がどんなやり方をしたかを、反吐《へど》を吐きたくなるぐらいまで、私たちは、詳しく知っていたほうがいいのではないか。

残虐なのは、無論、日本軍だけではあるまい。満洲からの引揚者は、ソビエト兵の略奪や強姦を言うかも知れない。アメリカの絨毯《じゅうたん》爆撃や、原爆投下が残虐でないとは思わない。しかし、私は、恩給がつくほど一等兵をやらされた実感から、日本軍ぐらい、無法に人を殺す軍隊は、世界に少ないのではないかと思う。

（「『花の町』を歩く」）

古山がこれを書いて四十年。いまやこうした感想を漏らすと、〝国民感情に合わない〟〝連載中止〟とどこかの市長がいい、そんなことはなかった、と別の県知事が応え、雑誌発行元の文藝春秋社には抗議電話が殺到、火をつけると脅す輩も出て、ついに政府が……、となるかもしれない。というか、こんな連載はどこも引き受けない。

この四十年でひどくなったといいたいのではない。古山が戦地再訪を思い立った動機の一つに、日本人の多くが戦争被害を言いたてることへの反発があったことを記憶にとどめたいのである。それもあってか、やがて日本の戦争加害、その実態と責任が問われるようになり、教科書にも「侵略」「植民地支配」と明記され、「従軍慰安婦」も記述、説明されるようになった。一九九三年の「河野談話」では従軍慰安婦についての軍の関与を認め、九五年の「村山談話」では、「植民地支配と侵略によって、多くの国々、とりわけアジア諸国の人々に対して多大の損害と苦痛を与えました。私は、未来に誤ち無からしめんとするが故に、疑うべくもないこの歴史の事実を謙虚に受け止め、ここにあらためて痛切な反省の意を表し、心からのお詫びの気持ちを表明」した。

　これに対して、安倍晋三らを先頭に右派勢力が総だって強烈な巻き返しをはかってきて現在に至っているのである。四十年後の今を嘆くのはあたらない。歴史事実を歴史認識にするまでには時間がかかる——先日、同様のことを話題にしたときに歴史研究者から指摘されたことである。歴史認識に達するまでには、押しつ押されつしながらジグザグの道を辿る以外にはない。要は、飽きずに辛抱づよく、ときに歯がみしながら耐え、なお進むことだ。

＊　＊　＊

閑話休題。古山が実感をもって指弾した、世界にもまれな「無法に人を殺す軍隊」こそ、ヒトラーがあこがれた天皇の名によって可能になったものだった。大江が戦後に向き合い、その復活を断固として拒んだものは、この天皇制だったのである。

　大江には、天皇という存在、また、それを存在させる制度がある以上、日本国民は心性として、これを崇め、奉る日が来ないともかぎらないという予感があった。

　《象徴》という言葉は、あいまいな意味しかもたない。われわれは、この言葉を、自分流にどんな広さにも、あるいはどんな狭さにも解釈できる。結局それは、新しい憲法をつくるとき、天皇の位置や性格について決定することをせまられた人たちが、のちのちまで決定権を留保しておいたということではないか。

したがって、われわれは自分の考えかたにしたがって、それぞれ独自の天皇のイメージをもっていることになる。

そして、天皇が象徴であるという規定のある憲法のもとで、時には天皇はきわめて小さく無力な存在でありうるし、時にはきわめて強大な存在でもありうるわけである。

（前出「戦後世代のイメージ」）

「戦後世代のイメージ」は、現在の上皇が皇太子の時代、結婚の祝賀にわく日々に、自身の戦争末期の体験から当時（一九五九年）までを振り返ったものである。「天皇」の項はつぎのように閉じられる。

皇太子妃が決まったことを祝って旗行列をしている小学生の写真があった。その歓呼している幼い顔のむれの写真は、ぼくにとって衝撃的なものだった。

あの子供たちを、旗をもって行進させたものはなにだろうか。親たちの影響、教師の教育、根づよく日本人の意識の深みにのこっている天皇崇拝、または、たんなるおまつりさわぎの感情か。

日本人の一人ひとりが、自由に天皇のイメージをつくることができるあいだは、《象徴》という言葉は健全な使われかたをしていることになるだろう。

しかし、ジャーナリズムの力が、あの子供たちに天皇の特定のイメージをおしつけたあげくに、あの行進が歓呼の声とともにおこなわれる結果をまねいたのだとしたら。

あの小学生たちは、にこにこしていたが、ぼくらは子供のころ、おびえた顔をして、御真影のまえをうなだれて通り過ぎたのだ。

大江がこれを書いたときから六十年の時日を経たいま、子どもといわず大人たちも、大江が懸念したとおり、ジャーナリズムに煽られて問うべき問いをなくし、歓呼の旗を振っている、と私には見える。憲法に規定された象徴の行為は国民が決める、として、その存在そのものへの異議を封じてしまっているように思える。政治の世界では大いにありうることながらも、文学がそれにならんでしまったら、それこそ世も末である。「上御一人」の存在を――絶対者としてであれ象徴としてであれ――認めることは、その他は彼の陛の下にあると認めることになる。六道輪廻の衆生の世界の上を認めることは、その下をもつくり出さずにはおかない。かつて穢多と呼んで部落差別を当然視したのがそれである。この構造的な社会差別は、天皇という「上御一人」を存在させることによって生み出された以外の何ものでもない。島崎藤村の「破戒」が日本近代文学の嚆矢となり得るのは、絶対主義的天皇制という日本近代社会の構造的矛盾を作品の背景にしているところにある。そのことを忘れるべきではないと私は思う。

さて、大江である。

大江は、自分のなかに天皇（制）を拒否する気持ちとどこかでおそれる気持ちが同居していることを知っている。絶対主義的天皇制が象徴天皇（制）に変わったからといって、昨日の軍国主義者が今日は「ハロー」とはにかみながら声をかけ、すっかり天皇（制）拝跪思想を捨てたと居直る者たちと同じようになれない、複雑な澱を心底にもっている。それがぐちゃぐちゃに攪拌される事件が起こった。一〇六〇年十月十二日、東京・日比谷公会堂での右翼少年山口二矢による日本社会党浅沼稲次郎委員長刺殺事件である。

「尊皇」を掲げる大日本愛国党の一員だった山口は、収監中に支給された歯磨き粉で「七生報国天皇陛下万才」と壁に書き、シーツで首を吊った。大江は、一九四三年生まれのこの少年がなぜ、戦後に皇国少年となったのか、戦後憲法、戦後民主主義のもとで、あるいは、象徴天皇（制）のもとで、なぜ彼は天皇拝跪・尊皇主義に至り、そのために命を奪い、命を捨てたのか、突きつめなければならなかった。自分のなかにもある天皇（制）を畏怖する心を払拭するためにも大江は、「セヴンティーン」と「政治少年死す――セヴンティーン第二部・完」（一九六一年）、「遅れてきた青年」（六二年）、さらに「父よ、あなたはどこへ行くのか」（六八年）と書きつぎ、問いかけたのだった。

「セヴンティーン」の主人公を「自瀆常習者」として設定したのは、「政治的人間は絶対者を拒否する。絶対者が存在しはじめるとき政治的人間の政治的機能は窒息し閉鎖されてしまう。絶対者と共に存在するためには、政治的人間であることを放棄し性的人間として絶対者を、膣に陽根をうけいれるようにうけいれるか、牝が強大な牡に従属するように従属しなければならない。そしてその受容と従属の行為は、性行為がそうであるように快楽をもたらす」(傍点原文、「われらの性の世界」、『群像』一九五九年十二月号)という考えに基づいている。

主人公は、収監された少年鑑別所の独房で自殺するとき、「ああ、おお、おお、天皇陛下！　ああ、ああ、あああ、天皇よ、天皇よ！　天皇よ！……」とオルガスムスの呻き声をあげて陶酔する。それはある種の倒錯でもあるが、大江としては、「われわれの外部と内部に、普遍的に深く存在する天皇制とその影についての、僕のイメージをくりひろげる」(「作家は絶対に反政治的たり得るか」一九六六年)、一つの象徴的場面でもあった。

しばしば「純粋天皇」なる言葉を発しながら大江がこの作品でえがこうとしたのは、つまるところ、天皇という絶対的な強権者が存在しつづけるかぎり、人は性的人間のように彼を受け入れ従属するほかない、というところにある。ここでは、天皇概念は男性性と強力に結びついている。「父よ、あなたはどこへ行くのか」も父権としての天皇をえがくのであるが、ここでは、父親と天皇とが重ね合わされる。ブレイクの詩に触発された「お父さん！　お父さん！　あなたはどこへ行くのですか？　ああ、そんなに速く歩いて！　僕らは迷い子になってしまいました。この不信と恐怖の土地で」という言葉には、絶対の庇護者を求める切実な響きがある。

障害をもって生まれた長男光が五歳になろうかというときの作品であることを思うと、そのまま大江の心中を代弁しているとはいえないまでも、多分な反映はあり、光に頼られ、求められるままに父親になっていく大江の心中には、幼い日の自分も思い起こされたことだろう。しかし、大江の父親は一九四四年、大江が九歳のときに亡くなっている。少国民としての自己形成期に亡くした父を思慕すればするほど、そこに立ってくるのが天皇であることは避けられないことでもある。

だからこそ、自分が幼い日に父を慕ったのと同じように、息子に父親を慕わせてよいか——これは、実存としての「父親になる」というにとどまらない、いわば思想的問題である。息子は、父親である自分に「天皇」、この小説の後半に登場してくる「あの人」（傍点原文）を思わせてはならない、のである。

大江がはたと気づくのは、戦前と戦後の連続性である。「日本国の象徴であり日本国民統合の象徴」として存在させられることになったとはいえ、絶対主義的天皇制は否定された。にもかかわらず、父権として強い天皇（制）を慕い拝跪する、表には出ない心性が人びとの心に深く沈殿していることである。

くり返すが、大江は憲法と戦後民主主義を自分のモラルにして生きてきた。新制中学の一年に入学した年の五月、新しい憲法が施行された。

……戦争からかえってきたばかりの若い教師たちは、いわば敬虔にそれを教え、ぼくら生徒は緊張してそれを学んだ。ぼくはいま、《主権在民》という思想や《戦争放棄》という約束が、自分の日常生活のもっとも基本的なモラルであることを感じるが、そのそもそもの端緒は、新制中学の新しい憲法の時間にあったのだ。

（「戦後民主主義と憲法」、一九六四年）

しかし、日本の国民すべてが、当たり前のことだが、大江のようであったのではない。憲法をある種の題目としか考えない人も、もちろん帝国時代を懐旧する人もいた。それはその人たちに帰することではあろうが、それを説得しきれない憲法に、では何も問題はないのか。欠落しているものはないのか——大江は、一九六九年八月一五日に東京・九段会館で開かれた「八・一五記念国民集会」のパネルディスカッション「私と戦後民主主義」に登壇した。パネリストは大江をふくめて九人。四時間半におよんだ討論会で、大江はほとんど口を開かなかったという。パネルディスカッションは、戦後民主主義に欠落しているものとして、沖縄・在日朝鮮人・部落の問題をあげ、その矛盾に焦点を当てていたと伝えられる（山本昭宏『大江健三郎とその時代』）。会場からは、「大江、何かいえ」とヤジも飛んだという。

大江の沈黙が何を意味していたかは分からない。だが、新憲法の成立したときに沖縄が分離・占領されていたのは事実であり、憲法が随所でいう「国民」に在日朝鮮人が入っていないことはその通りである。特別な一人を存在させることが対極に被差別者を置くことはすでに述べた。大江がそのことを考えないわけはない。大江の沈黙は、では果たして、「戦後民主主義」はそれらの捨象の上に成立しているものなのか、引き換えて享受しているものなのか、という問いにリアルな現実を答えとして持ち得ないことからだったのではないだろうか。

大江がこの少し前ごろから、構造主義や山口昌男の「中心と周縁」論などを作品の視点に取り入れ、広島を訪れて被爆者の声を聞き、沖縄に通って天皇の軍隊の非道につよく胸を痛め、天皇—東京という中心へ集中する思考と実態に懸念をいだいたのはその表れでもあったろう。大江は、自らの基本的モラルをそれによってより大きく、強いものにしようとしたのではなかったろうか。後年、そのころをふり返って大江はつぎのように述べている。

日本は敗戦し、憲法はつくりかえられ、大きい廃墟からの新生をめざして、再出発があったことも事実です。政治、社会の制度において、大きいあやまちへの反省は、新しい方向づけを生み出しました。「戦後民主主義」がそれで、その不徹底ということには様ざまな批判がありますが、私はわれわれの「戦後民主主義」を現実に徹底してゆくよりほか日本と日本人の未来の選択はなされえないということで、国民的なコンセンサスはある、と考えています。その基本的な合意の上での、「戦後民主主義」の不徹底への批判こそが、ねばり強く続けられねばならないのです。

ところが戦後の日本社会において、いったん敗戦を契機にした転換を経験した後も、日本の文化的イデオロギーは、西欧志向の、また東京中心のものでした。それは容易に天皇中心の文化的イデオロギーとあらためて重なりうるもののように、若い私には感じられていました。その危機を意識しながら、そこを突破できないところに、たんに小説家としてのみならず、一九六〇年代を生きる若い日本の知識人としての、私の全面的な行きづまりがあったのでした。

（「希望と恐れとともに」、一九九五年二月、日韓シンポジウム「敗戦50年と解放50年」、『世界』同八月号）

大江は、戦後民主主義＝虚妄などという言説が何の検証もなしに言い募られるなかで、丸山眞男の「永久革命」としてのそれではないけれども、民主主義がそれほどヤワな、また硬直した狭苦しいものではないことを示し、大きくする責任が自分にはあるとばかりに進み出そうとしていたと私には思われる。

三島由紀夫が「楯の会」（三島が組織した民兵組織）とともに自衛隊市ヶ谷駐屯地で割腹自殺したのはそのようなときである。自衛隊を天皇と国体を守る国軍として認知する、憲法「改正」のためのクーデターを呼びかけ、失敗したと大江が知るのは、沖縄、香港、バンコク、シンガポールと旅し、A・A作家会議に参加するためにインド・ニューデリーに着いたときだった。天皇の軍隊の所業を再認識していた大江にとってそれは、たんに時代錯誤の狂乱で切り捨てるわけにはいかない出来事だった。

＊　＊　＊

大江は後年、「三島由紀夫の自己演出による死が、われわれの同時代に絶対天皇主義の光を投げかけ、そこいらいちめんを血に染まった菊の色あいに輝かせるヴィジョン。そいつに僕は、嫌悪とともにとらえられていたのだ。そして僕はその同時代を、逆に民衆において自発する光によって表現しなおすことを希望した。もとよりそれは具体的な構想に先行する、契機の泡つぶのひとつである」（「危険な結び目の前後」、一九七八年）と述懐している。この文章の前段には、「仮に『同時代』と呼ぶ長編小説を書きたい」という手紙を「同志的友人」の編集者に出したとあるが、それが「同時代ゲーム」になったと考えるのは早計に過ぎるようだ。

ただ、事件のそのとき日本にいなかったことは、いくらか大江を冷静にさせ、客観的に事態をとらえる時間を与えたように思われる。というのも、国内の作家・評論家、文化人は、多くが戸惑いつつ感動し、その死に意味を付与しようとするものだったからである。

三島の自決を、自衛隊を本来の「名誉ある国軍」に帰れと呼びかけ、「死をもって反省を促した」諫死だとした林房雄（同年十二月の追悼集会で）ら三島の思想的同調者ばかりではなく、小林秀雄は、「事件が、わが国の歴史とか伝統とかいふ問題に深く関係してゐる事は言ふまでもないが、それにしたつて、この事件の象徴性とは、この文学者の自分だけが責任を背負ひ込んだ個性的な歴史経験の創り出したものだ。さうでなければ、どうして確かに他人であり、孤独でもある私を動かす力が、それに備つてゐるだらうか」（「感想」、『新潮　三島由紀夫読本』一九七一年一月号）と胸の震えを隠さなかった。磯田光一は、「戦後」という「ストイシズムを失った現実社会そのものに、徹底した復讐」を試みたもの（「太陽神と鉄の悪意——三島由紀夫の死」、『文学界』一九七一年二月号）、とその政治的意味を解釈してみせた。事件を「狂気の沙汰」と切り捨てた当時の総理大臣佐藤栄作らはともかく、天皇（制）批判論者らの多くは、「錯誤の狂乱」（野間宏「錯誤にみちた文学・政治の短絡」、『朝日ジャーナル』一九七〇年十二月六日）と、そのおぞましさを強調するばかりだった。

三島事件を冷静にとらえ、知識人たちの混乱と事件の根がどこにあるかを小説世界から問いかけた一人は、右遠俊郎である。事件から一年余のち、これを題材に「野にさけぶ秋」を連載した（「民主青年新聞」）。そこで、主人公の胸中を借りてこう述べている。三島の死にショックを受け、その死から一年ほどのあいだに七、八人の若者があとを追う形で自殺し、自殺しないまでも、かなりの若者が三島の死に殉教の美学を見て感動していることに、口惜しい思いをしつつである。

若ものは、一人もMの死に感動することはないだろうに、とぼくには思われる。ぼくなどとはちがって、若ものは、そういう死にざまに向かって、なぜ胸を張ってナンセンスといわないのだろう。…（略）…ぼくは切腹などということを、戦後の民主主義のなかで考えたこともない。それが現実に起こりうると想像しなかったのに、それが起こったとき、ジャーナリズムの上で、批判よりも、とまどいや感動が多かったことに驚いた。Mのような死を、未だに許容する社会であることを知って、ぼくは混乱した。その混乱のなかで、ぼくは戦後二十六年間を、自分は何を考えて生きてきたのかと思ったんだ。根源的という流行語を、その流行のゆえにぼくは好きじゃないけど、民主主義ということを戦後社会の自明な理念として過ごしてきて、自明ということの上にあぐらをかいて、自分は人生や歴史を素通りしてきたのじゃないかと思いはじめ、自明なことをも白紙にもどして、自分の生きざまの跡をたどり直してみようと思ったんだ

作品の梗概は省くが、右遠はここで、Mすなわち三島由紀夫の「死を志向する思想」を正面において、戦時下の植民地での生活に始まり、輜重兵の体験、敗戦、連行されるソ連軍からの脱走、

日本への帰還、失恋、大学入学、デカダンな生活の果てに結核の発症、帰郷……と「生きざまの跡」をたどり、いかに、生きようともがき続けたかをえがきだした。右遠にとって戦後享受した「民主主義」とは、生きることといかに不可分のものであったかが追求される。「制度」としてのそれではなく、まさに「思想」として。右遠もまた、三島事件をアナクロニズム（時代錯誤）と切って捨てるのではなく、そこに、「戦後」なるものの脆さ、自分をふくめた日本人の多くが内実をつくって豊かにしてこなかった「民主主義」の浅薄さ、を思ったのである。そして逆に、この国の「戦後」の深奥に寝そべって根深く残るのが、切腹などというひと時代もふた時代も前の、主君のためにはいつでも命を投げ出すことを至上の心得とする封建的習俗への礼賛であり、また、天皇をふたたび神の位置へ据え直そうとする、天皇絶対の戦前的価値規範への拝跪であることに、それとどうたたかえばよいのかを考えずにはいられなかったのである。

大江もまた、右遠のように率直な問題の立て方ではなかったが、ほぼ同様の問題意識を持った。

　インドでの数週間のあと、ぼくはまず自分が、「日本人たること」を、抵抗なくすっきりと、相対的に考えはじめていることに気づいた。その認識は、ガンジズ川流域のペナレスで、小さなラジオから聞こえるＢＢＣ放送が、日本人作家の、天皇陛下万歳、を叫んでの割腹自殺についてつたえた時、はっきりと意識の前面にすすみ出てきた。

（「沖縄・インド・アジアの旅」、一九七一年）

大江がインドに達するまでに、沖縄、香港、バンコク、シンガポールとたどったことを思うと、三島の死に対照して「意識の前面にすすみ出てきた」「日本人たること」がどのようなものであるかは容易に想像できる。しかもそれは、六〇年代後半から意識してきていた「戦後民主主義」が欠落させてきたものをどう考えるかについての回答でもあった。

戦後日本がもった日本国憲法への再認識である。沖縄を「犠牲」とし（それは、強いた犠牲＝沖縄差別でもある）、アジア諸国を侵略・植民地支配した帝国日本との断固たる訣別意思の表明であるそれを、どんなに欠落があろうとも大切にして、根底の思想をこそ発展させること、「日本人たること」とはそれ以外ではないというより明瞭な自覚の再確認だった。

大江は、なぜに彼は右翼であるのか、その心底に何があるかの詮索を捨てる。個々人の思想、信条が問題なのではなく、問われるべきは国家社会のありようであると、「万延元年のフットボール」（一九六七年）で萌芽的にえがかれた「天皇」と呼ばれたスーパーマーケット経営者への反逆や、「洪水はわが魂に及び」（一九七二年）の地球最後の日に太平洋に乗り出す「自由航海団」の日本脱出夢物語などからさらに文学の視線を伸ばした。

そうしてできたのが「同時代ゲーム」（一九七九年）であったように私は思う。難解なこの小説をそのように単純な主線を引いてみると少し分かるような気がする。ここには、あきらかに帝国軍隊への反旗が翻っている。「第四の手紙　武勲赫々たる五〇日戦争」は、「壊す人」によってつくられた「村＝国家＝小宇宙」の村人が「天皇の国家＝近代日本」とたたかう話である。中央集権の支配構造と対抗するために、村で子どもが生まれた場合、二人で一つの戸籍をつくり、どちらかは徴兵を逃れる二重戸籍制度を考え出したものの権力側に漏れ、制度の解体を命じてくる天皇制国家とこれを峻拒する村人とのあいだで戦争になる。村人たちが掲げたのは「不順国神《まつろわぬくにつかみ》、不逞日人《ふていにちじん》」だった。

……――不順国神《まつろわぬくにつかみ》、そして不逞日人《ふていにちじん》。その文字を大日本帝国側の人間が、堰堤の内側に籠城《ろうじょう》する者らをおとしめるために書きつけたということはありえぬであろう。堰堤はわれわれの土地の軍隊の戦闘員によって、厳重に警戒されていたにちがいないから。妹よ、僕としてはそれを、村＝国家＝小宇宙が、積極的にしめした大日本帝国への宣戦布告ととらえたいと思う。……（略）……

しかし大日本帝国との全面戦争の開始にあたって、村＝国家＝小宇宙の人間としては、自分たちはおまえらと根柢から違う者だ、異族なのだということは示しておきたい。そこで老人たちは、天皇国家の制圧以前にさかのぼり、かつは関東大震災に大日本帝国軍隊が治安出動するにあたって敵とした、不逞鮮人という言葉を坂手にとって、不順国神《まつろわぬくにつかみ》、不逞日人《ふていにちじん》と大書きしたのではなかっただろうか？　現に川筋の遡行を開始している大日本帝国軍隊の将兵たちは、かつて彼らの戦友の手が大量の血に汚れた治安出動という名の戦争を、村＝国家＝小宇宙にしかけているのであった。

「五〇日戦争」は、緒戦こそ人工的な大洪水で勝利するものの、森奥に疎開した村人への山狩り

や兵器工場が破壊されて降伏を余儀なくされる。大江はこの作品のモチーフに関して、

この戦争はとても喜劇的に進行するけれども、それはこの小説でいちばん悲劇的なところでもある。そしてその中ではたすこどもたちの役割……。

ぼくは森を無限なものとして考えたい、その無限な森の中にある、この村で生きていけなくなった子供たちが、徐福のような真の指導者に導かれて去り、また別の共和国をつくる。それがぼくの夢であり、そのような方向づけをぼくはこの小説全体のモチーフと考えています。

（「自作案内・『同時代ゲーム』について」、『文学界』一九八〇年二月号）

大江がここで徐福をもち出して共和国づくりを夢みているのは興味深い。『史記』によれば、徐福は秦の始皇帝に「東方の三神山に長生不老の霊薬がある」と具申し、始皇帝の命を受けて多くの若い男女や技術者を従えて船出したものの三神山には到らず、「平原広沢（広い平野と湿地）」を得て王となり、秦には戻らなかった伝えられている。日本に来たという伝説もあり、和歌山県新宮市や京都の伊根町などに話が伝わっている。それはともかくとして、ここで大江が当時の絶対権力者に対抗して別の国家を創造する指導者として徐福を引いていることは注目してよい。しかも、その新しい国家が共和国として構想されていることが重要に思える。

磯田光一のいうように、三島由紀夫が「戦後」という「ストイシズムを失った現実社会」へ「復讐」を意図し、割腹などという演出した死によって「絶対天皇主義の光を」を再び輝かせようと

いうのなら、大江が提出したのは、日本国憲法のより徹底した国家、つまり「共和国」日本だったのである。そして、そこにおいてこそ「日本人たること」を示しうると考えた。

右遠俊郎が考えを延ばそうとしたのも、同様であったろう。「野にさけぶ秋」の作中、植民地二世として育った主人公が、差別支配に批判的であったにもかかわらず中学四年のとき、通りを歩きながら行きずりの若い中国人に対して、その顔の真ん前でいきなり指を鳴らしたことがあった。若い中国人はしばらく行って振り返り、顔を真っ赤にして怒った。主人公は、何とはない浮かれ心のあったこと、しかも意識的でなく無意識的であったことに支配民族の息子の意識が象徴的に示していることを思う。「火照りのような恥ずかしさ」を感じ、こうつづける。

そのことがあったからか、後に私は、支配する民族の合目的的な抑圧は悪であるが、その息子たちの無自覚な優越意識は、無自覚であるがゆえにこそ最も醜い、と思うようになってきた。そしてその息子たちが、かつての無自覚な行為や意識の意味を理解したとき、倫理的な決済だけでなく、その理解した意味を実践する方途を考えねばならぬ、と思った。慌てて取り戻した倫理的な触角によって、自分の人間的誠実の証しを示すだけでは、たいして意味はない、と私は思った。そこで私はなにをすべきであったろうか。

右遠がここで、「慌てて取り戻した倫理的な触角によって、自分の人間的誠実の証しを示すだけでは、たいして意味はない」と断じていることは、これまた重要である。個人の無意識、無自覚な行為や意識は、個々人の「人間的誠実の証しを示す」ことではあがなえず、人間としてあろうとすればそれは当然のことで、問題にすべき本質はそこにはない、と断じるのであるから、問題にされるべきは、国家や社会のありようである。だが、それを小説世界で提示するのはこの作品の主題ではないし、作者に問題意識はあっても小説世界として構想するには至っていない。

この課題に挑んだのはたとえば井上ひさしだろう。大江とほぼ同世代の井上（一九三四年生まれ）は、一九七三年から七四年にかけて「吉里吉里人」を連載発表する。が、完結までいかずに中断し、七八年から八〇年にあらためて連載発表して八一年、新潮社から単行本として刊行した。東北地方の一寒村が日本政府に愛想をつかし、日本国憲法の実質化をめざして「吉里吉里国」として独立を宣言、強権を振り回す日本政府と果敢にたたかう物語は、大江ら「少国民」世代が戦後四半世紀経って日本の現実がいかに憲法に背馳しているか、その批判の方向を語って興味深いものがある。彼らは、憲法をその通り実現していけばどのような国になるか、「共和国」の想像（創造）世界としての「吉里吉里国」を、一つの可能として小説世界に提示してみせたのである。もちろん、そこに「象徴」であれ何であれ「天皇」はいない。

私たちは、三島事件をやはり時代錯誤の狂乱と軽く見てしまったのではなかったろうか。十人近い若者があとを追う「現実」を深く考えることもなく、瞥見してやり過ごしたのではなかったろうか。相手にするほうがおかしい、と。そうではなく、私たちはこのとき主権者として、国のあり方をもう一度立ち止まって考えるべきだったのではないか。

私は、三島事件は、戦後出発のときと、さらに後年の三・一一東日本大震災・福島原発事故とならぶその大きな機会だったと、今日ふり返って思う。しかし当時、たとえば右遠の「野にさけぶ秋」はみごとなほどに低評価だったし、「吉里吉里人」はその意想外の面白さは注目されても日本国憲法にもとづく国のあり方へと議論はひろがっていかなかった。大江の「共和国」は黒子一夫ら一部の評論家が注目することはあったが、多くは、大江が展開する「根拠地」、コミューンにふれても、それにはなぜか触れないできている。

しかしこれらの作家たちは、作家であるからこそ、風の震えを聞き逃さなかった。「戦後」が孕む矛盾と危険から目をそむけるべきでないことを彼らの言葉と方法で伝えようとした。事件から半世紀ほどを経たいま、私はそうつよく思う。

＊　＊　＊

これ以後、大江は直接的な言葉として天皇（制）を語ることはなくなっていく。諸作品に出てくる「根拠地」を「共和国」と読むのには無理があり、むしろ出撃基地として、大勢（体制）に対峙し現実批評を加える基点としたと考える方が適切なように思う。昭和天皇の代替わりのさいに皇太子（現在の上皇）が即位を拒否しないかと「期待」を述べたこともあったが、もちろんそれはかなわなかった。けれども、即位した新天皇は、大江とは違う意味で、日本国憲法の欠落を埋めようとした。「象徴」としての天皇のあり方、である。憲法は、天皇の地位は「国民の総意に基づく」とし、「国事行為」については内閣の助言と承認を必要とすると定めるが、「象徴」とは何かは定めていない。

天皇が戦前のような絶対権力を持つ道は、たとえば権力構成に必要な、かつてのような皇族とそれを主体とする国体護持の藩屏たる華族はすでになく、財力もないなかでは閉ざされており、天皇(制)は憲法に基づいてしか生き延びる道はないといってよい。昭和天皇に代わってその椅子に座った新天皇が、「象徴」として在る方途を摸索しつづけたのは当然のことであった。そこに国民的支持を集められるようにすることこそ、彼の至上命題であったといえる。ある程度それを果たし、高齢になったこともあって彼は、退位を要求した。現憲法にこれまた欠落したところであったが、きわめて重大な政治的行為でもあった。だが、国民世論はそれをとがめるどころか、多数はやむないものと同情的に見た。

この意味では、平成期の天皇が求めつづけた「象徴」としての天皇は、国民に好印象を与え、天皇という存在への共感を広げることに成功したといえる。とはいえ、退位を認めたことは、即位を拒否する道をつけたことでもあり、継承順位一位の秋篠宮がそのときは自分もたぶん高齢だろうから受けない、ともらしていることを考えれば、天皇や皇室などというものの存在は、いつか国民的な議論を必至とするだろう。

と考えてもみたが、十月二十二日の即位礼正殿の儀の、天孫降臨神話へより接近した形といい、高御座からの宣命といい、また国民を臣下然として傅くこの国の総理大臣の喜色を隠さない姿といい……、新天皇の「憲法にのっとり」はほとんど空言にしか聞こえなかった。マスメディアもあきれるばかりで、神話と歴史を意図的に入れ替えて「神国」日本を演出し、衣服の色から髪形など俗受けする話題に紛らせて「伝統」を印象づける一方だった。インターネットで儀式への批判を探せば、総理夫人のスカート丈ばかりという体たらくに、私は赤坂真理の意図とは違って「箱の中の天皇」とはこうしてつくられていくのだと思ってしまった。

三島が二・二六事件で銃殺刑に処せられた青年将校と、特攻隊員の霊が天皇の人間宣言に憤り、呪詛する様を描いた「英霊の聲」で、「などてすめろぎは人間《ひと》となりたまいし」とくり返したのは一九六六年である。この短編で三島は、「ただ陛下御一人《ごいちにん》、神として御身を保たせ玉い」、心中はともかく、「そを架空、そをいつわりとはゆめ宣《のたま》はず」、「祭服に玉体を包み」、「尊かりし」存在でいてくれ、と切望している。それから半世紀、政治の世界では、「箱の中」は憲法が規定し、国民が決めるというが、マスメディアに煽られた国民の翼賛、旗振るパレードのなかで、もしや、とも私は思わずにいられず、少々沈鬱な危機感にとらわれる。では文学はどうするか。考えはひどい堂々めぐりのまま、ごまめの歯ぎしりにもならない。

ともあれ大江である。最後の小説となっている「晩年様式集《イン・レイト・スタイル》」は三・一一東日本大震災・福島原発事故後に発表された。「フクシマと原発事故のカタストロフィーに追い詰められる思いで書き続けた。しかし70歳で書いた若い人に希望を語る詩を新しく引用してしめくくったとも、死んだ友人たちに伝えたい」と、大江は単行本の帯文に書いた。作品についてはすでに連載終了時に本誌の文芸時評（二〇一三年九月号）で書いているので省くが、ずっと気になっているのは、三・一一から百日を経て「私」が深夜、二階へ上がっていく途中の踊り場で「ウーウー声をあげて泣く」場面である。

福島原発事故で空中に飛散した放射性物質の追跡調査に出たテレビプロデューサーが、真っ暗ななか、秘かに点る灯りを見つける。なぜ残っているのかと聞くと、馬が出産するという。チームの仕事を終えて再びプロデューサーが訪れ、仔馬の生まれたことを聞く。しかし、その仔馬を草原で走らせてやることはできない、放射能雨で汚染されているからと飼い主の声は暗い――そういうテレビ番組を見た直後のことである（傍点原文）。

この放射性物質に汚染された地面を…（略）…人はもとに戻すことができない。それを感じとっている表情が、不十分な照明にあらわな飼い主の半身と、カメラを支えているプロデューサーの肩口を見つめている私をジカに打つ。われわれのと括ることができれば、それをわれわれの同時代の人間はやってしまった。われわれの生きているあいだに回復させることはできない……この思いに圧倒されて、私は衰えた泣き声をあげていたのだ。

その絶望の淵に立って、大江はそれまでよく分からなかったダンテの「神曲」、「地獄編」の一節の意味を理解していることに気づく。「三・一一後」であることが大江には悲しい。詩の意味するところにこれでもかと突つかれる。

……いま現在の、そこの状態について私らにはどんな物証もないし、知識もない。もし誰かが言葉によって告げてくれることがなければ。

（その次の行からは、寿岳文章訳を書き写す。）
「よっておぬしには了解できよう。未来の扉がとざされるやいなや、わしらの知識は、悉く死物となりはててしまふことが。」

作中の「私」、ここでは大江その人と読んでもかまわないだろうが、彼に泣き声をあげさせたものは、テレビの画像という「言葉」で、いま現在のそこの状態について告げられた「真実」によってだった。「もう私らの『未来の扉』は閉ざされたのだ、そして自分らの知識は（とくに私などの知識などは何というほどのこともなかったが、ともかく）悉く死んでしまったのだ……」とさとったことによってだった。

彼が見ているのは、三陸沖地震直後の、押し寄せる津波に町がつぶされ流される光景ではなく、それから百日ほど後の放射性物質に汚染された地面である。もうもとに取り戻すことはできないと感じとっている馬の飼い主の表情、である。絶望などという言葉では形容しきれない、やるせなく腹立たしい、自分ではどうすることもできないもどかしさ……。また、歩んできた道の一切が虚しく、寸歩も先に進めないでいるテレビ画面の男たちと、それを見ながら、何もできないでいる自分である。

私が気にかかるというのは、このカタストロフィ、大災厄を伝えるテレビ番組に対して、直接の被害を受け、悉くを失ったわけでもない彼が、なぜ声をあげて泣くほどの思いにとらわれたのか、である。被災者への同情でないことは、詩文の「知識」がことさらのものであることによって分かる。彼は、彼（あるいは彼ら）の「知識」の不甲斐なさ、「知識」を以て生きてきた者の無力、無念に涙しているのだと私は思う。

原発事故直後、最初に「申し訳ない」と頭を下げたのは、東京電力や原発を推進してきた政府関係者などではなく、原発の危険を訴えつづけてきた何人かであったことは、もしかすると大江の思いと通底するところがあるかもしれない。大江は、憲法を生きるよすがとし、それを実質化するためにひたむきに懸命だった。その足りないところをあげて批判することは容易いかもしれないが、それでも大江は「戦後民主主義」の果敢な護り手であったことは疑うべくもない。主権在民と民主の対極にある天皇（制）、またそれが醸し出す「国体」に彼ほど文学世界から挑みつづけた日本の作家はほかにはいない。核を問い、原水爆から原子力発電所（一時これを科学技術の達成と評価したこともあったが）までその危険を執拗なほどに問い、飽くことなく廃絶を訴えつづけてきた。

彼が大声で泣いたのは、それら一切が無に帰してしまったことへの無念やるかたない思いからのものであったろう。私は、そのように泣くことのできたひとりの知識人、作家を日本文学がもったことをだいじにしたいと思う。もちろん、泣けばいいというわけではないが、泣くほどにも力を尽くさずに〝悪いのは東電、政府〟といい募って自らを省みようとしない賢しら顔をあまりに多く見たので、あえて一言付け加えた。

重要なのは、大江がただ泣き崩れるだけではなかったことである。

三・一一直後から、大江は大小種々の反（脱）原発の集まりに顔を出し、メッセージを発信しつづけた。人生最晩年に力を振り絞るように訴える姿は、あたかも彼が文学を選んですすんだ若い日の道を、さればいま一度と、憲法と「戦後民主主義」が生きる日本社会の創造へ、歩み直すかのようであった。「晩年様式集」は大江が七十歳のときにつくった「形見の歌」を引いて終わる。

生まれてくること自体の暴力を
乗り超えた、小さなものは、
まだ見えない目を、固くつむっている。

と書き出される詩は、自らの歩み来し方をふり返る。天皇のために死ぬと決めていた少年の耳に届いた天皇の声、「人間宣言」。それを聞いた校長の、「私らが生き直すことはできない！」という叫びが綴られる。
また、森の中で滑り落ちた傷だらけの「私」に、母は薬草を塗りながら、子供らの前でそういうことをいっていいのか、と嘆き、謎の言葉を呟く。

私は生き直すことができない。しかし
私らは生き直すことができる。

詩はさらに、気づいたら老年の窮境にあって、気難しく孤立しているわが身を見つめる。

「否定の感情こそが親しい」いま、「自分の世紀が積みあげた、／世界破壊の装置についてなら、／否定して不思議はないが、／その解体への　大方《おおかた》の試みにも、／疑いを抱いている。／自分の想像力の仕事など、／なにほどのものだったか、と／グラグラする地面にうずくまっている。」と、あたかも三・一一かと思わせる行がある。

そして最終連。

否定性の確立とは、
なまなかの希望に対してはもとより、
いかなる絶望にも
同調せぬことだ……
ここにいる一歳の　無垢なるものは、
すべてにおいて　新しく、
盛んに
手探りしている

私のなかで
母親の言葉が、
はじめて　謎でなくなる。

小さなものらに、老人は答えたい、
私は生き直すことができない。しかし
私らは生き直すことができる。

と結ばれる。

「否定制の確立」、「生き直す」――三・一一後のその問いは、かつて敗戦時に少国民から日本国憲法をモラルの基礎に置いて生き直した大江少年の、その後七十年の歩み来しにも向けられていよう。かくも懸命であった大江健三郎を止揚し、また継承して、「私ら」は新しい「共和国」へ飛び立てるか。難題は晩秋の風に屹立している。

（『民主文学』二〇一九年十二月、二〇二〇年一月号）

「平和」と「勝利」と「民主」という思想

――大江健三郎の二つのノートから

「届け ウクライナの叫び」というＮＨＫの番組（二月、五月に再放送）を見ながら、大江健三郎ならこの番組が問いかけた「平和」と「勝利」の問題をどう考えるだろうかと思った。番組は、ロシアがウクライナへ軍事侵攻を開始して一年、出口の見えない非道な侵略戦争をどう終わらせるかを摸索したもので、日本に憧れて来日し、ＮＨＫに職を得たウクライナ人ディレクター、カテリーナをメインにしたドキュメントだった。ウクライナの人たちの声をどうすれば日本人に伝えられるのか、自分は戦火から遠く離れた日本で何ができるのか、こんなことをしていていいのか、を問い、葛藤する彼女の一年を追っていた。

ＮＨＫの入社が決まった彼女は、若さと美しさにあふれていた。が、ロシアの軍事侵攻で一変する。キーウにいる両親は毎日の爆撃におびえ、妹は日本に避難してくる。カテリーナも日々の報道に携わるが、爆撃を味わうことのない日本人にはウクライナの現状、その恐怖と絶望が伝わらない。現地の救急隊員やロシアに故郷を奪われたクリミアの人たちなど多くの叫びが映像にとらえられるが、それは日本人に伝わるのか……煩悶の日々がつづく。

　私が大江なら、と思ったのは、もちろんそれは私自身がかかえた問題であるが、「平和」と「勝利」についてである。

　日本人はウクライナ戦争にこういう。大変だね、早く「平和」になるといいね。カテリーナや日本に避難してきたウクライナ人には、それが不満であり、もどかしい。彼女たちの求めるのが、「勝利」であるからだ。ロシアに制圧されたもとでの「平和」は、「平和」ではない。私たちは、ウクライナからロシアを追い出すと決めた、そのために可能なすべてをやる、私たちには「勝利」しかない——カテリーナの親友も妹も、「平和」な日本にいることに耐えられず、ウクライナの「勝利」のために何か役に立ちたいと、苦心して渡ってきた日本であったが、祖国に帰っていく。「平和」と「勝利」のこの何とも言いがたい溝。「平和」な、というのがいささか不謹慎なら、戦場にはなっていない日本と、戦場であるウクライナ、の違いで片付けてしまっていいものか。私は、彼女たちのこの声にどう応えればいいのか。大江ならどう考えるだろう。

　三月初めに訃報を受けとった大江の体調が思わしくないことは、数年前から聞いていて、『民主文学』二〇一九年十二月号と翌年一月号に書いた「大江健三郎と天皇（制）」、また『戦後民主主義』——『セヴンティーン』から『晩年様式集《イン・レイト・スタイル》』までを考える」（本書２５４頁）は、私なりのお別れのつもりのものであった。三十代の半ばごろから文芸評論を書くようになった私が大江と知り合うようになったのは、文芸時評で大江の作品を扱ったさいにもらったはがきからだった。ほとんど無視されることの多い文芸時評だったから、私は少し驚き、そして、作家という存在のことを思った。どこの誰かも分からない新参の評論家らしい人間へ、礼状の形の激励を送る心配りをありがたいと思った。

だからといって何かが始まったわけではなく、気後れが先に立って声をかけるのをためらいつづけていたが、それでもいくらか私信の往復はあり、三・一一の大震災と原発事故にさいしては、私が編集していた雑誌への寄稿を求め、いったんは原稿ももらったが、結局、見合わせることになった。そのときのやりとりが大江との最後になってしまった。その折、送られてきたファックスの隅に、最近のあなたの仕事はあまりいいとは思いませんでした、とあった。

私はいささか気分を害したし、後輩にこのようなことを伝えるのに、事のついで、というようなやり方はしない人なのにどうしたのか、と思った。だが、三・一一後の大江は、全国各地を奔走し、語り、書いていたので、元気とばかりに思って、集会などでも遠くから眺める日を送った。それがある日、大江がどうも変だ、講演でも同じことを繰り返す、などのことをはじめ、やがて、心身の不調とそれが回復のおぼつかないことを聞いた。

先の評論は、そういうなかで、これはどうですか、というような気持ちや、長年のお礼を籠めたものだった。私としては、大江とのことはもうそれでいいと思っていたのが、ウクライナのテレビ番組を見ながらふいに大江を思ってしまったのだ。

私は、ウクライナの彼女たちが問う「勝利」と「平和」という問題を、大江の二つのノート――ヒロシマと沖縄――を手がかりに考えてみたいと思った。二つのノートは、大江が「戦争」に向き合い、自分の「民主」の如何を問うたものだと思うからである。民主と平和、さらに自由は三位一体、相互に支え合うものであれば、一九六〇年代の十年間、二十代末〜三十代の若い知識人の問いは、おそらく、ウクライナのそれを考える手がかりを与えてくれるだろうと思ったのである。

＊　＊　＊

大江健三郎が広島を最初に訪れたのは一九六〇年夏、『ヒロシマ・ノート』(六五年六月)のもとになる『世界』への連載を六三年からはじめた。沖縄に足を踏み入れるのが六五年、連載を六九年からはじめ、七〇年に『沖縄ノート』を出版した。大江は六〇年代、行き詰まっていた。後年、このように述べている。

日本は敗戦し、憲法はつくりかえられ、大きい廃墟からの新生をめざして、再出発があったことも事実です。政治、社会の制度において、大きいあやまちへの反省は、新しい方向づけを生み出しました。「戦後民主主義」がそれで、その不徹底ということには様ざまな批判がありますが、私はわれわれの「戦後民主主義」を現実に徹底してゆくよりほか日本と日本人の未来の選択はなされえないということで、国民的なコンセンサスはある、と考えています。その基本的な合意の上での、「戦後民主主義」の不徹底への批判こそが、ねばり強く続けられねばならないのです。

ところが戦後の日本社会において、いったん敗戦を契機にした転換を経験した後も、日本の文化的イデオロギーは、西欧志向の、また東京中心のものでした。それは容易に天皇中心の文化的イデオロギーとあらためて重なりうるもののように、若い私には感じられていました。その危機を意識しながら、そこを突破できないところに、たんに小説家としてのみならず、一九六〇年代を生きる若い日本の知識人としての、私の全面的な行きづまりがあったのでした。
（「希望と恐れとともに」、一九九五年二月、日韓シンポジウム『敗戦50年と解放50年』）

大江が広島と沖縄を訪ね、天皇―東京という中心へ集中する思考と実態に懸念をいだき、構造主義や山口昌男の「中心と周縁」論などを作品の視点に取り入れようとしたのは一つのあがきでもあった。その一〇年の最後、『沖縄ノート』の最終章末尾に、大江はこう書いている。（以下、引用はすべて岩波新書による）

僕はこの沖縄ノートを到底、自分の内部において閉じることができないが、それは僕自身における戦後民主主義について、また倫理的想像力について、自分のうちがわの暗く血の匂いのする深みにスクリューのようにも自分自身をねじこみつつ考えつづけるための手がかりとして、それを強く必要とするからである。それを手離すことが、もっとも厭らしく恐ろしい宙ぶらりんの虚空へと自分自身がはじきとばされてしまうことであるのを、しだいに深く自覚するからである。

『沖縄ノート』は、「戦後民主主義」の子を自認してきた大江にとって、それを考えつづけるために閉じることのできないものだという。手放すと「もっとも厭らしくて恐ろしい宙ぶらりんの虚空」へはじきとばされてしまうものだという。それほどの『沖縄ノート』は、いったい何を問い、書いたものであるのか。

ひと言でいってしまえば、日本とは何だ、日本人とは何だ、である。そしてそれは、『沖縄ノート』のときに浮上したものではなく、広島からのものでもあった。『ヒロシマ・ノート』のプロローグで大江は、『世界』に発表したエッセイへの感想について述べている。被爆直後に傷ついた医師を背負って救護所に向かった医大生、いまは皮膚科の医師として広島で開業している松坂義孝のそれが紹介されている。松坂は、広島の人間は、死に直面するまで沈黙したがるものだ、自分の生と死を自分のものにしたいと思っている、ところが、あらゆる思想家、文学者が被爆者に口を割ることをすすめる、自分は沈黙の感情をくめないこれらの人びとを憎悪していた、私たちは八月六日を迎えることができない、ただ静かに死者と一緒に八月六日を送ることのみできる、ことごとしく八月六日のために、その日の来るのを迎える準備に奔走できない、といって、こう手紙を閉じている。

そういう被爆者が沈黙し、言葉すくなに、資料としてのこす、それを八月六日、一日かぎりの広島での思想家には理解できぬのは当然です。

大江は、自分のエッセイへの共感の手紙ではあるが、それに励まされつつも、同時に、広島の外部の人間である自分の文章にもっとも鋭い批判のムチが加えられたことに気づかざるを得ない、と受けとめる。「八月六日、一日かぎりの広島での思想家」とは、もちろん大江を指しての言葉ではないだろうが、原爆反対、核兵器禁止をいう人びとへの痛烈な皮肉、批判であることはまちがいない。

『ヒロシマ・ノート』は、その言葉をプロローグにおくことによって、では、被爆者とはいったいどういう存在なのか、自分にとって、また日本にとって世界にとって、を明らめようというものである。もっといえば、被爆者が赤裸々に体現している、威厳ある人間、人間の思想、というものをどこまでも追求しようというものであって、それは、大江の「戦後民主主義」、その思想に不可欠のものであった。

『ヒロシマ・ノート』は、原水爆禁止運動の分裂と同時期に書かれている。当時のソ連が提唱した部分的核実験停止条約をめぐるソ連と中国の国際的な対立と、それを反映した国内の運動の対立が抜き差しならぬ状況に陥り、六三年の世界大会はかろうじて分裂を回避したものの翌年は分裂した。大江はその一々にはコミットしないが、このノートの末尾に、

僕は原水爆被災白書の運動に参加する。そして僕は、重藤原爆病院長をはじめとする、真に広島の思想を体現する人々、決して絶望せず、しかも決して過度の希望をもたず、いかなる状

況においても屈伏しないで、日々の仕事をつづけている人々、僕がもっとも正統的な原爆後の日本人とみなす人々に連帯したいと考えるのである。

と記して、「八月六日、一日かぎりの広島での思想家」を「もっとも正統的な原爆後の日本人」から切り離し、そこには広島の思想、つまり、「戦後民主主義」を構成するものはないと断言した。ここでいう「原爆被災者白書の運動」とは、中国新聞の金井利博論説委員が提唱した、対世界的には広島の人間的悲惨をアウシュヴィッツと同様にひろく知らしめ、日本人内部の国民的反省としては、戦争の悲惨を底辺に置き去りにして消費生活の繁栄を謳歌して上へ上へと逃げるようなピラミッド型の社会をつくっている、その空洞を埋める作業というものである。が、そこには大いなる困難があった。原水爆禁止運動はすでに保守系の人たちが抜けて核禁会議を作っており、いままた、政治党派的にいえば、社会党系と共産党系とに分裂している、そのなかでの統一的運動としてどうすすめることができるか、であった。

部分的核実験停止条約やいかなる国の核実験にも反対のスローガンについての評価はたしかにあろうし、またそれを日本の運動に押しつけたり、迎合的に受け容れるのは正しくはないだろう。しかしそれらは、果たして被爆者たちの側から見た意見として発信されているか、ただ運動のヘゲモニーを得んがための意見になっていないか、と大江は問うのである。

大江はあくまでも被爆者を見、その声を聞き、彼ら彼女たちのすぐ横に立っている。

六三年の世界大会への平和行進が原爆病院を訪れたとき、患者代表として挨拶した宮本定男はその年の冬の初めに息を引き取った。彼が亡くなってのち、原爆病院には平和運動について自分の志を述べる患者は見いだせなかった。その《最後の人》は、小さな文章を残した。次のように始まっている。

　私は広島から訴えます、人類初の原爆をうけた広島の街で今もなお、当時の白血病、貧血、肝臓障害などで、日夜苦しみ、悲惨な死え《ママ》の闘いをつづけている人々が多勢おります

大江はこれを紹介しながら、宮本のいうところが、悲惨な死に対しての闘いでも、悲惨な死にさからっての闘いでもなく、悲惨な死への闘い、悲惨な死にいたる闘い、であることに注意をうながす（傍点、大江）。宮本は六三年、原爆病院の玄関で平和行進の人たちに「第九回世界大会の成功を信じます」とひとこと、かぼそい声で挨拶した。しかし、第九回大会は決して成功したわけではなかった。「すくなくとも、原爆病院のベッドでまぢかに死をひかえている人間の性急に思いえがくべき成功とは、あきらかにほど遠いものだった。核兵器の全面的な廃止への展望はいささかもあきらかでなかったし、原爆病院に明るいショックをつたえた部分核実験停止条約は、第九回世界大会をつうじて疑わしさの霧の底にうずめられてしまっていた、そういう時期の、不意の衰弱死」だった、と大江はいう。

宮本は死の数日前、いくらかの貯金と荷物をまとめて退院の意思を示したという。大江はそれを、「平和行進をし、大会に集ってくる他人たちとその運動への信頼の放棄と、裏切られた者の、

ごく個人的なかれ自身の場所への欲求を、暗示するものではなかったか」という。「信頼の放棄」「裏切られた者の、ごく個人的なかれ自身の場所」を求めての原爆病院の退院、つまり、被爆者としての「死への闘い」を放棄するとは、あまりに無念な選択ではないだろうか。宮本にそうさせようとしたものはなにか。あるいは、なにゆえに宮本はそうしようと決意したのだったか。

大江はそれを被爆者、広島の人間としての威厳という。その言葉がいかめしければ、広島の人間としての誇り、であったろうと私は思う。それは、広島を訪れたのと同じ時期に、障害を持って生まれた児を抱きかかえた大江にはよく分かるものだった。障害の手術に際して医師から「生き延びうるかどうかわからない」と宣告された赤児もまた、「死への闘い」を挑む者の一人であったからだ。大江は彼に「光」と名づけ、死へよく闘うことこそ希望、光としたのだった。

大江もこのノートで触れているが、原水爆禁止を求める声は被爆直後から波紋をひろげて日本中に、世界に広がったわけではなかった。原爆投下から時日をおかないその年の秋、米軍の被災調査団は「原子爆弾の放射能の影響によって死ぬべき者はすでに死に絶え、もはやその残存放射能による生理的影響は認められない」と声明した。その後およそ十年、広島は沈黙した。広島の新聞である中国新聞の印刷所には、「原爆」も「放射能」も、組んだ活字はなかった。原水爆禁止運動は、その十年の沈黙、あるいは屈辱と言っていいかもしれないが、それに堪えてのもののはずであった。

先に述べた金井利博は運動の分裂に声を荒げ、六四年の広島、長崎、静岡の原水爆禁止の三県連絡会議主催の大会にさいして、被爆者を置き去りにしていないかと言わんばかりに、「原爆は威力として知られたか。人間的悲惨として知られたか」と問い、もっと広く日本人の大衆的国民運動として盛りあげていくために、原水爆被災白書の運動をよびかけたのだった。「《世界に知られているヒロシマ、ナガサキは、原爆の威力についてであり、原爆の被害の人間的悲惨についてでは》ない」からこそ、その呼びかけは貴重であり、運動の進む方向をも示し、なによりも、宮本定男たち被爆者がそこにいる場所となるものであった。それを提示できず、言葉だけは激しくみずからの正統・正義を言い募って争闘に明けくれる、「八月六日、一日かぎりの広島での思想家」は、被爆者の対極にあった。

大江が広島で得た「戦後民主主義」とは、つまりは、そういうものであった。被爆者の外側に立ち、ときには見おろして、「正義」を語り、そのことで何かしら核兵器の非道を告発しているような「顔」をするためのものではなく、大江自身が被爆者のいるそこにいっしょに佇んで、「八月六日、一日かぎりの広島での」ではない広島の思想を生きよう、いや、その「死への闘い」を挑み続ける意志を持ちつづけよう、というものにほかならないのだった。

＊　＊　＊

『沖縄ノート』は、沖縄の施政権が日本に返還される直前の時期に書かれたものである。ここで問題になっているのは、沖縄とは日本にとってどういうものであるのか、である。そしてそれを考えるのに、「本土」とは何か、が問われている。

偶然でしかないが、このノートのある時間に、たとえばB52が嘉手納基地で炎上した直後とか主席公選のとき、私は大江とたぶん同日に沖縄にいたことになっている。もちろん、なにかがそこで起こったわけではない。そういうちょっとした引っかかりがあるというにすぎない。その若い日にうたった歌がある。「沖縄を返せ」という、全司法福岡高裁支部の土肥昭三と中島定良が作り、荒木栄が編曲した歌である。一九六五年に大分で開かれた九州歌声祭典で披露され、翌五七年に本土で始まった沖縄返還国民大行進で歌われたのを機に全国に広まったといわれている。こういう歌詞である。

固き土を破りて／民族の怒りに燃える島　沖縄よ／我等と我等の祖先が血と汗をもて／守り育てた沖縄よ／我等は叫ぶ　沖縄よ／我等のものだ　沖縄は／沖縄を返せ　沖縄を返せ

この歌を沖縄の歌手・大工哲弘がずっと歌っている。復帰前は沖縄の返還を夢見て、復帰後はあまり歌わなくなったのを気にかけ、「沖縄の時代の変遷の中で歌ってきたものを伝えていきたいと思って」（OKITIVE、二〇二二年四月放映、以下同じ）歌っている。九〇年代の半ば、沖縄に取材で出かけたとき、大工がこの最後の「沖縄を返せ」を「沖縄へ返せ」と歌っているのを私はテレビで見た。ショックだった。歌の印象がまるで違ったのだ。

もとの歌詞は、当時を知る全司法福岡高裁支部の人が「私共の仲間も一生懸命になって本土復帰を闘っている、そういう状況でしたから本土の人間の想いを伝えたい」と語るように、沖縄返還を自分のこととしてその思いを伝える、連帯感にあふれていた。だが復帰から二十年、ほとんどうたわれなくなった歌が、別の意味合いをかさねて、「我等のものだ　沖縄は／沖縄を返せ　沖縄へ返せ」と歌われていたのだ。大工は、沖縄はまだ奪われたままだと歌っている。そして、沖縄をただ返せというのではない。沖縄へ返せと歌うのである。「本土」はもう見向かれもしない。沖縄からは、「本土」にとって沖縄はもうすんだ問題になっていると見えるのである。

別の角度からこれを見ると、全司法の人たちが、伝えられてくるブルドーザーと銃剣による伊江島の土地取り上げに接して、沖縄は我らのものだ、沖縄を返せ、と歌う気持ちは分からなくもないが、なぜ簡単にそういえるのか、と私には小さな疑問が残る。日本本土の防波堤として捨石にした沖縄戦や、戦後のアメリカの世界戦略とはいえ天皇が沖縄統治をアメリカに懇請するきわめて政治的発言をしたことを、「本土」の一人としてどう考えるのかに一言もなく、「返せ」となぜいえるのか。私はその葛藤、自問、がほしい。そうでなければ、「八月六日、一日かぎりの広島での思想家」同様、「〇〇を返せ、だけの沖縄での思想家」になってしまうではないか。

『沖縄ノート』に次の引用がある。「沖縄タイムス」の創刊に加わったジャーナリストであり詩人でもある牧港篤三の一文である。

……いまの沖縄はたしかに異常な境遇である。その異常性を百も承知ですごす側と、それを眺めてなにかと気を回す側とでは立場はずいぶん違う。いま沖縄の方で、日本？　を呼ぶのに日本ではいけないのである。そこで考え出したのが「本土」である。新聞の編集者が、ない知恵をしぼってひねり出した名称は、内地でもなくまさに本土である。

内地は戦前から沖縄人のコンプレックスから禁句になっていたので、とうとう本土と言い変えたわけである——、と沖縄人はいうかもしれない。これはあきらかに苦肉の策である。その「本土」がいまでは「本土」で立派に通用するようになった。

相手の顔色をよむということは、それが卒直であればあるほどぎごちないものである。善意に満ちておればなおさらで、これはかえって余計な負担になるものだ。ある人が沖縄人との対話のさなか「日本では……」といった。もちろん彼は日本人？　である。聞いているものも日本人？　のつもりでいるし、その点についていささかの疑念をさしはさむ余地もないのであるが、相手はあわてて「いや本土では」とすかさず言い直されると困ってしまうのだ。

ウチナ(ー)ンチュという言葉は沖縄人を指す。ヤマトンチュは日本人の意味だがあまり使われない。使うときは多くヤマトンチューとのばす。言われて気分をよくしてはいけない。すこし揶揄が入り、ふん本土人が、と小馬鹿にしているのだ。ウチナンチュはのばさない。そのことは大城立裕から教わった。注意したいのは、「本土」という沖縄言葉がないことである。ヤマトで代用し、語尾をのばすかのばさないかで使い分ける。「本土」が牧港がいうように便宜的に作られた言葉だからだ。

そのように、この言葉は便利である。思想を隠す。核抜き「本土並み」といわれると、ほんとうはそうではないのに、「非核三原則」、持ち込む際には事前協議する、といわれる「本土並み」

なのだと思いたがる心理が、自分にそういいきかせる。施政権返還によって沖縄には日本国憲法が適用され、これまでのようにアメリカが横暴きわめる暮らしとはちがう、と思いたがる。多くそれは「本土」人、ヤマトである。本土のマスコミあげてそう言いふらすので、沖縄でもその気になる人が出てくる。

佐藤・ニクソン会談によって七二年の施政権返還が決まると、「沖縄問題は終った」と佐藤がいう。「沖縄を返せ」と歌われなくなる。しかしそれがまやかしだと革新陣営から声があがる。「本土の沖縄化」を許すな、と拳を振りあげる。

大江は、ウッと声を詰まらせた。何だこのスローガンは、沖縄に向かっていえるのか。声を張りあげる人たちにとって、沖縄とは何だったのだ、と今にも泣き出さんばかりに声を震わせて抗議する。ノートの言葉は痛々しい。私も悲しくなる。「本土の沖縄化」とは、スローガンとして間違っているわけではないかもしれない。日本中に沖縄と同様に核付きの米軍基地をひろげようというのだから、絶対に認められることではない。しかし同時にこのスローガンには、沖縄を本土にひろげるな、沖縄の基地は沖縄に押しとどめておけ、というニュアンスがある。革新陣営にしてそれを異としない、沖縄という存在への無意識の「常識」がある。歴史的に作られてきた、沖縄差別である。

薩摩藩による琉球王国の併合統治にはじまり、近代日本への組み入れ（琉球処分、琉球王国の消滅）、沖縄戦での捨て石……、かぞえ出すときりがないほどある。ノートは、沖縄戦当時の座間味島での日本軍指揮官梅澤裕《うめざわゆたか》および渡嘉敷島での指揮官赤松嘉次《あかまつよしつぐ》が住民に自決を強いたという記述をめぐって、名誉毀損を訴えられて裁判になったことが知られている。最高裁まで争われたが、原告の主張は却下された。集団死を引き起こした自決の強制こそ、「本土」人である日本軍兵士の、自分の命を長らえるために沖縄人の命を捨てよと命じる、グロテスクなまでの沖縄差別に他ならない。

大江はこういう。

ひめゆりの塔（この塔の建っている南部戦跡は本土のありとあらゆる都府県の名の冠せられた「塔」の荒野ともいうべき景観を呈している。沖縄戦でこうむったおのおのの惨禍を比例としてとらえて表現するとすれば、すくなくともそれらの本土都府県の名をきざんだ塔の全部に匹敵する重さにおいて、沖縄県民の塔が建てられるべきであろうが、いうまでもなくそのような数学はそこに採用されてはいない）の前で首相が流した涙は、沖縄戦において真暗な深い裂けめがひらき、そこに意識の光をあてさえすれば、琉球処分以後のすべての歪みひずみが、単に歴史にきざまれたもの、物質として把握できるものをこえて、なぜ沖縄の日本人が本土の日本人よりもなお「忠誠心」に燃えるにいたったかという、民衆の意識の内部にはいりこむものまでをこめて、複雑な層をなしてあらわれてくるはずの、その決定的な瞬間に、なにもかもを単純化してしまった、ほとんど暴力的な涙であった。その深い裂けめからふきあげてくるはずの悪臭は、じつはそこを覗きこんでいる者自身の悪臭であったにちがいないが、涙が鈍感な厚い蓋となって裂け目を閉ざした。

私は、大江が見たのと同じ、現在のような整地された「公園」化される以前の、「塔」の林立を見ている。「塔」は戦後、各県が「玉砕護国の楯」(北海道)などと地元兵の「敢闘」をたたえて建立したもので、沖縄県民のことなど一顧だにしていない。そこここに勝手に立ち並んでいるそれらを結ぶ細みちを、主席公選を終えた晩秋の一日、私は琉球大生といっしょに歩いた。十一月の沖縄の空は青く、目にひろがる海は穏やかだった。沖縄の人たち二十万人が犠牲になり、それは本土の兵の倍だと彼は語り、その人たちの慰霊碑はここにはないとつぶやいた。慰霊の塔をめぐるうちにその言葉が重くなり、心が寒々として来たことを覚えている。大江は、引用したあとをこうつづける。

沖縄戦にむりやりひきずり出されながら、生き延びることの可能性については客観的にも、主観的にもそれを想像する力をうばわれている者たちとして、酷たらしく死んだ沖縄の娘たちの死は、いわば琉球処分以後のすべての沖縄の、望ましい日本人たろうとつとめた女性たちの歴史的つながり総ぐるみにおいての死であった。しかし首相の涙は、それらの沖縄の娘たちの、死を、抽象的な架空の娘たちの死と同一のものへと単純化したのである。本土の日本人はかれにならって、とにかく若い娘が戦場で死ぬということは痛ましいことだ、というかたちに一般化し、そうすることによって本土の日本人には誰にとってもかれの人間としての根源を刺してくるはずの沖縄の毒から身をまもり、安穏に涙を流すことができた。そして涙が乾けば、もう

「沖縄問題は終った」と、のほほんとする段取りができあがっていたのでもあろう。

真暗な深い裂けめを覗きこまねばならぬところへ、ほとんど首筋をつかまれてみちびかれるようにして近づきながら、土壇場でそれをかわす。沖縄について本土の日本人がくりかえしてきた定石のやりくちが再びもくろまれ、それがそのまま佐藤・ニクソン共同声明、七二年返還という方向にむけて完了しようとしているのである。


佐藤栄作が日本の首相として戦後初めて沖縄を訪れ、ひめゆりの塔に献花したのは一九六五年八月である。遺族会の会長が自分の娘もまた沖縄戦で死んだことを告げると佐藤は感極まったのか涙をこぼしたと伝えられている。佐藤はこの日、那覇空港に降り立ったとき、「沖縄の祖国復帰が実現せずには、わが国の戦後は終わらない」とあいさつした。彼はアメリカと「交渉」し、今日では明らかになっているように、核付きを隠して「本土並み」を謳い、その成果を誇った。だれが思いついたのか知らないが、その「功績」でノーベル平和賞を受賞した。

だが、佐藤のアメリカ、ニクソンとの「交渉」、そしてその成果をうたう共同声明は何を語るのか。大江は、「この声明がアメリカの大統領と日本の首相の名において、まったく踏みにじるようにも端的に歪め、嘲弄したのは、ほかならぬ沖縄の民衆の存在と思想と、そしてヒロシマ、ナガサキの経験を鋭く持ちつづけている人々の存在と思想とであった」と断じる。沖縄や核兵器が言葉として出てこないわけではない。だが声明は、「およそそれ自体のためにというのではない形で、すなわちそれよりほかのものをエゴイスティクに自己主張するためのテコとして、厚顔に雑駁にひきあいに出して利用する」ものだときびしく批判する。
《総理大臣は、日米友好関係の基礎に立って沖縄の施政権を日本に返還し、沖縄を正常な姿に復するようにとの日本本土及び沖縄の日本国民の強い願望にこたえるべき時期が到来したとの見解を説いた。大統領は、総理大臣の見解に対する理解を示した。》
《総理大臣は、核兵器に対する日本国民の特殊な感情及びこれを背景とする日本政府の政策について詳細に説明した。これに対し、大統領は、深い理解を示し……》
大江はこの共同声明の文言に怒る。まるでアメリカという「核専制王朝」の王へ差し出した家臣、奴隷の文書、貢ぎ物でもするようだといわんばかりにノートに書きつけている。当事者そっちのけであることが、大江の怒りを倍にする。

大統領は理解を示し、深い理解を示す。そして、実際に出てくる「理解、深い理解」の反映は、極東情勢における沖縄基地の、かれらにとっての重要性の確認ということであり、日米安保条約において核兵器にかかわる、事前協議の骨ぬきの再確認である。そのどこにも、沖縄の民衆の願望も、核兵器に対するヒロシマ、ナガサキを経験した民衆の思想もくみこまれてはいない。

大江が沖縄で見、感じ、得たものは、沖縄の民衆とその思想を生きること、それこそが大江の「戦後民主主義」でなければならないこと、だった。だがその道はきびしい。

日本人とはなにか、このような日本人ではないところの日本人へと自分をかえることはできないか、という暗い内省の渦巻きは、新しくまた僕をより深い奥底へとまきこみはじめる。そのような日々を生きつつ、しかも憲法第二二条にいうところの国籍離脱の自由を僕が知りながらも、なおかつ日本人たりつづける以上、どのようにして自分の内部の沖縄ノートに、完結の手だてがあろう？

大江は『沖縄ノート』をこう閉じている。「完結の手だて」がないのは、大江が沖縄を外から見やるのではなく、そのなかに降り立ち、沖縄の彼らのすぐ横に並んで、沖縄をかかえてしまっているからである。広島で、「八月六日、一日かぎりの広島での思想家」を拒否したように、沖縄でも、「《本土の沖縄化》反対」の思想を否定したのである。加えてあえていえば、大江は広島でも沖縄でも、傍観者であることを峻拒して、核兵器禁止と沖縄返還のたたかいの場に身を置き、被爆者と沖縄人の悲しみ、苦しみに共感し涙しているのである。

大江が戦時下の少年期に皇民化教育になじめず、奉安殿への敬礼一つもまじめにやらないと校長から手ひどくビンタをされていたことは知られている。しかし、だからといって大江はおのずと「戦後民主主義」者になったのではなかった。自身はそうであると思っていたようだが、その浅薄を松山市での高校生時代に、親友であり、のちに妻の兄となる伊丹十三から諭される。伊丹から読んでみよと貸し与えられた本の中に渡辺一夫のものがあった。「ユマニスム」という言葉を知り、人間と人間性を無残に貶めていた軍国主義に対峙するものとしての「民主」「戦後民主主義」を自覚するようになった。東京大学に進学し、渡辺に師事するが、「逆コース」といわれる日本の再軍備、アメリカ追随の流れのなかで、そのユマニスムと「民主」に行き詰まる。広島と沖縄を訪ねて考え、そこでの見聞と思慮のすべてを血肉にしていった。そうするほかなかった。大江の「民主」なる思想は、そのようにみずから必死の思いでつかみ取ったものだった。

「民主」は所与のものではない。たたかって勝ちとろうとする者の誇り高い栄光であって、彼をそこへ走らせるのは、日本人であること、日本人として生きることの責任でもあった。たたかいから身を遠ざけ、したり顔であれこれ解釈する皮相な代言人のそれでは断じてなかった。

＊　＊　＊

さて、ウクライナである。大江のそれらから直接の答えを導き出すことはできない。ただ、日本人として声をかける「平和」は、それ自体は間違っていないとしても、ウクライナの人たちには響かないだろうとは思う。カテリーナたちが感じるとおりである。その「平和」が「戦争」の対義語になっていないのかもしれない。大江が峻拒する、「一日かぎりの広島の思想家」、「《本土の沖縄化》反対」の思想、に近いのかとも思う。

たしかに、「平和」はだいじである。かつての平穏な日常に戻りたいという切実な願いに胸を痛め、家族親族や同胞たちの無残な死の悲しみ、悲惨な日々へ心を寄せることは大切だろう。しかしそのとき、自分は戦地にはいないこと、八千キロ遠く離れた安全なところから言葉を発していることを忘れてはいけないと思う。それは、たとえばかつての日の、ベトナムに平和を！　と発した言葉とはちがっていると弁《わきま》えることでもある。

あのとき、日本はベトナムに襲いかかる米軍機の発進基地だった。沖縄本島北部にはベトナムの民家を模した小屋がつくられ、ゲリラ戦の訓練がおこなわれていた。日本は歴然とした〝後方基地〟であり、〝戦場〟だった。〝ベトナム特需〟なるいやな響きの経済繁栄をふくめて。だから、私たちが口にした「平和」には、相応の重みと覚悟があった。日本人として問いかけられるものがあり、それに応えたいと思う切実さがあった。ベトナム人民支援は、ただ「支援」というだけでなく、そこに連帯があったから、対米従属の日本政治のあり方が俎上にのぼり、大学「紛争」をたたかう心を色濃くした。ベトナムはもちろん、心はパリ・カルチェラタンに飛び、ワシントンで歌うボブ・ディランとつながったのだ。

ウクライナ戦争は、起因をどこに見るかはともかく、ロシア・プーチンが戦車を乗り入れ、首都を爆撃した侵略戦争であることははっきりしている。だが、日本がどう関わるかでいえば、ベトナム戦争をかさねることは出来ない。そういうもとで、私たちは、ウクライナに平和を！　と求める。「早く平和がくるといいね」と素朴に思うことを否定はしないけれども、その「平和」は「戦争」の対義語としてあるか、は問いかけてもいいのではないかと思う。〝戦場〟ではないところでその思いを持つのは容易ではないと思う。けれども、純朴な真情以上のものをそこに乗せなければ、私たちの心は届かない。「勝利」との隔絶はひろがるばかりである。「平和」という言葉は、彼の地の人と我々とを隔てる壁やカーテンになってはならないものだ。

日本でいうウクライナに寄せる「平和」は、〝戦場〟でないがゆえにもっと力ある、あるいは責任を伴った言葉としての重みがほしい。

たとえばこの国の首相はことし三月、ウクライナを「電撃訪問」したが、その直前、インドのモディ首相と会っている。彼はそこでウクライナ戦争について、プーチンに働きかけをうながす何ごとも話さなかったようだ。日本の首相として、はたしてそれでいいのか。あるいは、彼は二〇一二年末の第二次安倍内閣発足時から四年半、外務大臣の職にいた。安倍元首相が数多くプーチンと首脳会談をしたことは知られているが、岸田首相もまた多く外相としてその場に同席していたのだから、それをたぐって何らかのことができるのではないか、と思うが、気配すら見せないでいる。

そうでありながら、彼はロシアのウクライナ侵略を奇貨として二〇二二年十二月に新たな国家安全保障戦略、国家防衛戦略、および防衛力整備計画のいわゆる「戦略三文書」を決定し、従来の「専守防衛」というわが国の防衛・安全政策を、国会審議もなく根本的に転換した。ロシアはもとより中国、北朝鮮を仮想敵国にして、防衛費を今後五年間でＧＤＰ（国内総生産）比二パーセントにし、自衛隊と軍備の大増強をはかるという。五年間で四三兆円を捻出するために、国民負担は避けられないともいう。武器製造と輸出に道が開かれようとしてもいる。

いまや南北三千キロメートルの日本列島は、一本の弦のようにしなって、仮想の敵国に矢を放たんばかりになっている、と見える。

ウクライナに「平和」を、というなら、大江がそうであったように、これらとのたたかいのなかからその言葉が出てこないといけないのではないだろうか。もちろん、くり返すが素朴な反戦・平和論を否定するものではない。けれども、私はロシアに侵略される前のウクライナに戻れば「平和」が訪れるとは思えないのである。その「平和」の蔭でミャンマーの国軍に武器を売り渡していたのは、事実である。そのような「平凡」な日常に戻ることが「平和」だとは、私には思えないし、それがウクライナの「勝利」であろうはずもないだろう。

けれども同時に、それらを乗りこえた「勝利」を得るまで、子どもたちが傷つき、恐怖の日を送ることを、私はやむをえないと思いたくはない。イギリスがナパーム弾の提供をいい出し、アメリカもまたバイデン大統領は欠乏する弾薬のつなぎに、クラスター爆弾を申し出たと伝えられているが、断じてこれを認めてはいけない。ベトナムは戦争を終えて半世紀経ったいまなお、ナパーム弾の後遺と苦しみをかかえている。非人道的武器の使用は、ロシアをいっそう狂気に陥れ、報復のために戦術核兵器を使わないともいいきれない。そのとき最も早く、最大の犠牲となるのは子どもたちであり、彼らはその後何十年と苦しみをかかえて生きなければならないのである。

二一世紀の「戦争」にどのような対義語を与えてこの戦争の終結をはかるか。私は「人間」、大江が渡辺一夫の言葉として感銘を受けた「ユマニスム」がためされていると思う。それにぴったりと張りついている「民主」を、かつての大江健三郎がそうであったように、私たちもこの「戦争」のなかでより強靱なものにしていかなくてはいけない。人間とともにある文学はそのためのものである。ここで問われている「民主」は、所与のものでも、私のものが一番と傲然と胸を張るものでも、また、お飾りのシステムでもない。人間と人間とをつなぐ、創造的であり、また不断に発展しようという意志とともにある確固とした思想である。

といっても高尚な理論を求めているのではない。もっと実践的、実感的なものである。たとえば、アフガニスタンを北東から南西に一二〇〇キロメートルにわたって延びるヒンズークッシュ山脈の遠征隊に医師として加わり、そこで、医療に恵まれず、貧窮の中にわが身や子らを厭うほかない人々を見た中村哲が、「見捨てておけない」と思った、その心にあるものである。あるいは、加藤周一が「あなたにとって民主主義とは」と問われて答えた、弱いものいじめは許さない、強きを挫き弱きを援ける、という心根である。

私は、私たちの文学もまたそのようなものでありたいと思う。そうして、「戦争」の断然たる対義語になりたいと思う。

（『民主文学』二〇二三年九月号）

ドイツの「沈黙」、ニッポンの「沈黙」

ことしは関東大震災から百年ということで、大震災への備えはもちろんだが、朝鮮・中国人の虐殺事件がいつも以上に注目された。映画「福田村事件」の上映もあって、「虚ろな九月」もいくぶん軽減された。「虚ろな九月」というのは、〝八月ジャーナリズム〟が攪拌する日本の〝戦争被害〟の喧噪に、この国には戦争加害を知らしめる記念館も抵抗や解放を検証・顕彰する歴史館もないことをあらためて思い知らされ、九月になると憂鬱になる私の気分である。もちろん、原爆投下や無差別の都市爆撃は重大な戦争犯罪として糾弾しなければならないが、であるとしても、日本の戦争メモリアルデーが八月六・九日と十五日でいいのだろうかとつくづく思うのである。

ドイツの戦争メモリアルデーは、無条件降伏した五月九日ではなく一月二十七日、アウシュヴィッツ解放の日である。人によっては一月三十日、ヒトラーがヒンデンブルクから首相に任命された日をあげる。ヒトラーへの軍事クーデターをもくろんだ七月二十日は抵抗記念日として毎年追悼式典が行われている。

メモリアルデーが、つまりはどのような歴史をどのように引き継ぐかの意思の表明であるとするなら、ドイツは加害のそれを、日本は被害のそれを、継いで語るのであるか。と思うと、「虚ろな九月」にもなろうというものである。

岡典子『沈黙の勇者たち　ユダヤ人を救ったドイツ市民のたたかい』（新潮選書、二〇二三年五月刊）は、ヨーロッパのユダヤ系住民六百万人がナチスドイツに抹殺されたなかで、ドイツ市民がわが身の危険を顧みずユダヤ人をかくまい、救った記録である。ナチス・ヒトラーに抵抗した話はこれまでにもいろいろ発表されてきたが、本書に登場するドイツ人は、とくだんの政治思想を持ち合わせるでもない、ごく普通の人々である。動機も、昔からの知り合い、娘の恋人、親しい友人に頼まれて……とまちまちで、障害を持つコミュニスト夫婦が身の回りの世話にとユダヤ人を雇い、二人にはそうすることが「抵抗」「革命」だったという話もある。

そういうドイツ人の決然とした行動によって、一九四一年からのナチスによる強制収容所送りを逃れて地下に潜った、ドイツ全土で一万から一万二千人といわれるユダヤ人のうち半数近い五千人が生きて終戦を迎えたという。驚きというほかない。

どのようにしてかくまったのかは本書を読んでいただくとして、私がとくに感心した一つは、潜伏者の多くが働いていたという事実である。何もせずにひたすら隠れつづけることはかえって近所の者に怪しまれ、また、精神をむしばむものだった。生活の糧も得なければならない。潜伏者は、偽造したドイツ人の身分証明書をもち、機械整備や書店員、新聞配達、はてはオペラ座の端役として舞台に立ったという。

それは生きるための必死であったとはいえ、人間が人間であるためにとっての「労働」の意味をあらためて考えさせるものだ。労働は、猿が人間になる契機としての身体的な機能発達の意味合いだけではなく、価値を生み出すことで生を実感するものだとつくづく思う。

二つは、潜伏した子供や若い世代に学問の扉を開いたことである。ナチス政権樹立以降、ユダヤ人は学ぶ機会を奪われ、学問で身を立てる道を奪われた。ギムナジウムの教師だったドイツ人女性は、自宅で小さな学校を開き、潜伏者を通わせて勉強を教えた。医師のもとに身を寄せた少年は、彼が診察をしているあいだ、書斎にぎっしり並ぶ医学書を読みふけり、仕事を終えた医師に質問を浴びせた。医師はただ「預かる」協力者だけのはずだったが、いつの間にか彼を励ました。「戦争が終わったら医学を勉強するといい」と。

著者は、この「戦争が終わったら」ということばに注目する。「このことばは、潜伏ユダヤ人にとって教育や学問がいかなる価値を持ったかを象徴する。学問は、明日の生死さえ分からない若い潜伏者たちにとって、未来への希望と確信を呼び覚ます力を持っていた」。

「教えるとは希望を語ること、学ぶとは誠実を胸に刻むこと」という、フランスの詩人ルイ・アラゴンの言葉を思いだす（大島博光訳『フランスの起床ラッパ』）。詩句は、ナチスのフランス侵攻の中で犠牲となった教授や学生たちを悼んだものだ。「ストラスブール大学の歌《うた》」の一節で、ナチスの暴虐に学ぶことで立ち向かう、そういう自己をつくるという若い決意を詩っている。フランスとドイツのこの一致に、ただの偶然でないものを思わされる。学問とか教育などというものは、本来、そういうものであることを思い知らされるのである。

三つに、しかしながらドイツ市民は、これらの行為について沈黙してきた。なぜなら、ホロコーストはナチスが秘密裡に遂行したことで、多くのドイツ人は知らなかったとされてきたからである。しかし実際には知っていた。知らないとすることで、全責任をナチスに負わせてきたのである。それでいいのか。沈黙は、葛藤し複雑で重いものだった。

それが開けられたのはようやく九〇年代に入ってからだという。戦争加害にも諸相があり、つまりヒトラーとナチスのそれから国軍や政府や研究所などの諸機関、さらに、知っていて知らんぷりをしてきた者、だまされたとやり過ごそうとしてきた者……それらすべてをドイツ総体の戦争責任、加害の事実として確認しようという動きが起こった。調査・分析も始められた。

戦争加害をドイツ市民が一人ひとり、自分のこととして引き受け、それによって歴史に向かおうとしてはじめて、「抵抗」が見えてきたのである。ナチスの強圧とそれへの同調を求めてやまない空気の蔓延のなかで、微かではあっても不同調のメロディを奏でたことの尊さに気づいたのである。

大事だと私が思うのは、その「抵抗」にはさまざまかたちと思いのあることを認めたことだ。

敢然と命をも顧みずにたたかうことは立派なことである。パルチザンの勇姿は歴史にきざまれなくてはならない。が、みんながそのようにやれるわけではない。ドイツ市民は、ナチスに同調する列に加わりながらも、心は隠して、陰に陽に「抵抗」したのである。匿った人の勇気はとても大事だが、それを見て見ぬふりをして黙っていることも勇気のいることだった。食べ物を得られずに黙然と蹲るほかないユダヤの彼や彼女たちに、そっとパン一個を差し出すことも、ドイツ市民の人間のありようとして、大事なことだったのである。そのことを、「抵抗」のあり得た行動として誇っていいことだと認めだしたのである。

その多様を認めることは、頑強で質高い、また豊かな民主の戦線が可能なことを語っている。考え出すと、戦後の、また東西統一後の、ドイツ市民の分厚い歩みがいささか羨ましくなってくる。――そう思いたくなって、わが身を叱咤する。

問題は、戦争「加害」にも「抵抗」にも「沈黙」する、このニッポンである。そして、私がここに生きているということである。

（新船海三郎の気ままな読書【二〇二三年第三七回】、二〇二三年九月十日）

あとがき

石垣りんの詩「雪崩のとき」は一九五一年一月に書かれた。日本の再軍備が始まるときである。「人は／その時が来たのだ、という」と書き出される。

――戦争が終わり、「平和」という言葉が狭くなった国土に粉雪のように舞い、どっさり積もっていた、私は破れた靴下を繕い、編み物をする、ときどき手を休め、外を眺めてほっとする、そこには爆弾の炸裂も火の色もない、世界に覇を競う国に住むより、この方が私の生き方に合っている、……しかしそれもつかの間――。詩は以下のように続き、閉じられる。

人はざわめき出し／その時が来た、という／季節にはさからえないのだ、と。〃
雪はとうに降りやんでしまった、〃
降り積った雪の下には／もうちいさく　野心や、いつわりや／欲望の芽がかくされていて／〃すべてがそうなってきたのだから／仕方がない〃というひとつの言葉が／遠い嶺のあたりでころげ出すと／もう他の雪をさそって／しかたがない、しかたがない／しかたがない／と、落ちてくる。〃
ああ　あの雪崩、／あの言葉の／だんだん勢いづき／次第に拡がってくるのが／それが近づいてくるのが私にはきこえる／私にはきこえる。

二〇一一年三月十一日の東日本大震災と原発事故後からの文章を集めて読み直しているとき、耳もとでこの詩が鳴っていた。あの日、原発事故を目の当たりにして、これでいいのか、と日本資本主義の辿りきた道を問う声が聞かれたが、やがて小さくなって消え、原発は再稼働された。水上勉が早く『故郷』のなかで、「そのしかたがないという生き方が、まちがいや」と言っていたのに、と悔やんでも時間を巻き戻すことはできない。コロナパンデミックのショックは、「南」をだまし収奪してやまないグローバルノースへの批判を当初はまき起こしたが、そのうち、〝自粛警察〟を生み、人権制限もやむを得ない、トリアージ（命の選別）もしかたがない、に変わっていった。

　有名タレントの「新しい戦前」になるのではないかというテレビでの呟きは、日ごろそれを危惧している人びとにひろく共感されたが、ウクライナへのロシアの侵攻や隣国の傍若無人を奇貨として、この国は、中立自衛の国是を投げ捨て、軍事予算を膨大に増やした。北海道から沖縄、先島諸島の自衛隊と米軍基地を増強し、南北三千キロの列島がまるで弓のツルのように張って、いまにも矢を射かけんばかりになっている。当然にも怒りの声は沸き起こっているが、この国のメディアはどうしたことか小さく小さくしか伝えず、同調する声だけがひろがっている。

　このあとがきを書いているさなかに、パレスチナ・ガザのハマスがイスラエルを急襲し、すぐさまイスラエルが報復、ガザへの地上侵攻を表明したと伝わる。アメリカはおうとばかりにイスラエル支持を表明し、イスラエルは戦時内閣を作って戦争モードに入った。ある有力紙のコラムは、「ハマス奇襲の背景が見えぬ」とつぶやく。今年に入って「奇襲」直前まででイスラエルによる殺戮はすでに二百五十人余にのぼり、うち五十人近くが子どもであるという。こういうことは、「背景」にならぬと言うのだろうか。歴史をたどれば七十余年前からになるが、近くても、隔離壁をめぐらして「天井のない監獄」に二百万を超える人びとを押し込めて十六年である。電気も水も、人が生きるのに必要なすべてを欠乏させる……ジェノサイドというべきそれは、「背景」ではないのだろうか。パレスチナの民の嘆き、苦しみ、涙の一滴に想像力が及ばないコラム氏のしたり顔を、それでもジャーナリストというのだろうか。ハマスの武力攻撃を認めるわけではないが、彼らの積もった憤怒は理解していたい。そのうえで、「全滅」作戦をとろうとするイスラエル、それを応援して恥じないアメリカを、つよくいさめてこそのジャーナリズムであってほしいと私は思う。

いま日本社会は、被害認定と補償を申請しただけでも三百人を越える、未曾有の少年性虐待事件に注目が集まっている。ここでもメディアが問われている。そもそも六〇年代の初代ジャニーズのときから「異変」を察知する機会はあった。とくだんの鋭さが必要だったわけではない。鈍くともまじめに事態をとらえる目があり、見まいとする「理性」に打ち勝つほんの少しの「溌剌たる野性」があれば、ここまでの被害は防げたはずなのである。それを、芸能界ではあり得ることだと特殊視して報じず、問われると性加害事件と認識できていなかった、少年被害の軽視があった、と答えて済まそうとする、なかにはそうでない人もいるが、その訳知り顔のペンの傲慢が私は恐ろしい。

ジャーナリズムが、あれこれ理由を付けて、起きている事実にまじめに向き合うことを避けたら、あとは、強者への拝跪と全体への同調を煽るしかなくなる。「全体主義的心性」の美化とファシズムとの距離は、思うほど遠くはない。政治はもとより「タレント帝国」にも忖度し、強者やマスコミ有名人を「偉人」にして、「しかたがない」と尾を垂れ、同調しない者を見つけては槍を突く。紙の上の知識でしかないが、戦時下もかくやと思ってしまう。「知らなかった」「だまされていた」「感じていたが怖くて言えなかった」と言って保身をはかるのは、まったく敗戦直後と同じか。

私は、ジャニーズ問題で問われているのは、この国のあり方でもあると思う。不穏なのである。司馬遼太郎が言った「圧搾空気」が蔓延し、自由にものが言えないのである。異を唱えることに猛烈な「勇気」が要る。振り絞って思うところを言えば、出て行け、となる。コロナ禍で不寛容が社会的に認知された感もある。五味川純平が十二月八日に感じたものは今も生きて社会をつつみ、言わなかったおのれの不甲斐なさを一人で抱え込む。森友学園を巡る公文書改ざん問題で命を絶った赤木俊夫さんを明日のわが身に重ねる人は少なくない。黙っていろ、おとなしくしておれ……、そういういやな湿った空気が、闇夜の足音のように追いかけてくる。

世上はかくも無残で心も荒む。が、諦めはいつかの道につながる。歴史と文学の語るところは重い。「しかたがない、しかたがない／しかたがない／と、落ちてくる」流れを、石垣りんの分も、断然、拒否し続け、小さくとも声をあげつづけようと思う。私はどこまでも私でありたい。そのような思いで本書をまとめた。ほとんどは初出稿のままにしたが、認識不足や事実誤認などについて必要な補加筆、削除をおこなった。著作者や先行研究・評者の方々にお礼を申し上げる。

あけび書房の岡林信一さんの計らいで日の目を見た。ありがたいことである。

二〇二三年十月
新船海三郎

新船 海三郎（しんふね・かいさぶろう）

1947年北海道留萌生まれ。大阪市立大学（文学部）中退。新聞記者、雑誌編集者、出版社代表などを経る。日本民主主義文学会会員。
著書に評論集・エッセイ『歴史の道程と文学』『史観と文学のあいだ』『文学にとっての歴史意識』『作家への飛躍』『文学の意思、批評の言葉』『人生に志あり　藤沢周平』『藤沢周平　志たかく情あつく』『藤沢周平が描いた幕末維新』『不同調の音色　安岡章太郎私論』『鞍馬天狗はどこへ行く　小説に読む幕末・維新』『戦争は殺すことから始まった　日本文学と加害の諸相』『日日是好読』『右遠俊郎の文学と生涯』、小説『身を知る雨』、インタビュー集『わが文学の原風景　作家は語る』『松田解子　白寿の行路』『状況への言葉　フクシマ、沖縄、「在日」』など。

翻弄《ほんろう》されるいのちと文学《ぶんがく》
震災《しんさい》の後《あと》、コロナの渦中《かちゅう》、「戦争《せんそう》」前《まえ》に

2023年11月26日　第1刷発行

著　者　新船海三郎
発行者　岡林信一
発行所　あけび書房株式会社
〒167-0054　東京都杉並区松庵 3-39-13-103
Tel 03(5888)4142　FAX 03(5888)4448
info@akebishobo.com　https://akebisyobo.com

印刷・製本／モリモト印刷

Printed in Japan　ISBN978-4-87154-242-5　C0095